SPACETIME
BOOKSHOP

獻給每位愛看故事的小孩

SPACETIME
BOOKSHOP

獻給每位愛看故事的小孩

佛多與波特的奇幻冒險

首部曲：飛天獅子的秘密

作者：王志宏、吳育慧

目錄

第一章：科斯摩斯星球

波姆斯村莊

在浩瀚無垠的宇宙中，有著數不盡的星系，這些星系座落在宇宙各個不同的角落。然而，在一個未知的巨大螺旋星系中，存在著一顆非常美麗的藍色星球。雖然這顆星球看起來是如此的渺小，但它卻是獨一無二的，因為這顆星球孕育著各式各樣的生命體以及人工智能的機械體。這顆藍色的星球正是小男孩佛多·哥白尼所居住的星球—「科斯摩斯」。

在「科斯摩斯」的附近有一顆恆星，星球上的人將它取名為「天軌」星。它所發出的光芒提供了科斯摩斯上的生命體與機械體所需要的能源。十分特別的是在科斯摩斯的附近並沒有其他的星球，似乎只有它孤獨地繞著「天軌」星。

清晨，和煦的天軌光從山間的縫隙灑落在「德溫特」。「德溫特」是位於兩座高山中間的一個天然峽谷。這裡的地形平坦，有一條清澈的河流平靜的從旁邊流過。在河流的西方可以看到幾十間木頭所建造的矮房子，而屋頂則是用紅磚瓦所堆砌而成的。位於這些房子的東北方有兩排十幾顆巨大的橡樹，而這些橡樹的樹枝交錯在一起，形成了天然的出入口。在入口的旁邊插著一個木頭做的牌子，上面刻著「波姆斯」三個字。

『媽，我吃完早餐了。我幫妳把餐桌整理好了，我和波特先出去玩了。』一個爽朗的聲音從小木屋中傳了出來。

『佛多，等一下，不要忘記帶午餐。還有不要太晚回來。』一個溫柔的聲音回答著。

『媽，我知道了，天軌下山之前我就會回來。』佛多說著。

一位深褐色皮膚，藍色捲短髮的小男生從小木屋衝了出來，後面緊跟著一隻綠色的小猴子。從外表看起來，這位小男生的年紀大約是十二歲左右，身高約一百四十公分，有著一雙大大的眼睛和黑色的眼珠，身上穿著米黃色的上衣和咖啡色的長褲。雖然他的身形略顯纖瘦，但是身上的肌肉卻讓人感覺很結實。

『波特，快點，我們去秘密基地玩。』佛多邊跑邊說著，波特在後面點著頭。

佛多和波特往「波姆斯」的出口方向跑去。沿途中，可以看到村莊中許多房子的周圍都種著各種不同種類的小花，這些五顏六色的花朵把「波姆斯」村莊點綴的非常迷人。空氣中不時的聞到花朵與綠草的芳香。突然，佛多和波特看到前面的羅素先生正在檢查他的小飛象—維特。維特的耳朵似乎出了什麼問題。佛多和波特便跑了過去。

『早安，羅素先生。早安，維特。』佛多說。

『早安，佛多。』羅素先生抬起他滿臉皺紋的臉看了佛多和波特一眼，又低下頭去檢查維特的耳朵。

『怎麼了？羅素先生。維特的耳朵受傷了嗎？』

這時維特搶著回答說：『佛多，我今天早上起來發現左邊的耳朵不太能拍動，所以沒辦法飛起來去幫羅素先生摘蘋果。羅素先生正在幫我檢查。』

這時羅素先生拿下他的眼鏡，嘆了一口氣說：『年紀大了，眼睛不太管用了。』

佛多說：『羅素先生，讓我來試試看吧，我很會維修機器的。』

這時佛多掀起維特左邊的耳朵，打開皮膚，皮膚下面出現許多非常細的金屬線。

佛多對著波特說：『波特，可以幫我找 FET-1 的電路圖嗎？』

波特說：『好，沒問題。』就看波特的眼睛轉了幾圈後，胸前的皮膚慢慢的向左移動，出現了一個螢幕，螢幕上顯示出了 FET-1 電路圖。佛多看了一下電路圖，從羅素先生的工具箱取出一根非常細長的金色鑷子。他夾住了其中一根斷掉的金屬線，此時金色鑷子的尖端流出了一種金色的液體。佛多小心翼翼的將金屬線接觸裡面一塊板子的某個位置，此時金色液體瞬間就將金屬線又重新黏回板子上，而維特的左耳也開始慢慢的拍動。

『太好了，我的耳朵又可以拍動了，謝謝你，佛多。』維特興奮地大喊著。羅素先生在一旁露出感激的眼神。

『不用客氣，維特。如果沒有別的事，我們就要先離開了。』

佛多看著波特說：『走吧，波特。』他們揮著手向羅素先生和維特道別。此時維特快速的拍動著他大大的耳朵飛了起來，高興地在天空中旋轉，揮舞著他長長的鼻子向他們道別。

秘密基地

佛多和波特繼續往「波姆斯」的出口方向跑去。終於到了出口的地方，佛多對著波特說：

『波特，我們再來比賽賽跑吧，看誰先到秘密基地。』

波特回答說：『沒問題，這次一定是我先到。』

接著就聽到他們倆異口同聲的說一、二、三開始。佛多邁開腳步，飛快地穿過橡樹林。此時波特也很快的爬到橡樹上，在樹幹之間擺盪著。波特先一步穿過了橡樹林，而佛多則在後面緊緊追趕著。他們持續的往「波姆斯」村莊的北方跑去。「波姆斯」的北方是一大片的森林，森林中有著許多非常巨大的紅木。許多紅木的年齡都已經好幾百年了。然而在森林的深處，更存在著上千年的神木。此時佛多和波特已經進入了這座森林，佛多看到波特在前方的樹上跳躍著，而秘密基地就在前方不遠處。他趕緊加快腳步，幾乎是用跳的方式往前奔跑。突然波特從樹上跳了下來，而佛多也用力一蹬腳，往前飛撲出去，正好接住了波特。兩個都倒在了柔軟的草地上。森林的深處傳出了他們的笑聲。

佛多笑著說：『同時抵達。』波特笑著點了點頭。

沒想到在森林的深處竟然會有這麼奇特的地方。這是一個天然的圓形廣場，廣場的四周由十三棵超過千年的神木所環繞著。廣場的地面上覆蓋著柔軟的草皮，而最令人感到特別的是廣場的正中央竟然有一棵非常巨大的神木，它的樹幹比那十三棵神木都要大上許多，最少需要十三個大人才能將其環繞一圈。它的高度大約有三十層樓高，可以看到它的樹頂已經裂開，而且裂縫一直往下延伸到神木一半高度的地方。這棵神木就是佛多和波特口中的秘密基地。

佛多和波特來到了神木前，在距離地面三公尺的附近有一個很大的樹洞。他們以非常熟練的方式爬上了神木，來到了樹洞前。時間已經接近中午，天軌光斜照在洞口前。佛多將洞口旁邊的樹枝和葉子拿開，底下出現了一個很大的鏡子，這面鏡子是佛多和波特一起製做的。佛多調整了一下鏡子的角度，將天軌的光反射進入到樹洞中。瞬間，樹洞裡面變得非常明亮，裡面有擺放著桌子、椅子還有書櫃。佛多將午餐放在桌上，而波特則是跳到一個藤蔓做的吊床上躺了下來，這個吊床是佛多特別為波特所做的。佛多吃著午餐並對著波特說：『波特，你知道今天是什麼特別的日子嗎？』

波特搖著吊床說：『當然知道。今天剛好是我們發現秘密基地的第五年。』

佛多繼續說：『我還記得五年前的今天，突然下了一場很大的雨。晚上睡覺前，我們看著窗外的天空，突然一道巨大的閃電打在這座森林中。你嚇得躲到被窩裡，我看到被閃電擊中的地方出現了微微的亮光。隔天，我們就來這座森林裡探險，並且發現了這棵裂開的神木。』

波特好奇的問：『佛多，你覺得這棵神木是被閃電劈開的嗎？』

佛多回答說：『我不是很確定。不過從閃電擊中的位置來看，很像是這個地方。不知道為什麼，我第一次看到這棵神木，就有一種熟悉的感覺。』

波特笑著說：『當然熟悉啊，這棵神木是我們的「哥白尼太空號」啊！』原來佛多和波特將這棵神木命名為「哥白尼太空號」。

佛多笑著將餐盒蓋上，走到書櫃旁。書架上有著許多天文學、物理學和數學的書籍。佛多從書架上拿出他最喜愛的那本書—《宇宙探險三百天》。

『波特，我好希望可以去宇宙冒險。我想去看美麗的星雲，還有超新星爆炸，還有還有去黑洞附近看看。不知道待在黑洞附近，時間是不是真的會變慢？』[1]

波特從吊床上跳下來說：『書上是這麼說的。佛多，你要去冒險時，一定要記得帶我一起去哦。』

佛多點點頭說：『一定。從我三歲生日那天，爸爸把你帶回家送給我之後，我們就再也沒有分開過。你是我一輩子的朋友。』

接著，佛多從另一個櫃子裡拿出兩頂他們用木頭做的船長帽。他將其中一頂帽子拿給了波特，並說道：『波特副艦長，哥白尼太空號即將出發，我們趕緊到駕駛艙吧。』

波特說：『遵命，佛多艦長。』他們趕緊坐到椅子上，想像著眼前是廣大無際的宇宙。

佛多撿起一根樹枝說：『副艦長，往右前方四十五度航行。注意！前方出現了一大片星雲，形狀看起來很像螃蟹。』

波特副艦長說：『哇！有藍色、綠色和紅色，好漂亮喔！』

『副艦長，趕緊加速離開，螃蟹追過來了。』

就在佛多和波特玩的很愉快的同時，位於波姆斯中心的一座古老建築物裡正在發生一件非常重要的事。這座建築物是波姆斯村莊唯一的一所學校—「塞沙特」學院，而佛多的父親卡爾．哥白尼正是「塞沙特」學院的教授。哥白尼教授是一位身材高大，但是體型偏瘦，年紀約五十歲左右的中年人。他有著一雙睿智的眼睛，但總是讓人感覺很嚴肅。和他相處過的人都知道他是個溫和有禮的人，但是他從不把情緒表達出來。他精通數學與物理，更熟知電腦與機械。對佛多來說，似乎沒有什麼東西是父親所不知道的，也沒有什麼東西是父親修不好的。

在佛多三歲時，卡爾製造了一隻具有人工智能的機械猴 MONKEY 1.0，送給佛多當生日禮物，也就是波特。卡爾將他自己特製的電腦處理器 SIA 5.0 放入到波特的大腦，並且讓波特學習許多的數學和科學的知識。透過他與阿格瑞教授所共同開發的「神經元強化學習程式」，波特擁

1 請參見**科學筆記I**：黑洞的理論與觀測 P335

有自我學習的能力，並且可以表達各種情緒。阿格瑞教授還特地幫波特加入了自我保護程式，所以當他遇到危險時，會以躲避危險和保護自己的安全為第一優先，因此有些人總會認為波特是一隻膽小的猴子。

史瓦茲黑洞

哥白尼教授正坐在實驗室裡的書桌上埋頭計算著蟲洞的形成，蟲洞是一種時間空間的通道，它可以連結宇宙任何兩個不同時間與空間的位置，這意味著穿越蟲洞就可以前往未來或是回到過去，甚至可以很快地到達其他遙遠的星系。書桌上堆滿著許多的書籍，在書桌後面掛著一片大黑板，黑板上面寫滿著密密麻麻的數學符號。在書桌的前方，有一大片窗戶，從窗戶看出去正好可以看到那兩座環繞著波姆斯的高山，而且山頂上終年都覆蓋著白雪。窗戶下面放著一個銀色的桌子，這時銀色的桌子突然發出聲音：『尤瑞卡來電。』

哥白尼教授摘下眼鏡，抬起頭說：『開啟。』這時窗戶的玻璃突然變成黑色的，同時桌面自動的打開，出現了一個螢幕。螢幕發出了光芒，並且在螢幕的上方投影出一位看起來面容慈祥，和藹可親的老婆婆。

老婆婆微笑的說：『好久不見啊，卡爾。』

『是啊，尤瑞卡，應該有五年沒見了，怎麼突然聯絡我了？』卡爾回答道，臉上閃過一絲的不安。

『時間可能快要到了，你要有心理準備。』尤瑞卡平靜地說。

卡爾忽然站了起來，有些激動的說道：『妳是怎麼確定的，難道妳已經找到那張失落的紙片了？』

『是的，卡爾。』尤瑞卡回答說。

卡爾緊張的問：『紙片上怎麼寫？』

『兩天後就是佛多十二歲的生日，阿格瑞教授會去參加佛多的生日宴會，到時他會親自跟你說明。』尤瑞卡依舊平靜地說。

尤瑞卡接著問：『佛多知道了嗎？』

卡爾搖搖頭說：『我還沒有跟他說，我開不了口。』此時卡爾跌坐在椅子上，陷入了沈思。

尤瑞卡又問：『卡爾，還有另一件事。你已經找到控制「涅格特」的方法嗎？』

卡爾搖搖頭說：『還沒，「涅格特」還是不穩定。』

『我和阿格瑞教授從最近的計算以及重力波的觀測資料發現，有另一顆黑洞正在接近史瓦茲黑洞，它們大概在一個月內就會融合成一個更大的黑洞。我們必須密切注意這個事件，盡快找到控制「涅格特」的方法。』說完，尤瑞卡的影像便消失了。

哥白尼教授獨自坐在實驗室沈默不語，而外面的草皮上，不時的傳來學生的笑聲與玩耍的聲音。他的腦中不自覺的浮現了許多和佛多的各種回憶。他想起了佛多剛出生，他將他抱在懷裡時，佛多大哭的模樣。他想起佛多第一次開口叫他爸爸，還有他第一次帶佛多作科學實驗時，佛多臉上興奮的表情。不知不覺的眼淚沿著他的臉頰滑落。他擦乾了淚水，走進了另一個房間。

這是一個很奇特的房間，房間的上方是一大片圓弧狀的黑色螢幕，螢幕上顯示著許多的星星以及星系。每一顆星星的旁邊都有三個數字標示著它們的位置。房間的桌面上擺放著許多電子儀器以及插滿金屬線的板子。

哥白尼教授抬頭對著螢幕說：『道一，幫我顯示出史瓦茲黑洞的資料。』這時，螢幕右下角的一顆黑洞忽然被放大並且移到螢幕的正中央，旁邊出現了一些的數字。

接著他轉頭對著一隻坐在地上的紅色猩猩說：『無為，幫我去書櫃上拿《涅格特的製造》，還有我書桌上的筆記本。』

無為將東西拿過來後說：『教授，「涅格特」的問題解決了嗎？』

教授回答說：『還沒有，不過我已經快要解開最後的謎團。』

『佛多真的會離開這裡嗎？那我可不可以跟著去保護他？』無為說著。

教授強忍著淚水，拍拍無為的肩膀說：『我相信一定有辦法解決這個問題，你不要擔心。』

哥白尼教授開始做著最後的計算，並且將計算的結果都寫在了筆記本上。他闔上筆記本，按了一下筆記本左上方的圓形按鈕，這時筆記本的中央浮現出一塊黑色的小方塊。他拿起方塊走到房間最裡面的一個櫃子前，說了一句：『拉波替。』櫃子慢慢地向左邊移開，後面的牆上出現了一個圓形的洞口。他從洞口拿出了一顆純白色的小球，大小跟網球差不多。他將黑色小方塊放在小球上，接著小方塊便漸漸地融入到小球中，變成了白色小球表面上的一個黑色方塊。

外面的天色漸漸暗了，天軌星即將要下山了。哥白尼教授將小球放到袋子中，收拾好文件準備回家。這時佛多和波特已經回到家。佛多正在幫母親準備晚餐，波特則是坐在書房裡看著書。佛多的母親是一位非常溫柔的女性，有著一頭烏黑的長髮和棕色的皮膚。她喜愛研讀歷史，並且精通許多地方的語言。

一樓的書房是她的工作室，書房裡有許多的書櫃，而書櫃上擺滿了各種歷史和哲學的書。白天的時候，她總是待在書房裡撰寫著小說與兒童書籍。每到假日，她時常會邀請村莊裡的小孩來家裡，告訴他們許多有趣的故事。晚餐的時間快到了，餐桌上擺滿豐盛的食物。佛多將餐桌上的蠟燭點燃，同時大門傳來了敲門的聲音。佛多大聲說：『一定是爸爸又忘記帶鑰匙了，我去開門。』

佛多門一打開，出現的是一位身穿藍色大衣，頭上戴著一頂深灰色帽子的老人。這位老人的身材不高，體型有點微胖，年紀看起來有八十多歲了。佛多驚訝地大喊：『阿格瑞爺爺。』並且上前抱住了他。這個老人也彎下腰抱住了佛多說：『好久不見啊，佛多。』

『阿格瑞爺爺，快進來，我先幫你把大衣和帽子放好。』

佛多接著說：『你剛好來和我們一起吃晚餐，我去幫你準備餐具。』

就在這時，書房裡的波特聽到阿格瑞三個字，趕緊闔上書本跑了出來，阿格瑞教授笑著說：『波特，你看起來過得很好。』波特開心的點點頭。

佛多的母親從廚房走了出來，微笑著說：『阿格瑞，好久不見，你不是一直和尤瑞卡在一起，今天怎麼會特地過來拜訪我們？』

阿格瑞說：『是啊，伊西絲，好久不見。後天就是佛多的十二歲的生日，這麼重要的日子我特地帶了一件生日禮物要送他。』阿格瑞對佛多眨了一下眼睛。

大門又再度打開，哥白尼教授走了進來，看到阿格瑞教授時，顯得有點驚訝，他說道：『阿格瑞，我以為你後天才會到。』

『我想早點來跟你們敘敘舊，而且也好久沒有看到可愛的佛多了。』阿格瑞笑著說。

『大家先來吃飯吧，不然飯菜都要涼了。』伊西絲催促著大家。

眾人來到餐桌前坐了下來，享用了一頓美味的晚餐。吃完飯後，佛多和波特跑去屋頂上看星星。卡爾和阿格瑞坐在書房裡，這時，伊西絲泡了一壺茶走進了書房。

阿格瑞聞著茶香說道：『嗯，好懷念的味道，伊西絲泡的茶總是特別好喝。』

伊西絲笑著說：『阿格瑞，我已經幫你把房間準備好了，你可以在這裡多住幾天。』阿格瑞微笑的點點頭。

此時卡爾突然起身走到一個書櫃前，打開書櫃下方的抽屜，從抽屜裡拿出一個用藍色絨布所包住的東西。他小心地打開絨布，裡面放著一本看起來非常古老的書。這本書都已經完全泛黃，在它的封面下方畫著一隻有著一對老鷹翅膀的飛天獅子，而書本的正中央有著一個奇特的符號：

伊西絲有點不安的說：『卡爾，你為什麼要拿出這本書？』

卡爾沈默不語，他非常小心地翻開第一頁，彷彿稍微用力一點紙張就會裂開，上面畫著一位捲髮的男孩，然而因為紙張的泛黃，男孩的臉孔已經十分模糊，不過依稀可以看到這個男孩的左手臂上有著一個類似葉子的圖案。不知是什麼原因，男孩下方的部分整個被撕掉了。

阿格瑞說：『卡爾，你還沒跟伊西絲說嗎？』卡爾搖搖頭，將書本放到阿格瑞前面的書桌上。

『阿格瑞，到底發生了什麼事？』伊西絲有些慌張地說。

阿格瑞喝了一口茶，然後從口袋裡拿出一本筆記本，他打開筆記本，裡面夾著一張泛黃的紙張，他小心地拿起這張紙和書本的第一頁拼在一起，高興的說：『完全吻合。』伊西絲聽到後，表情顯得非常驚訝和不安，她過去看著拼好的第一頁，被撕掉的部分上面畫著一隻小猴子，而小猴子的旁邊則是畫了一個星球。在星球下面有兩個符號，符號的形狀分別是「地」和「球」。

阿格瑞接著說：『這張被撕碎的紙片是我上個月在伊西絲一位遠房親戚的家中無意間發現的。』

伊西絲突然感到一陣暈眩，她仍然強忍鎮定的說：『阿格瑞，你真的確定書中這位男孩是佛多嗎？』

阿格瑞回答說：『伊西絲，在還沒找到這張失落的紙片前，我只有五成的把握，但是，從這張失落的紙片中所畫的小猴子，我現在有九成的把握，這個小猴子就是波特。』

阿格瑞拿起杯子喝了一口茶後說：『真好喝。伊西絲，這本書是妳們家族世代相傳所遺留下來的。非常特別的是這本書所描述的事情都不是發生在科斯摩斯星球上，而且裡面甚至有許多文字也不是屬於科斯摩斯上的文字。妳還記得嗎？當初妳來找我和尤瑞卡，想要請我們幫忙了解書中的內容，你也是因為這樣才認識當時在我這邊從事研究的卡爾。』

伊西絲點點頭，眼眶含著淚水說：『當時你和尤瑞卡告訴我這是一本描述小男孩在外星球冒險的書，但是我沒有想到這位小男孩就是佛多。』

阿格瑞嘆了一口氣說：『我想佛多出生時，你們看到他左手臂上的胎記和書中的葉子形狀一樣時，應該多多少少就有心理準備了。』

伊西絲強忍著悲傷，指著第一頁上面的星球說：『阿格瑞，你已經知道這顆星球的位置嗎？』

阿格瑞回答說：『伊西絲，由於這本書的許多頁面都已經破損的非常嚴重，我和尤瑞卡花了很久的時間研究，才從沒有破損的內容中推斷出這顆星球應該是位於距離這裡大約二百五十萬光年遠的星系，而且這顆星球的名稱就叫做「地」「球」。』

阿格瑞又喝了一口茶後說：『從書中，我和尤瑞卡還分析出「地」「球」上應該存在著具有智慧的生物，而且有些生物和科斯摩斯上的生物很像。』

伊西絲著急的問：『你和尤瑞卡已經知道佛多什麼時候會出發去「地」「球」嗎？』

阿格瑞指著那張他所找到的紙片說：『妳看，這邊的字跡雖然已經很模糊，但是仍然可以看到上面寫著十二歲。』

伊西絲難過地倒在卡爾懷裡說：『那不就是今年了。』

阿格瑞對著伊西絲和卡爾說：『佛多從他滿月時我就認識他了，他真的是一個很特別的孩子，妳和卡爾把他教導的很好。他對科學的興趣真的讓我印象深刻。』

卡爾摸著伊西絲的頭，一句安慰的話也說不出來，腦袋陷入一片空白。

吃完飯後，佛多和波特就一直待在屋頂上看星星。「波姆斯」夜晚的天空可以看到滿天的星斗，一閃一閃的星光像是在對著我們眨眼睛，令人著迷。佛多非常喜歡研究天空中星星的位置，而且屋頂上還有一台佛多和波特兩個人共同製造的天文望遠鏡。佛多正透過望遠鏡觀察著星星。他對著波特說：『你看，東北方那顆星星其實是一個橢圓星系。』波特點著頭說：『我知道。我昨天晚上有看到。』這時，佛多將望遠鏡指向北方天空一個沒有星光的地方說：『波特，你知道嗎，那個地方應該有一個黑洞。』

波特懷疑的說：『疑？不是沒有光可以跑出黑洞，你怎麼可以看到它？』

佛多得意地笑著說：『我已經觀察了好幾年。』佛多從口袋裡拿出一本筆記本說：『波特你看，我從五年前就開始觀察這個黑暗地區周圍的四顆星星，我發現它們都緩慢的繞著這個地區。這代表這個黑暗的區域一定存在著一種不會發光的東西可以拉住這些星星。我猜這個東西應該是黑洞。』

佛多將筆記本遞給了波特說：『你看這裡，我把這五年來它們環繞的軌道位置都記錄下來了。』

波特接過筆記仔細地閱讀著。佛多接著說：『我想去那個黑洞看看。不知道那裡有什麼好玩的東西。』

波特抬起頭看著佛多說：『不要忘記我也要一起去喔。』

突然樓下傳來伊西絲的聲音：『佛多，該上床睡覺囉。』此時的伊西絲已經平撫了情緒，她不想讓佛多看到她憂傷的表情。

佛多和波特趕緊回到房間，躺在了床上。伊西絲走到了床邊，微笑的對著佛多說：『後天就是你的生日，到時我會烤一個很好吃的生日蛋糕給你。』佛多開心的點點頭。

『好了，你們兩個，現在乖乖的去睡覺了。』伊西絲分別在佛多和波特的額頭上親吻了一下。佛多很快地就進入了夢鄉，而波特也進入了休眠狀態。

佛多的生日宴會

今天是佛多十二歲的生日，一大早，廚房就傳來濃濃的食物香味，原來是伊西絲正在準備佛多慶生的蛋糕與食物。卡爾在書房裡，書桌上放著那顆從實驗室帶回來的純白色小球。他從書櫃裡取出三本書，分別是《星系與黑洞的位置》、《時間空間的性質與涅格特》以及《人工智能與量子電腦》。他從這三本書中依序取出了藍色方塊、紅色方塊以及綠色方塊，並且將它們放入到白色小球中。現在小球的表面上出現了四種不同顏色的方塊。

阿格瑞教授在用完伊西絲所準備的早餐後，便坐在客廳的沙發上。他從口袋裡取出一支眼鏡戴上。此時鏡框尾端出現一根很細的金屬針，這根針直接插進了他耳朵旁邊一個很小的洞。透過眼鏡，他的眼前出現一個螢幕。他正在收尋一些資料，他已經可以透過大腦的運作來直接控制螢幕上的影像。不久，門外響起了敲門聲。阿格瑞將眼鏡收了起來，走去開門。

『阿格瑞，好久不見啊。』原來是羅素先生和他的小飛象—維特。

『哎呀！羅素，真是好久不見。』阿格瑞熱情的擁抱了羅素先生然後摸了摸維特的頭。

『你們應該是來參加佛多的生日宴會吧。』阿格瑞熱情地說。

『當然了，我還帶了很棒的生日禮物要給佛多呢。』羅素微笑的說著。

這時聽到伊西絲招呼著大家說：『要開始了，大家快過來餐桌吧。』

後院傳來波特的聲音：『呦呼！跳得好高喔。』

佛多在旁邊測量著說：『應該有超過五公尺。』

伊西絲對著正在後院測試彈跳鞋的佛多和波特說：『佛多、波特，快進來，生日宴會要開始了。』波特趕緊脫掉鞋子，和佛多一起跑回屋內。

一進門，佛多迫不及待說：『媽媽，我做的彈跳鞋可以跳到五公尺以上喔，而且可以很安全地降落在地上。』

『好好，趕快去洗手，大家都已經在餐桌等你們了。』伊西絲說。

哥白尼家的慶生活動很簡單也很樸實，主要是邀請幾個好友來家裡一起吃頓飯。但是來參加的人都非常重視這場聚會，每個人都會準備一段話對壽星說，然後由壽星說一段話為這個生日宴會作結束。

正當大家吃著生日蛋糕時，卡爾看了一下手錶，剛好是下午兩點。他站了起來，拿起湯匙敲了幾下玻璃杯，這時大家都安靜下來。『好了，分享時間到了，請羅素先生先開始吧。』

羅素先生從口袋裡拿出一個紫色的小袋子說：『佛多，我非常欣賞你有一顆樂於幫助別人的心，每當你看到有需要協助的人，總是毫不猶豫的立刻過去幫忙。這個紫色的小袋子裡裝的是我從工具箱精心挑選出來的工具，我相信你一定能善用它。』

佛多接過袋子，有點害羞的點點頭說：『謝謝你，羅素先生。』

輪到阿格瑞教授了。阿格瑞教授從他的手提袋中拿出一個黑色的木棒，最前面是一個透明的玻璃小圓球。他說：『佛多，我最欣賞的就是你有一顆勇於冒險的心。你總是喜歡去探索未知的東西。這根木棒名叫「阿特拉斯」，是我年輕的時候所製造的，一直陪伴我到現在。很高興我替它找到一個比我更適合的主人。』阿格瑞教授將「阿特拉斯」交給了佛多，並且接著說：『相信它在你的冒險旅程中，會為你帶來許多幫助。』

佛多接過「阿特拉斯」說：『謝謝你，阿格瑞爺爺。』

伊西絲從口袋裡拿出了一個金色的懷錶，用非常溫柔卻帶有一點哀傷的語氣說：『孩子，這個懷錶是我送給你的生日禮物，這裡面有我和你父親的照片。如果有一天你找不到回家的路，希望它能夠指引你回家的方向。』

佛多感受到母親哀傷的情緒，覺得有點奇怪，接過懷錶後趕緊說：『媽，你不用擔心啦，我的方向感很好，不會迷路的。』

卡爾拿出了白色的小球，用平靜的語氣說：『佛多，這顆白色的小球是我送給你的生日禮物，裡面儲存著許多的資料，如果有什麼無法解決的問題，它可以提供你解答。』

佛多接過白色小球說：『好漂亮的球，謝謝爸爸。』

輪到佛多說話了，佛多站起來微笑的對著大家說：『今天是我最開心的一天。從小，父親就教導我許多科學知識，而我總是從母親那裡聽到許多有趣的故事。我最大的願望就是可以和波特一起去外太空冒險。回來後，將這些冒險的經歷寫成書籍，分享給村莊裡的人。』阿格瑞和羅素先生微笑的點著頭，而卡爾則是緊握著伊西絲的手。

離開科斯摩斯星球

生日宴會結束後，羅素先生以及維特便先行告辭了。時間已經是下午三點半了。佛多跟母親說：『媽媽，我和波特要去外面測試一下彈跳鞋，等一下就回來。』

伊西絲回答說：『好，六點以前要回家喔。』佛多點點頭。他將今天的生日禮物以及彈跳鞋放進背包，和波特一起離開了家門。

佛多說：『波特，走，我們去秘密基地測試彈跳鞋。』

波特回答說：『好啊。』

他們來到秘密基地，進入了樹洞。佛多從背包拿出彈跳鞋說：『波特，這個彈跳鞋就送給你了，因為今天也是我們認識滿第九年。』

波特高興地穿上鞋子歡呼的說：『太棒了！』

波特穿著彈跳鞋在樹洞裡跳來跳去。佛多所做的這個彈跳鞋不只可以控制彈跳的方向和角度，而且還有噴氣的功能，可以在空中變換方向，也可以在掉落到地面時幫助緩衝。很快的，波特越來越熟悉彈跳鞋，他已經可以在空中翻滾好幾圈再落地。波特邊跳邊大喊著：『呦呼！好好玩喔。』

這個樹洞的高度大約有五層樓高，波特越跳越高，已經快要摸到樹洞的頂端了。就在波特摸到樹頂時，他看到前方好像有一個平臺。他掉下來後往那個平臺方向跳過去。波特跳到了平臺，平臺後方有一個很小的房間，房間裡沒有擺放任何東西。波特進入房間後，看到右邊的牆上有一個黃色的圓形按鈕。此時佛多正在桌子前面研究他的生日禮物。

波特好奇地將按鈕壓下去，這時整棵神木開始劇烈的搖晃，佛多趕緊將生日禮物收進背包，大聲的喊：『波特，你在哪裡？快過來我這裡。』波特急忙跑出小房間，從平臺上跳下來，來到佛多身邊。佛多說：『這棵神木似乎要裂開了，快！我們趕快離開這個樹洞。』他們急忙地逃出樹洞，跑到圓形廣場上。就看到樹幹上已經存在的裂縫開始往下裂開，一直裂到地面。瞬間，整顆神木裂成兩半，一大片樹幹朝佛多和波特的方向倒了過來。佛多抱住了波特，而波特趕緊利用彈跳鞋往左邊跳了出去，躲開了樹幹。佛多鬆了一口氣說：『好險。』

佛多站起來，眼睛突然睜得非常大，露出非常驚訝的表情說：『波特，你看！』

他的手指向神木的地方，這真是令人不可置信的場景。眼前出現了一艘太空飛船，這艘飛船直立在他們眼前，並且船身指向著北方的天空。它的高度和這棵裂開的神木差不多高，而且寬度也和神木的樹幹寬度接近。佛多壓抑著興奮的心情，小心翼翼地靠近飛船，波特則是膽小的跟在佛多後面。他們來到飛船前面，佛多觀察了一下裂開的樹幹，對著波特說：『看起來這艘太空船本來應該是被這棵神木包在裡面。不知道為什麼樹幹會裂開？』

波特躲在佛多後面小聲地說：『該不會是因為我按了那個黃色的按鈕。』

佛多好奇的問：『什麼按鈕？』

波特把剛剛按下按鈕的事告訴了佛多。佛多一邊跳著一邊歡呼的說：『太棒了！沒想到我們的秘密基地真的是一艘太空飛船。』此時天色已經漸漸暗了下來，波特提醒著佛多說：『回家的時間快到了。』

佛多平靜了下來，看著波特說：『好啦，我們找到飛船的入口就回家。』他們仔細沿著飛船的船殼小心尋找著入口，突然他們被前面的綠光所吸引，跑了過去。佛多說：『奇怪，這裡也沒有門。』然而就在綠光照射到佛多手臂上的葉子胎記時，突然出現一個嗶嗶聲，整個太空飛船的燈都亮了起來。同一時間，他們眼前的船殼也打開了，出現了一個通道。佛多興奮的說：『波特，我們進去看一下。』波特點了點頭。雖然波特有點害怕，不過他也對這艘飛船感到好奇。當他們一進去後，門就自動關上。他們走進一個非常明亮的白色走道。這時，突然出現一個小女孩的聲音：『請問是佛多和波特嗎？』佛多和波特感到很納悶，心想這個小女孩怎麼會知道他們的名字。佛多說：『是的，請問妳是？』

小女孩笑著說：『我的名字叫「阿格瑞絲」，我是這艘太空飛船的主人，同時也是具有人工智慧的超級電腦，我將帶著你們前往外太空冒險。』

『這艘飛船即將在二十分鐘後出發。』阿格瑞絲接著說。

波特緊張的說：『可是我們現在必須要回家了。』

阿格瑞絲說：『很抱歉，波特，飛船的發射程序已經開啟，無法停下來了。』

佛多對著波特說：『波特，不要緊張，這是我們去冒險的好機會，等我們回來後就可以告訴爸媽很多我們有趣的經歷。』在阿格瑞絲的指引下，他們來到了駕駛艙。

『發射倒數一分鐘。佛多、波特，快去駕駛座上坐好，我們即將出發了。』阿格瑞絲說著。

『倒數，十、九、八、七、六、五、四、三、二、一，出發！』從太空飛船的尾端噴出非常多的氣體，並且發出了巨大的聲音。

此時，卡爾和伊西絲正開著車在外面尋找佛多和波特。已經晚上了，但是佛多和波特卻還沒回家，這讓他們非常擔心。火箭發射的巨大聲響傳到了卡爾的車子，他們看到北方森林冒出許多的白煙，卡爾趕緊按下駕駛座前方的一個紅色按鈕，機翼從車頂伸展開來。卡爾踩緊油門，白色氣體快速的從排氣孔噴射出來，車子很快地飛到了空中，朝著秘密基地的方向飛去。

他們看到太空飛船已經正準備要上升了，卡爾將車子駛向太空船的駕駛艙，但是周圍的氣流太亂，讓車子的飛行非常的不穩定。卡爾和伊西絲已經看到了駕駛艙裡的佛多和波特，然而太空飛船已經離開地面了。卡爾利用一個瞬間上升的空氣氣流，急速爬升，車子越過了駕駛艙。佛多和波特看到了坐在車內的卡爾和伊西絲，他們連忙揮著雙手向父母道別。卡爾和伊西絲強忍著淚水，微笑的揮著手大聲的向他們最親愛的佛多與波特說再見。

阿格瑞教授站在佛多的家門外，目送著太空飛船的離開。他走進了屋內，此時他胸前口袋裡的眼鏡震動了起來，他戴上眼鏡，眼鏡前出現了尤瑞卡的影像。

阿格瑞小聲的問：『尤瑞卡，太空飛船是妳啟動的嗎？』

尤瑞卡說：『不是，我本來是預計在找到控制「涅格特」的方法後再啟動飛船，沒想到現在就啟動了。』

尤瑞卡接著說：『阿格瑞，太空飛船裡的食物和衣物都有準備齊全嗎？』

阿格瑞說：『不用擔心，我都有準備好了。』

『「湦格特」也放進去了嗎？』尤瑞卡繼續說。

阿格瑞回答說：『當然，這麼重要的事我是不會忘記的。』

『對了，尤瑞卡，你有把「阿格瑞絲」輸入到飛船裡嗎？』阿格瑞接著問。

『有的。五年前波姆斯下了一場大雨，我利用一次巨大的閃電將阿格瑞絲的資料輸入到飛船中。』尤瑞卡平靜地回答。

阿格瑞嘆了一口氣說：『我們現在只能祈禱佛多和波特能夠平安的回到科斯摩斯。』

太空飛船此時已經離開了科斯摩斯的大氣層，航向廣闊無邊的宇宙，佛多與波特精彩的冒險旅程正式展開。

第二章：降落地球

阿格瑞絲

飛船持續在太空中航行，佛多和波特在船艙內漂浮著，裡面是一個沒有重力的環境。他們從船艙的玻璃看著距離他們越來越遠的科斯摩斯和天軌星。波特驚訝的說：『哇，從外太空所看到的景象和在科斯摩斯上所看到的好不一樣喔。你看！佛多，天軌的光從外太空看真的是白色的耶。』[2]

『嗯。波特，藍色的科斯摩斯好漂亮喔。』佛多和波特一直看著自己成長的星球，許多回憶不斷的出現在腦海中，直到它慢慢的消失在視線中。佛多飄移到了控制台前，對著上方的螢幕說：『阿格瑞絲，可以問妳一些問題嗎？』這時螢幕上出現一個黑色短髮的小女孩，有著黃色的皮膚和一對大大的眼睛，身上穿著藍色的長褲和紅色的短袖上衣，年齡看起來大約是九歲。

阿格瑞絲有點調皮地說：『當然沒問題囉。』

『這艘太空船是誰建造的？』佛多納悶地問。

『很抱歉，我也不知道。我的電腦資料裡沒有答案。』

『那你知道這艘太空船要開往何處？』佛多繼續問。

『知道啊！我們即將前往「史瓦茲」黑洞。』阿格瑞絲的手往右邊一指，右邊的螢幕上突然出現了許多顆星星，每顆星星旁邊都有標註它的名字和所在位置，而螢幕中間有一個黑洞，黑洞旁寫著「史瓦茲」。

佛多仔細的看了一下螢幕上的星圖，然後對著波特說：『波特，這顆黑洞就是我在科斯摩斯上所觀察到的黑洞。』這時飄在空中的波特從屁股噴出了一些氣體，慢慢的游到了佛多旁邊。

佛多從口袋拿出筆記本，比對著螢幕上的星星說：『你看，這四顆繞著黑洞的星星位置跟我筆記本上所記錄下來的是一樣的。』

波特看著說：『對耶。』

佛多開心的說：『太棒了，我正想去黑洞附近看看呢。』

2請參見**科學筆記**I：外太空的太陽光是什麼顏色？P353

阿格瑞絲說：『我們距離目的地大約還有兩個月的時間，飛船上有你們這趟旅程所需要的食物和衣服。還有，我有一個驚喜要送給你們。』阿格瑞絲神秘地笑著。

這時，忽然從艙門口走進了一隻身長約六十公分的綠色蜥蜴。它的身上有著鮮明的紅色條紋，嘴裡還不斷的吐著舌頭。波特嚇了一跳，阿格瑞絲呵呵的笑著說：『不要害怕，波特，這位是「雷奧帕德」。他是阿格瑞教授所製造具有人工智慧的機械動物。』

雷奧帕德邊吐著舌頭邊說：『你好，佛多。你好，波特。』

佛多好奇的問說：『阿格瑞絲，你也認識阿格瑞爺爺？』

『當然囉，我們是多年的好友。阿格瑞教授為你們準備了一個很特別的房間。雷奧帕德會帶你們去。』

雷奧帕德說：『跟我來吧。』接著，雷奧帕德轉過身去，抬起他長長的尾巴，從尾端射出一條長長的藤蔓說：『來吧，拉著這條藤蔓，我帶你們去那個房間。』

佛多和波特抓住了藤蔓，雷奧帕德拉著他們，走出了駕駛艙。在通道裡，佛多說：『雷奧帕德，你的腳好像可以吸著地板。』

雷奧帕德說：『是的，我的腳指頭有吸盤的功能，可以吸附在任何東西上，所以爬牆或是爬樹對我而言都是輕而易舉的事。』

波特說：『我猜你的腳指頭應該有抽氣的裝置吧。所以你是利用外面氣體的力量來讓你可以吸住東西。』

雷奧帕德說：『沒錯，波特，沒想到你的科學知識還滿豐富的。』

『抓緊了，我要加速了。』雷奧帕德開始加快腳步，而佛多和波特緊抓著藤蔓，在後面被甩來甩去。

『哇！好刺激喔。』佛多叫喊了起來。

『天啊！救命啊！』波特大叫了起來。

很快的，他們來到一個房間的門口，門打開之後，佛多和波特同時驚呼了起來：『哇！我們的秘密基地耶。』原來這個房間被佈置得跟他們在科斯摩斯的樹洞一模一樣。連桌子、椅子、書櫃還有波特常睡的吊床都一樣，他們歡呼了起來。雷奧帕德說：『你們好好玩吧，有什麼事都可以找阿格瑞絲。』然而，此時的佛多和波特卻早已飄進這個秘密基地裡愉快的玩耍了。

涅格特

飛船持續的在航行，佛多利用這段時間研究了阿格瑞爺爺以及父親送給他的生日禮物，然而在他心裡的深處卻很清楚的知道，最珍貴的禮物是這個他時時刻刻都帶在身上的懷錶。波特在這段時間，時常拿著佛多的筆記本在記錄飛船周圍的星星位置。在抵達目的地的一個月前，阿格瑞絲請佛多和波特來到駕駛艙，她說：『飛船已經航行了一個月，再過一個月就會到達「史瓦茲」黑洞，現在有一件重要的事必須要跟你們說。』

阿格瑞絲接著說：『這趟旅程不只要去黑洞附近，我們其實還有另外一項任務。我們要前往一顆和科斯摩斯很像的星球，它的名字叫地球。』這時螢幕上顯示出「地球」兩個字，然而對於佛多和波特來說，這兩個字就像是一種從來沒有見過的符號。

佛多興奮的說：『原來宇宙中還有和科斯摩斯很像的星球。不知道上面居住著什麼樣的生物？』

阿格瑞絲嚴肅的說：『佛多，我只知道地球上有許多的生物和科斯摩斯上的生物很像。但是我必須要先告訴你，居住在地球上的生物將會遭遇到很大的危機，需要你和波特的幫忙。』

波特緊張的說：『那裡會很危險嗎？』

阿格瑞絲說：『波特，是的。這趟旅程可能會十分危險，但是我相信你和佛多一定可以克服。』波特聽到後，難過了起來。

佛多鎮靜地說：『我們要如何到達地球？』

阿格瑞斯說：『因為它所在的星系距離我們有二百五十萬光年遠，如果藉由太空飛船直接飛行到那裡，至少需要一億年的時間，所以我們只能利用時空的捷徑，也就是蟲洞。』[3]

佛多疑惑地問：『這附近有蟲洞嗎？蟲洞不是無法穩定的存在於宇宙中。』

阿格瑞絲呼喚著：『雷奧帕德，請幫我將「涅格特」拿來。』

雷奧帕德從外面走了進來，背上揹著一個純白色的立方體盒子，大小約有一個手掌大。白色盒子的上方有一個黑色的圓形觸控按鈕。

阿格瑞絲說：『蟲洞的確無法自然地產生，但是我們已經找到可以將黑洞變成蟲洞的方法。

3 請參見**科學筆記Ⅰ**：蟲洞與涅格特 P344

雷奧帕德背上的白色盒子裡所裝的「涅格特」就是可以產生蟲洞的東西。』

雷奧帕德走到了佛多旁邊，佛多觀察了一下白色盒子說：『涅格特？爸爸送我的白色小球裡面好像有提到涅格特。』

『涅格特是一種全身都是黑色的機械小蟲，它們的背上有翅膀以及噴氣的裝置可以幫助飛行，而且體內存放著一種特殊的物質，我們稱之為負能量。這種小蟲可以將黑洞的中心吃出一個洞。這時，我們就可以穿過這個洞，直接到達離我們很遙遠的地球。不過⋯』阿格瑞絲忽然停住不說，臉上露出擔心的表情。

佛多說：『不過什麼？』

『因為涅格特體內的負能量會影響它們的行為，所以當它們被放出盒子後，有可能會不受控制，到處亂飛。我擔心在我們快到黑洞中心之前，如果涅格特沒有吃出足夠大的洞，到時整個飛船會因為黑洞的潮汐力而被壓成像麵條一樣細。』阿格瑞絲擔憂地說著。

波特十分慌張地說：『那我們是不是都會死掉？阿格瑞絲，我想要回科斯摩斯了。』

此時佛多的心劇烈的顫抖了一下，腦中閃過父母親的臉孔，這是他生平第一次產生放棄的想法。然而，他熱愛冒險的天性重新為他燃起了動力。他說：『波特，既然決定要去冒險，就一定會遇到危險。我們應該要想辦法克服這些困難，而不是放棄。你說是不是？』

波特沈默了一下，回答說：『嗯，雖然我還是很害怕，但是我更想和你一起去冒險。』佛多和波特看著彼此，臉上露出會心的一笑。阿格瑞絲在旁邊看著這一幕，心中出現了一種從來沒有的感覺。

佛多轉頭問阿格瑞絲：『我還有一個問題不了解。如何知道蟲洞的另一端所連接的地方就在地球附近？』

阿格瑞絲微笑地回答說：『我們已經知道蟲洞連接的位置和涅格特的數量有關。經過我們詳細的計算，到達地球附近需要兩百隻涅格特。所以這個白色盒子裡正好裝著兩百隻涅格特。我們現在唯一要擔心的是這些涅格特會不受控制。』

佛多對波特說：『還有一個月的時間，我們去仔細研究一下白色小球中的涅格特資料。說不定裡面有解決的辦法。』他和波特回到了秘密基地，專心的研究小球裡的資料。

阿格瑞絲對著雷奧帕德說：『去把佛多的太空衣準備好。』

雷奧帕德點了點頭後，走了出去。

一個月的時間很快的過去了，佛多和波特仍然沒有從白色小球中發現使涅格特穩定的方法，此時飛船即將抵達目的地，已經可以從駕駛艙看到史瓦茲黑洞。一個巨大黑色的洞就在他們的眼前。佛多和波特同時發出驚嘆聲：『哇！』他們看到黑洞的周圍分佈著許多的星光，而且在這個黑洞的邊緣有一條很細的光環包圍著它。[4]

波特說：『佛多，你看，黑洞附近的星光形狀都變得很細長。這應該是被黑洞的重力影響所造成的。』

佛多接著說：『好不可思議的景象。真的有光環包圍著黑洞。波特，你知道這個光環是怎麼形成的嗎？』

『我知道，這是因為黑洞邊緣的重力太大了，連星光經過這個地方都會被拉著，繞了黑洞好幾圈才跑出來。』波特很有自信的說。

飛船越來越接近黑洞，這時佛多突然發現一顆非常靠近黑洞的星球。他好奇的問阿格瑞絲：『那顆星球的名字是？』

阿格瑞絲回答說：『那顆星球叫「泰坦」，是最接近史瓦茲黑洞的星球。』

阿格瑞絲接著說：『佛多，快點穿上太空衣，我們馬上就要進入史瓦茲黑洞了。』

此時，雷奧帕德快速的走了進來，它將太空衣和涅格特都帶了過來。這是一件全部都是透明的衣服。佛多一邊穿著太空衣一邊說：『這件衣服好柔軟，穿起來很舒服。』就在他穿上後，衣服領口的地方突然出現一個透明的頭罩將佛多的頭整個包在裡面。接著衣服裡面自動噴出氣體，使得整個衣服都膨脹了起來。佛多看起來就像是穿著一個透明的氣球。

阿格瑞絲說：『這個太空衣的材質雖然很柔軟但它卻是科斯摩斯上最堅固的物質，所以不用擔心會破掉。另外它裡面有通訊設備，你可以利用無線電波來和飛船內的我們說話。』

這時太空飛船忽然整個劇烈的搖晃起來。

『佛多，快拿著涅格特，雷奧帕德會帶你到飛船外。我們已經開始進入黑洞了。』阿格瑞絲非常緊張的說著。這時佛多趕緊將白色盒子拿在右手上，左手則抓著雷奧帕德的背。雷奧帕德以非常快的速度沿著駕駛艙的牆壁往上爬到了天花板上的一個門。它伸出舌頭，插入到門上的一個小口，轉了兩圈之後，門就打開了。他們很快地進入通道，來到了最後的一扇門，門外就是飛船的外面。

佛多說：『雷奧帕德，你在這裡等我，我自己出去就好。』

雷奧帕德回答說：『小心點。』

波特很想跟著去幫忙佛多，但是他卻因為害怕而無法動彈，他全身發抖的說：『我好想回家。』

阿格瑞絲堅定的說：『不可能的，波特，難道你忘了嗎？任何東西掉入黑洞就無法再跑出來，即使是光也一樣。我們唯一的一條路就是穿過黑洞。』

佛多打開了最後一扇門，他用左手緊緊握住門外的把手，然而飛船掉入黑洞的速度越來越快。佛多趕緊用拇指觸碰著白色盒子上的黑色按鈕。盒子上出現「指紋正確」的字樣，接著白色盒子整個裂開，一瞬間，許多黑色小蟲飛了出來。這些小蟲長的很像毛毛蟲，但是不同的是它們背上有一對很薄的翅膀而且尾巴有一個噴氣裝置。每隻小蟲的長度比佛多的小拇指還要再小一點。這些小蟲一離開盒子就到處亂飛，而且還有幾十隻涅格特還跑過來攻擊佛多。

佛多用右手一直揮舞著，想要將這些小蟲趕跑。但是仍然有涅格特不斷的來攻擊佛多，情況看起來十分的危急。這時佛多忽然大叫一聲：『啊！』佛多抓著門把的左手鬆開了，他的身體貼著飛船往後滑，翻滾好幾圈後他好不容易抓到飛船尾端一處已經裂開的金屬外殼。波特在駕駛艙緊張地大喊著：『佛多，你沒事吧？』

雷奧帕德聽到波特擔心的叫聲，連忙趕緊爬出飛船外。他看到佛多快要抓不住了，馬上就要脫離飛船了，他趕緊轉身從尾巴射出藤蔓。

佛多看到了藤蔓，他抓準時機，趁著藤蔓靠近時，手用力一撐，整個身體躍起並且抓住了藤蔓。然而涅格特卻開始去攻擊雷奧帕德。很快的雷奧帕德整個身體開始冒出白煙，嘴裡痛苦的說著：『我快不行了。』

佛多看到雷奧帕德痛苦的表情，大聲地喊著：『雷奧帕德，振作點。』佛多努力的要爬到雷奧帕德身邊。這時，佛多左手臂的葉子胎記突然發出綠色光芒，一個葉子形狀的綠色影像從胎記的地方射出。這個影像一直往黑洞的中心快速地移動。就在此時，涅格特的攻擊突然停了下來。全部的涅格特就像是被催眠一樣，跟著這片葉子直接飛往黑洞的中心。佛多爬到雷奧帕德的身邊，此時雷奧帕德已經毀損的很嚴重，佛多趕緊將他抱在懷裡，進入了飛船內。

飛船開始感受到黑洞的潮汐力，整個飛船持續的被擠壓，船殼許多地方已經裂開，並且一直在劇烈的晃動。佛多帶著昏迷不醒的雷奧帕德回到駕駛艙。此時，所有的涅格特都已經在黑洞的中心附近不斷地咬著時間和空間。很快的，黑洞的中心被撕裂出一個洞。佛多從駕駛艙已經可以看到在黑洞中心被撕裂開的洞。這些持續吃著時間空間的涅格特，身體開始越變越大。當它們變成像手掌差不多大時，身體開始漸漸變成透明，到最後竟然消失不見。
佛多喊著：『蟲洞已經產生了。阿格瑞絲，讓我們加速衝過去。』
阿格瑞絲回答說：『好，大家抓緊了，飛船全速前進。』
太空飛船動力全開，此時飛船的外殼已經破損的非常嚴重，許多零件不斷的從飛船的表面飛出，整個飛船不斷劇烈的搖晃。在非常危險時刻，飛船終於穿過了蟲洞。
波特開心的說：『成功了！』
『呼！好險。』佛多鬆了一口氣說。
飛船穿出蟲洞後，來到了一個完全未知的地方。這時螢幕上阿格瑞絲的影像開始閃爍起來。突然螢幕上出現一個年紀很大的老婆婆，然後立刻又恢復成阿格瑞絲的樣貌。阿格瑞絲憂心的說：『飛船破損的相當嚴重，而且剛剛穿過蟲洞時，我的許多資料不知道為什麼都突然消失了。我們必須盡快找一個星球降落，不然⋯』話還沒說完，阿格瑞絲的影像突然消失。

穿越太陽系

波特趕緊將飛船轉成手動飛行模式，開始尋找適合降落的星球。佛多則是將雷奧帕德的腹部打開，然而裡面許多的電線都已經燒斷了。他找出羅素先生送給他的工具袋，從裡面拿出金色鑷子，並且用它將電線一一連接回去。雷奧帕德忽然張開眼睛，嘴巴吐著舌頭看著佛多說：『你是誰？這裡是哪裡？』

『我是佛多，我們一起穿越過蟲洞。你還救了我，難道你都忘記了？』佛多納悶地問。

『很抱歉，你說的事我完全不知道。』雷奧帕德搖搖頭說。

佛多心想應該是涅格特的攻擊讓他的記憶體受損，所以許多資料都損壞了，這才導致他失去記憶。這時聽到波特的呼喊：『佛多，你快過來看，那裡有一顆很大的星球。』

佛多飄到波特旁邊，看著波特所指的星球說：『嗯，那顆星球看起來比科斯摩斯大十幾倍，好特別喔，它的表面上有一些紅色的條紋。』

這時佛多忽然大喊：『波特，你看，那裏有一個紅色的大斑點，好像一顆巨大的紅色眼睛。』

『我把飛船開過去，看看能不能先降落在那裡。』波特拉起操縱桿將飛船駛向這顆巨大的棕色星球。

佛多說：『這顆星球似乎旋轉的很快。小心！它的表面好像有不少紊亂的氣體。』

波特回答說：『嗯，好的。』波特慢慢地將飛船開進星球表面的氣體中。這時駕駛座左邊的螢幕顯示出「氬氣」兩個字。不久，他們來到一片透明的海洋，他們看到海洋底下出現金屬顏色的銀色液體。

佛多好奇的說：『波特，探測一下底下的金屬液體是什麼？』

『沒問題。』波特按下一個探測鈕，從飛船底下伸出一個尖型探測器一直往下，直到接觸到金屬液體。這時螢幕上顯示出：『金屬氬。』

佛多說：『看來這整顆星球主要都是由氬所組成的。』話才剛說完。突然，一陣強烈的風暴向他們襲擊過來，佛多趕緊說：『我們快離開這個地方，飛船已經無法再承受這麼強烈的風暴。』波特用力拉動操縱桿，將飛船急速爬升，很快的離開了這個星球。

『我們必須儘速找到可以讓飛船降落的星球。波特，試試看往前面那顆恆星的方向尋找。』

經過了兩天的飛行，他們看到了另一顆星球。佛多和波特決定前往這顆星球。當飛船抵達星球上方時，他們看到星球表面上有機器人在活動，還有坐在太空車上的太空人。這些太空人正很忙碌的建造太空站。佛多和波特高興的抱在一起，波特說：『耶！太棒了！那裡有和我們很像的外星生物以及機械人。我們快去跟他們認識一下。』

就在佛多和波特的飛船準備要降落時，突然飛船的後方出現兩架太空船。原來在他們靠近星球時，這個星球上工作的太空人早已經看到他們，並且偷偷的派了兩架太空船準備去攻擊他們。其中一架太空船從後面瞄準了太空飛船尾端的噴氣裝置，發射出一道強烈的雷射光束。

飛船的尾部不偏不倚的被擊中，還好飛船的船殼有特殊的隔熱裝置，所以雷射光只有在船殼表面燒出一個黑色的痕跡。駕駛艙右前方的螢幕上出現紅色的警示訊號，上面寫著「危險」。波特趕緊放棄降落，將飛船重新拉高，遠離了地面。波特對著佛多說：『為什麼他們要攻擊我們？我們只是想認識他們，跟他們做個朋友啊！』

佛多皺了一下眉頭說：『波特，我也不知道。這在科斯摩斯是從來不會發生的事。』

波特讓太空飛船在星球附近盤旋，想要嘗試跟這些太空人表達自己的來意。沒想到那兩艘太

---

5 請參見**科學筆記I**：木星與金屬氫 P357

空船仍然緊追在飛船的後面，另外一艘太空船竟然向他們射出一枚導彈，波特看到螢幕上顯示：『小心！導航飛彈。』波特趕緊按下飛船右側的噴氣系統，飛船快速的往左邊做了一個一百八十度的急轉彎，閃過了飛彈。佛多從駕駛艙旁邊的窗戶看到那兩艘太空船的船殼上印著「I.C.E.」。此時太空飛船的右側忽然噴出氣體，原來是急速轉彎讓船殼附近的管子裂開。佛多對波特說：『飛船一定要盡快降落，這兩艘太空船仍然在後面緊追著我們，看來我們只能先往前尋找其他星球降落了。』

波特點了點頭，讓飛船加速離開這顆不友善的紅色星球。佛多看著後面說：『還好他們沒有繼續追來。波特，我先到飛船外面修理一下噴氣的地方。你持續往恆星的方向飛去。』波特說：『好，你要小心點。』佛多穿上太空衣，帶著失憶的雷奧帕德來到飛船外。他抓著雷奧帕德的藤蔓來到管子裂開的地方，然後從工具袋中拿出一塊白色的布。他將這塊布貼到管子裂開的地方，非常神奇的，這塊布直接融化，變成管子的一部分，連貼的痕跡都看不到。佛多微笑地對著雷奧帕德比了一下大拇指。雷奧帕德的尾巴開始收起藤蔓，將佛多拉回太空飛船。

抵達地球

飛船大約航行了幾個小時後，眼前出現了一顆他們感覺很熟悉的星球。佛多驚訝地說：『這……好像科斯摩斯。』波特則是睜大眼睛說不出話來。此時他們兩個心中都已經猜到這顆星球就是阿格瑞絲所告訴他們的「地球」。飛船持續地靠近這顆藍色的星球，星球周圍圍繞著許多小型的機械裝置，這些機械裝置的兩邊都有設置很大片的太陽能板。

佛多說：『我們將飛船降落在這顆星球吧。要小心的穿過這些密密麻麻的機器裝置。』

『嗯，出發了。』波特點點頭說。圍繞在這顆星球附近的機械裝置的數量實在多得驚人，還好波特已經越來越熟悉如何操控這個太空飛船，不然很容易會擦撞到。太空飛船非常靈巧地在這些裝置之間鑽來鑽去。就在飛船快要穿過這些機械裝置，有兩個機械裝置好像感應到飛船，突然從裝置底下伸出雷射槍，瞄準飛船後很快地發射。兩束功率非常強的雷射光同時射到飛船尾部，飛船的推進器突然產生爆炸。飛船主要有兩個推進器，這時其中一個推進器已經完全熄火。

駕駛艙中的佛多因為飛船被擊中所產生的劇烈搖晃而被甩到天花板上。波特緊抓著操控桿想要控制正在往下掉的飛船。波特大喊說：『哎呀，我快控制不住了。』就在這時，飛船又擦撞到一個機械裝置，右側的船身噴出了氣體。螢幕上突然出現阿格瑞絲的影樣，阿格瑞絲慌張地說：『佛多，波特，快從左邊的艙門離開。裡面的通道是通往逃生艙。太空飛船已經失去了動力，無法安全的降落了。你們必須從逃生艙離開。』

阿格瑞絲接著對雷奧帕德說：『雷奧帕德，你留下來幫我。』

雷奧帕德點了點頭後，爬到了駕駛座上。

佛多和波特趕緊來到左邊的艙門，佛多說：『阿格瑞絲，等我們降落這個星球後，一定會去尋找妳和雷奧帕德，這艘太空飛船可是我們的「哥白尼太空號」。我一定會把它修好，到時我們再一起回去科斯摩斯。』

千鈞一髮

「哥白尼太空號」開始進入星球的大氣層了。佛多和波特已經坐在逃生艙中。飛船下墜的速度越來越快，大氣層和飛船的摩擦讓飛船的船殼溫度越來越高。船殼上一些隔熱板裂開的地方已經開始冒出白煙，當佛多和波特看到海洋時，佛多按下了綠色按鈕，逃生艙從哥白尼太空號彈射了出來。這時佛多趕緊拿出筆記本，記錄下哥白尼太空號的下墜方向以及逃生艙的彈射方向。

逃生艙是一個黑色的圓形球體，而球體下方有四個可以任意改變噴氣方向的金屬管。佛多還記得在他七歲時，父親曾經跟他介紹過這種飛行器，並且還教導他如何操控它。佛多熟練的駕駛著逃生艙，飛過一大片海洋，來到了一個很大的島嶼。在這座島嶼沿海的平地上分佈著好幾個大城市，許多高樓大廈座落在這些大城市中，然而島嶼的中央有一片很長的山脈，許多高山聳立在島嶼的中央。佛多飛過了山脈，來到島嶼中部的一座城市上方。

波特從駕駛艙看到地面上和天空中都有很多車子快速地行駛著。突然他們聽到很急促的汽車喇叭聲，然後一輛車子從旁邊飛行而過，差一點點就撞上逃生艙。佛多趕緊將逃生艙轉正，卻沒注意到前方一座非常高的玻璃大樓，眼看馬上就要撞到玻璃大樓的頂樓。此時，他們上方不遠處突然出現一隻巨大的老鷹，以非常快的速度朝著逃生艙的方向俯衝下來，在逃生艙即將撞上玻璃大樓的前一刻，兩隻巨大的鷹爪即時抓住了它，並且拍動著巨大的翅膀，帶著逃生艙離開了這座城市。

老鷹帶著佛多和波特往島嶼中間的山脈飛去。佛多和波特看著層層堆疊的山脈上覆蓋著翠綠的樹木，心中產生了一種熟悉的感覺。忽然，老鷹收起翅膀，以很快的速度朝其中一座高山俯衝，波特嚇得閉上了眼睛。眼看馬上就要撞上山壁，這時，山壁突然打開，出現了一個圓形的山洞。老鷹帶著佛多他們進入了漆黑的山洞。飛行了大約十秒後，老鷹穿出了山洞，再度張開了它巨大的翅膀。

眼前的景象讓佛多十分驚訝，他拍拍波特，指著下面說：『波特，快看！』沒想到在如此多高山林立的山脈之中，竟然有這麼一大片寬闊的平地，然而平地的四周都是陡峭的山壁圍繞著，沒有任何可以進出的道路。佛多看到平地的中間有一個ㄇ字型的大型建築物，而建築物的中間則是一片非常大的廣場。在建築物的左邊有大一片金黃色的草原，整個建築物的牆壁都是紅色的，屋頂則是灰色的，上面還鋪著許多太陽能板。老鷹拍動著翅膀，將逃生艙小心的放在中間的廣場上後，便飛到旁邊休息。佛多按下了逃生艙中可以偵測環境的按鈕，螢幕上顯示「氣壓正常、溫度正常」。佛多說：『波特，這顆星球的環境似乎和科斯摩斯很像，我們出去看看吧。』此時他們的心中對這個未知的星球充滿著好奇。

佛多將逃生艙的艙門打開，和波特一起走出了逃生艙。一陣微風輕輕的吹撫過他們的臉龐，風中還夾雜著金黃色稻穗的味道。忽然，一輛白色的小車向他們行駛過來並且停在他們前面，車門自動打開，而裡面卻空無一人。佛多和波特兩個人對看了一下，便上了車。車門自動關上後，便往ㄇ字型中間的建築物方向開去。沿路上，車上的廣播傳出他們聽不懂的語言。

佛多透過車窗看著窗外的景色，這些紅色的建築是他從來沒有看過的。大約行駛了十分鐘，車子終於來到中央建築物的大門前面。佛多和波特下了車後，白色的車子便緩緩駛離，他們的眼前出現一個高約五公尺，寬約三公尺的方形大門。這個大門是由兩片巨大的木頭所製成，門上還雕刻著非常特別的幾何圖案。

大門自動地打開了，一隻手掌大的藍色蝴蝶從門裡飛了出來，在他們身邊盤旋了幾圈，似乎要帶領著他們進去門裡。佛多和波特跟著蝴蝶進入到大廳，整個大廳的空間非常寬廣，大廳的上方是透明的玻璃天花板，距離地面大約三十公尺，光線從天花板灑落下來，整個大廳顯得非常明亮。

此時，從天空中飛下來一隻銀色的魟魚，停在他們面前。魟魚的背上有兩個座位，佛多和波特互相看了一眼後，便坐上了座位。魟魚優雅地拍動著它巨大的胸鰭，飛到了空中。他們看到了一些從來沒有看過的生物在大廳的上方飛行著。一隻海豚從他們身邊飛過，後面還跟隨著好幾隻小魚。這隻魟魚飛到了一個大約二十公尺高的平臺上停下來。

佛多和波特下來之後，看到前方有一個走廊，走廊的盡頭有一扇黑色的門。就在他們快抵達門口時，門緩慢地打開了，門後站著一位年紀大約三十五歲，且身穿深藍色西裝的男子正露出微笑對著他們揮手。男子的身高超過一米八，雖然體格纖瘦，卻絲毫不會給人有瘦弱的感覺，在他略顯蒼白的臉孔上有著一雙充滿自信的眼睛。他留著一頭金色的短髮，並且將前面的瀏海往後梳理得非常整齊，給人感覺很有精神。

佛多快步的走了過去，而波特則是小心翼翼的跟在佛多後面。當他們進入房內後，男子優雅的將門關上。佛多很有禮貌的對著男子說：『你好，我叫佛多，他是我朋友波特。我們剛從科斯摩斯星球過來。』

男子露出很疑惑的表情，用手指指向自己，接著在指向自己的耳朵，然後搖搖頭，彷彿在告訴佛多自己聽不懂他的語言。佛多轉頭對波特說：『他好像聽不懂我們的語言。』佛多接著說：『波特，你把胸前的螢幕打開，我想讓他看一下科斯摩斯的位置。』

波特打開了胸前的螢幕，螢幕上出現了科斯摩斯、天軌星以及科斯摩斯附近的其他恆星。男子驚訝的看著波特並且蹲下去研究了一下螢幕上所顯示的星圖。他好像忽然想到了什麼，站起身來往房間的左側走去，並且轉身向佛多和波特招手。

佛多這時才注意到這個房間的正前方有一個木製的紅色方形桌子，桌面上有一片很薄的銀色圓盤漂浮著，而圓盤上有許多小方格。在圓盤旁邊放著一個花瓶，裡面插了好幾朵很大的黃色花朵。他想起在他很小的時候，父親曾經給他看過類似的圓盤。這時，波特拉著佛多說：『那個人好像在叫我們過去。』

佛多和波特走到男子旁，由於這個區域沒有燈光，所以顯得特別昏暗。男子用手指碰了一下黑色的牆壁，牆壁上突然出現了一些符號的影像，而且符號旁邊有很多的0和1。男子指了牆壁上的0、1，然後又指向波特。佛多看了一下牆壁上的符號，然後對波特說：『我猜他是要問你所儲存資料的方式是不是二進位？』[6]

佛多對著男子點點頭。男子露出了微笑並且豎起了大拇指。他輕輕的觸碰了影像上的一個黃色按鈕，突然在佛多和波特的後方升起了一個綠色的椅子，椅子的座位上方有一個很特別的頭盔，這個頭盔前面是一個全黑色的鏡面。男子走到座位旁，對波特做了一個請他坐上座位的手勢。

6 請參見**科學筆記I**：什麼是數位訊號？P359

佛多陪著波特來到座位旁，就在波特坐下後，座位上方的頭盔自動地戴在了波特頭上。波特的鏡面開始出現許多影像，同時他感覺到有資料正在儲存到他的記憶體中。

接著男子帶著佛多來到房間的右側，這邊的光線非常明亮，佛多這時才發現，右側上方是一個圓頂形狀的透明天花板，而且這裡放置了一台非常大的白色機器。佛多觀察了一下這個機器，他從機器的形狀和結構推測它應該是一座天文望遠鏡。男子帶著佛多沿著一個階梯走到了機器上面的一個平台。平台上有很大的螢幕和控制台，控制台的兩邊各有一個比男子手臂再大一點的機械手臂，此時的螢幕上正顯示著天文望遠鏡的內部構照圖。佛多好奇地研究著這些透鏡的位置，他還注意到機器最頂端的旁邊有一個很大的凹面狀物體，看起來很像碟子。他記得小的時候在書上看過，它可以用來發射或接收眼睛所看不到的訊號。

研究東西時，時間總是過得特別快，不知不覺的三個小時過去了。男子已經走回到波特旁邊，他將波特的頭盔拿起來，並且微笑的對著波特說：『你現在應該聽得懂我所說的話吧。』

波特點頭回答說：『是的，我已經學會你們的語言。』

男子說：『太好了，我有好多問題想問你們，我對你們可是非常的好奇。喔，對了，我還不知道你們的名字？』

波特有點警戒的說：『我的名字叫波特，他是我的好朋友佛多。我們是從一個名叫「科斯摩斯」的星球過來的。』

波特接著問：『還沒請問你的名字？』

男子笑著說：『我的名字叫伊凡．雷哈爾。你可以叫我伊凡就好了。我很驚訝竟然有和我們長得很像的外星人。「科斯摩斯」是一個怎麼樣的星球啊？』

波特對於陌生的人事物，總是有一種本能的防備心。他急忙說：『對不起，我要先去找佛多。』波特快速的跑到望遠鏡的平台上，佛多正拿著他的筆記本在記錄著望遠鏡的內部構造，波特拍著佛多的肩膀笑著說：『我已經學會這個星球的語言了。這個星球真的是阿格瑞絲所說的「地球」。』

佛多抬頭看著波特說：『嗯，我猜也是。』佛多轉頭回去邊寫筆記邊說：『波特，你等我一下，我快記錄好了。』

這時天色已黑，伊凡手裡拿著一本很厚的書走到了佛多和波特旁邊，等佛多寫完筆記後，伊凡說：『佛多，我發現你很喜歡天文望遠鏡，來，這本書借你看，裡面有介紹折射式和反射式望遠鏡的原理，還有各種最新式的天文望遠鏡。』波特趕緊將伊凡的話翻譯給佛多聽。佛多接過書本後微笑的說聲：『謝謝。』

伊凡這時笑著說：『我想我學會了「科斯摩斯」的謝謝怎麼說了。』

伊凡接著說：『波特，相信有你的幫助下，佛多應該很快就能學會我們的語言。希望你們可以在這裡住一陣子，我很想跟你們多聊聊，並且帶你們參觀這裡。等一下「帕拉」會帶你們去餐廳和你們的臥室。』伊凡有條理地說著，並且從胸前的口袋拿出一個貼紙，交給了波特後說：『波特，這個貼紙麻煩你把它貼在佛多的手臂上。它是你們在這裡的通行證，不管是吃飯或是在學院裡活動，都會需要用到它。』

波特點點頭，將貼紙貼在佛多的右手臂上，接著好奇的問說：『帕拉是誰啊？』

伊凡回答說：『帕拉就是今天帶你們上來這裡的那隻銀色魟魚，帕拉是花了我將近一年的時間才製作完成的，它可是我最引以為傲的作品呢。』

波特將伊凡剛剛說的話翻譯給佛多聽，佛多說：『我還不知道這個地方叫什麼？』波特將佛多的問題告訴了伊凡。

伊凡微笑的說：『這裡是擁有最先進科技的「時空學院」，我會再找個時間跟你們介紹這裡的環境，早點休息了。』

佛多和波特走出了房間，帕拉一直在平台等候著他們。佛多和波特坐上了帕拉，離開了這裡。就在他們離開不久後，房間桌子後面的窗戶外突然傳來螺旋槳的聲音，一位身穿黑色風衣的男子，腳上踩著一個形狀類似滑板的飛行器，非常優雅地降落在窗戶外面的陽台上。他推開窗戶走了進來，用他低沈的嗓音對伊凡說：『辦好了嗎？』

伊凡回答說：『嗯，已經將他們安頓好了。』

『辛苦你了。那你也早點去休息吧。這兩天我比較忙，等後天的會議結束後我再好好跟他們聊聊。』男子有點疲倦地說。

伊凡點點頭後就走出了房間。

第三章：時空學院

餐廳裡的巧遇

帕拉帶著佛多和波特飛出了建築物，穿過了中間的廣場，忽然一個轉彎，飛向了那片金黃色的草原，風從他們耳邊呼嘯而過。佛多這時才發現草原的旁邊有兩棟大約三層樓高的圓形建築。這兩棟相鄰的建築，一棟是純黑色的，而另一棟是純白色的。帕拉飛到白色建築的門口停下來，佛多和波特走到了門口，佛多將手臂上的透明貼紙靠近門口的一個黑色感應器，嗶的一聲後，門自動打開了。

當佛多和波特走進去後，腳下忽然出現一個黃色的箭頭。他們很自然的跟著箭頭的方向走，這個黃色箭頭帶領著他們上了階梯，來到一個很大的房間，裡面沒有任何一個人。他們看到房間裡放著許多圓形的木桌，而前方不遠處有一塊很大的玻璃牆，在牆的後方擺放著許多廚房用具。佛多注意到在靠近天花板的附近有許多白色的小軌道，這些交錯的軌道將天花板分割成一格一格的，看起來就像一個很大的棋盤。而在玻璃牆上方的軌道有十幾隻跟手掌大小差不多的黑色螞蟻。

他們跟著箭頭來到其中一張圓桌前坐下，圓桌上面有一層很薄的透明薄膜。每個座位旁邊都有一個小小的黑色感應器。佛多用貼紙感應了一下後，佛多座位的桌面上出現了圖片和文字，波特湊到佛多旁邊看了一下後說：『這是菜單，可以選擇你想吃的食物。』佛多仔細看了一下說：『波特，這些圖片上的食物都是我從來沒看過的，不知道吃起來是什麼味道？』

佛多摸著下巴思考著。這時波特拍了一下佛多肩膀說：『先來點餐吧。』波特幫佛多解釋了一下這些餐點的內容。菜單上有櫻花蝦炒飯、香煎杏鮑菇佐時蔬燉飯、迷迭香雞腿排飯、海鮮天使絲細麵。佛多點了「香煎杏鮑菇佐時蔬燉飯」。忽然，玻璃牆那裡傳來機械啟動的聲音，接著從牆後面的天花板上降下來兩個白色的機械手臂，非常熟練地開始準備食材，快速的切菜並且同時煎著杏鮑菇。很快的香味就飄到他們座位上，不到五分鐘，晚餐就煮好了。機械手臂將餐點和餐具放在一個方形的餐盤上，然後將餐盤放到一隻黑色螞蟻上。螞蟻用前腳穩穩地抓著餐盤，並且沿著軌道很快速地爬到佛多的圓桌上方停了下來，這時螞蟻所在位置的一小段軌道慢慢的下降到桌面，螞蟻將餐盤端到佛多的座位前，然後又快速地回到軌道。

佛多笑著說：『真是太有趣了，這裡都是自動化的機械裝置，在波姆斯村莊大家都習慣自己親自煮飯。那我就開動囉！』波特將兩隻手托著下巴看著佛多說：『這個味道聞起來好特別喔！不過這裡充足的陽光已經讓我全身都充滿能量了。』

忽然，門口走進來一個女孩，身高比佛多高一點，手裡拿著一本書，臉上沒有任何表情。她瞄了一眼佛多和波特後，便冷冷的走到最角落的圓桌點餐。波特看了一下那個女孩，女孩留著一頭烏黑的長髮，然而，這使得她原本已經蒼白的臉孔更加顯得毫無血色。在她那細緻的五官和清秀的臉龐上找不到一絲笑容。波特說：『佛多，我去認識一下新朋友，順便練習一下我剛學的語言。』佛多回頭看了那個女孩一眼，點了點頭。

波特走到了女孩旁邊，此時女孩已經點完餐正在低頭看書。波特以非常紳士的態度行了個禮。因為他不只學會地球上的各國語言，也學會了各種基本的禮儀。波特接著開口說：『妳好，我的名字叫波特，很高興認識妳。』

女孩抬起頭，用她那雙大大的眼睛卻帶著冷漠的眼神看著波特，不發一語，然後又低頭看著她的書。波特覺得很奇怪，難道是他的語言沒有學好，所以女孩聽不懂自己說的話嗎？波特又繼續說：『可以請問妳的名字嗎？』

女孩邊看著書邊用不帶感情的語氣說：『麻煩請你離開，我不想被打擾。』

波特依然很有禮貌的說：『我只是想和妳做個朋友。』

女孩忽然將兩手拍在桌上，站了起來，兩眼直視著波特並且用不悅的語氣說：『可以不要來煩我嗎？我不需要任何朋友，特別是像你這種用機械做的猴子。』

佛多聽到女孩拍桌的聲音，轉頭看了一下，便趕緊起身走向他們。

波特嚇了一跳，不過仍然保持和善地說：『妳怎麼知道我是機械做的？』

女孩用很不耐煩的語氣說：『動物是不會說我們人類的語言，除了具有人工智能的機械動物或殖晶動物，所以當你一開口說話，我就知道你是機械猴。』這時佛多已經走到波特身邊。

女孩狠狠的瞪著佛多說：『可以麻煩請你管好你的機械寵物好嗎？不要讓他隨便來騷擾別人。』此時機械螞蟻已經把女孩的餐點送來了。女孩闔起書本，拿著餐盤離開了座位，走到另一個角落的圓桌坐下來吃著晚餐。

佛多一臉很納悶的樣子，因為他完全聽不懂女孩所說的話。波特拉著佛多回到座位上。佛多小聲的問波特說：『你有說了什麼讓她生氣的話嗎？』

波特一臉無辜的樣子說：『沒有啊，我只是說想跟她做朋友。』

佛多將剩下的晚餐吃完後，波特按了一下桌面上的回收鈕，很快的螞蟻就過來把餐盤收走。他們走到門口時，黃色箭頭又再度出現在他們腳下。佛多離開前又看了女孩一眼，女孩正優雅地吃著飯，絲毫不理會佛多和波特的離開。

黃色箭頭帶著他們來到三樓的一個房間。他們進入房間後，波特便開始教導佛多地球上的語言。有了波特的幫助，佛多很快就學會溝通的能力以及基本的閱讀能力。佛多在床上閱讀著伊凡給他的書—《天文觀測百科全書》，不知不覺中便睡著了。波特替他蓋上了被子，此時他的眼角泛著淚光，手裡緊握著母親給他的懷錶。

文藝復興號

清晨，山谷裡迴蕩著清脆的鳥叫聲，佛多和波特房間內的書桌上忽然響起了鈴聲，波特跑到書桌旁，書桌右上角的小螢幕顯示了「伊凡來電」，波特按下了接聽鍵，這時佛多也從床上爬起來，桌面上方出現了伊凡的立體影像。

伊凡身穿黃色的西裝，非常熱情地說：『早安，波特。你和佛多昨晚睡得還好嗎？』

『嗯，這個房間很舒服，我們睡得很好。』波特回答著。

伊凡接著說：『等一下我帶你們參觀一下「時空學院」，幫你們好好介紹一下這裡。你們可要多待幾天，我很好奇你們是怎麼來到地球，還有為什麼要來這裡。我也想多瞭解一下「科斯摩斯」是一個怎麼樣的星球。』

這時佛多走到螢幕前說：『早安，伊凡。可是我們不能在這裡待太久，我們必須要盡快去尋找我們的太空飛船，我不知道它墜落到地球的什麼地方了。』

伊凡笑著說：『佛多，早。果然有波特的教導，你很快就學會我們的語言。沒想到你的發音還滿標準的，看來你有學習語言的天份。關於你要尋找太空飛船的事，我想源教授應該知道你們飛船的消息。不過因為學院再過兩天就要開學了，他目前有許多事情要處理，等他忙完後我再帶你去找他。』

佛多納悶地問：『源教授是誰？』

伊凡笑著說：『他是時空學院的院長。你一定要認識他，他是我見過最有智慧的人。』

這時，波特好奇的問：『開學？這裡有學生嗎？』

伊凡說：『嗯。你們現在住的地方就是學生宿舍。因為現在是暑假，所有學生幾乎都回家了，開學後，你們就會見到許多學生。』

波特對佛多說：『昨天吃飯遇到的女孩應該是這裡的學生吧。』

『我猜你們應該是遇到阿萊莎了。她是不是有一頭烏黑的長髮，身材纖細，比佛多高一點，還有不喜歡和人說話。』伊凡笑著問。

佛多點點頭好奇的問：『為什麼她沒有回家過暑假？』

伊凡說：『阿萊莎是一個非常特別的孩子。她沒有家可以回，因為她從小就是孤兒。她九歲那一年源教授將她帶來學院後，她就沒有離開過這裡。我之後再慢慢告訴你有關她的事。』

伊凡接著問：『對了，地球上的食物吃的還習慣嗎？』

佛多說：『嗯。雖然這裡的食物跟科斯摩斯的食物很不一樣，但是我還可以適應。』

伊凡笑著說：『那太好了。如果你肚子會餓的話就先去用餐，帕拉會帶你們到昨天的大廳，我們一小時後在那裡碰面。』

突然伊凡想起了什麼，對佛多說：『我差點忘記了，你知道我所說的一小時是多久的時間嗎？』

佛多微笑著說：『你昨天借我的書中有介紹你們所使用的時間和長度的單位，我已經都瞭解了，所以不用擔心。』

『好，那等會見。』伊凡說完就消失在螢幕中。

佛多整理好服裝儀容，將父親送他的白色小球和阿格瑞爺爺送他的「阿特拉斯」放在口袋裡，然後將工具袋繫在腰間，最後則是將懷錶放入到胸前的口袋裡。佛多看了一下牆上的時鐘說：『走吧，波特。』

佛多和波特乘著帕拉，此時陽光斜照在金黃色的草原，整個草原顯得更加鮮黃。波特對著佛多說：『下面那片金黃色的草原應該是已經成熟的稻田。』有全自動的收割機正在稻田上緩慢地行走著，將稻穀收集到機械內部的穀倉中。

佛多對著帕拉說：『可以飛到稻田的上方看一下嗎？』帕拉飛了下去，在稻田上方低空飛行著，微風從他們身邊吹過。佛多高舉著雙手說：『好舒服的味道。』突然他們的後方出現螺旋槳的聲音，一台和帕拉差不多大的飛機在他們後面緊追著。很快的飛機就來到他們旁邊，紅色的機身上寫著四個白色的字—「文藝復興」。

駕駛員戴著飛行專用的護目鏡，一頭烏黑亮麗的長髮向後飄，臉上沒有任何表情。佛多發現這個人正是他們昨天遇到的女孩—阿萊莎，當他正想跟阿萊莎打招呼時，飛機卻加速的遠離帕拉，並且在他們前方的空中連續做了兩個三百六十度的翻滾，然後一個高難度的急速轉彎後便飛走了。

學院的歷史與環境

帕拉帶著佛多和波特來到了大廳，伊凡已經在大廳等著他們，身邊還有一隻海豚。伊凡身穿黃色的西裝以及褐色的皮鞋，向他們招著手。

佛多和波特從帕拉身上下來後，伊凡說：『我還沒正式跟你們好好自我介紹。我的名字是伊凡·雷哈爾，之前在這裡獲得博士學位，現在是時空學院神經元計算中心的執行長。』

伊凡指著前方說：『來，我們邊走邊說。我跟你們介紹一下時空學院。』

他們一起穿過了大廳，伊凡說：『時空學院已經有百年以上的歷史，學院的外觀是一個ㄇ字形的建築。左邊的建築物中有兩個機構，分別是「理論中心」以及「教育中心」，而右邊的建築物同樣有兩個機構，分別是「智能機械製造中心」與「神經元計算中心」。』

這時他們來到一個大門前面，門自動打開，裡面是一個很大的演講廳，最前面有一個很大的演講台，而演講廳的座位至少可以容納超過八百人。伊凡繼續說：『這是我們主要的演講廳，開學期間，我們時常舉辦演講，可以聽到來自世界各地的演講者精彩的內容。』

佛多納悶的問：『可是時空學院的四周都環繞著高山，演講者要過來這裡似乎不太容易。』

伊凡搖著手並且笑著說：『演講者不需要來這裡，演講台上有立體全息投影的功能，我們會直接將演講者的影像和內容都投影在講台上，這和他們親自到現場有一樣的效果。』

波特小聲的說：『哇，聽起來很有趣。我從來沒有參加過大型的演講或聚會。波姆斯是一個小小的村落，平時都是晚上大家聚在一起看星星聊天。地球上的科技似乎比科斯摩斯還先進。』

伊凡懷疑的對波特說：『真的嗎？我一直認為你們星球的科技是遠遠超越地球的。你的肢體和表情動作的細膩度是我們目前的科技還無法辦到的。』

伊凡接著說：『演講廳的上方就是你們昨天去的房間，那是源教授的辦公室。走吧，我帶你們去旁邊藝文中心的會議廳。』

伊凡坐上海豚，佛多和波特則是坐上帕拉，往大廳的左側方向飛去，經過一個走廊。來到一扇弧形的大門。這扇大門上方有古典的銅環裝飾，空氣中散發出木頭的清香。帕拉和海豚停在門口，他們打開門走了進去，左邊是一整片透明的落地窗，陽光從落地窗灑落了進來，照亮了整個房間，而右邊雪白的牆上則是掛了許多的畫。有一幅畫引起了佛多的目光，畫中是一位非常漂亮的女生優雅的坐在椅子上，有著長長的捲髮和雪白的皮膚，面無表情的臉上散發出一種自信。佛多被她那雙帶著憂鬱而深邃的眼神所吸引。

他們左轉走進了一個會議廳，房間裡放著一個長長的大木桌，他們在長桌前面的凳子上坐了下來。伊凡對著木桌說：『彼得，幫我們泡一壺「溫特絲」茶吧！』這時桌面緩緩的打開了，底下升起了一個橢圓形的火車軌道，而軌道中間放著非常特別的泡茶裝置。有一個玻璃的茶壺放在加熱器上，裡面的水正在加熱中。茶壺上面有一根倒U字型的玻璃管，一端的管子從茶壺的開口處插入到茶壺的底部，而另一端的管子下面則是放著一個圓筒形狀的玻璃容器。玻璃容器的底部有一個可以控制開關的出水口。

波特看著這個泡茶裝置，臉上露出非常好奇的表情說：『好有趣的裝置。』

伊凡笑著說：『這個木桌叫做彼得，它可是擁有非常多功能的人工智能桌。馬上我們就可以看到彼得表演泡茶。』

這時軌道上的一台小火車載著一個平底的圓形玻璃壺來到放著好幾個茶葉罐的地方，其中一個上面寫著「溫特絲」的茶葉罐自動打開罐子，底下的台子升起，將茶葉倒進了玻璃壺裡。小火車車身的側邊螢幕出現了九點五克。接著，小火車將裝著茶葉的玻璃壺載到圓筒玻璃容器的出水口下方。

很快地加熱器上方玻璃瓶內的水已經滾了，熱水從插在玻璃瓶內的U型管往上流到另一端管子下方的圓筒玻璃容器。

波特看著裝熱水的玻璃瓶，很興奮的說：『這是利用玻璃瓶內熱空氣的壓力把水往上推到另一邊的管子。』

伊凡指著圓形玻璃壺說：『沒錯。而且等熱水到達這個圓筒玻璃容器後，底部的出水口有個溫度感應器，當熱水降溫到攝氏九十二度時，出水口就會打開。』

伊凡笑的接著說：『想要泡出好喝的茶，水溫的控制很重要。不同品種的茶葉所需要的熱水溫度都不一樣，這可是很講究的。』

這時，出水口打開了，熱水流到了下面裝著茶葉的茶壺，茶香很快的就飄到佛多和波特那裡。

波特聞著香味說：『這個「溫特絲」茶的味道好特別喔，裡面摻雜著淡淡的水果香氣。聞起來很像是波姆斯村莊的「梅爾斯」茶，只不過少了蜜糖的味道。』

伊凡面露驚訝的表情說：『波特，你分辨氣味的能力似乎非常的靈敏。』

波特點點頭說：『是啊，我可厲害了呢！我的鼻子有感應味道的裝置可以分辨出幾十萬種不同的味道。剛剛進來時，我就發現大門的木頭味道很特別，聞起來很像我們科斯摩斯的神木香味。』

伊凡說：『那我可要找個時間好好研究一下你的嗅覺裝置。我們目前的智能機械在視覺和聽覺的應用上都有非常卓越的成果，但是對於分辨嗅覺氣味的演算法上還沒有很成熟。』

伊凡接著說：『那扇門的木頭是用一顆已經斷裂的數千年紅檜所製作而成的。紅檜可是非常珍貴的木材，不過由於人類大量的濫伐，目前地球上的紅檜已經幾乎沒有了。』

此時，兩台載著白色陶瓷杯的小火車行駛在軌道上，裡面裝著泡好的茶，分別送到了伊凡和佛多的位置上。

佛多拿起茶杯喝了一口說：『這個茶很特別，也很好喝。』

伊凡得意地笑著說：『「溫特絲」茶是時空學院特有的茶，別的地方可是喝不到的。這個茶的茶葉是由一位學院的優秀畢業生所獨自培育出來的，她的名字叫做溫特絲・英德爾，所以這個茶就以她的名字命名。』

會議室右邊的窗戶外面有一片茶園，茶園裡有十幾隻黃色的鍬形蟲正在茶葉之間飛舞著，前腳上還勾著一個小竹籃。伊凡指著茶園說：『你所看到的那些黃色鍬形蟲正用它們頭上的大顎在採收茶葉，它們也是學院所製造的智能機械鍬形蟲。在這裏，從種植茶樹到烘培茶葉的過程全部都是自動化的。』

佛多問：『這個學院到底是誰所建立的？』

伊凡對木桌說：『彼得，幫我顯示時空學院的建築圖。』這時佛多和波特前方的桌面上出現了立體的時空學院影像。

伊凡指著ㄇ字型建築的左側建築說：『時空學院是由一個歷史悠久的卜森家族所創辦的，本來只有成立「理論中心」和「教育中心」，直到前一任的卜森則雄院長大力改革下，才順利在右側建築裡成立了「神經元計算中心」與「智能機械製造中心」，所以許多教育中心所培養出來的數學與科學人才，除了可以留在學院裡從事理論研究外，也可以從事智能機械的研發與製造。』此時，桌面上的影像變成了一位八十幾歲左右的老人，嘴唇上方留著一副濃密的白鬍子，頭髮雖然已經斑白，卻仍然讓人感覺充滿活力，而且臉上洋溢著微笑。

伊凡用尊敬的語氣說：『這位就是卜森則雄院長。我們的神經元演算法開發與智能機械的製造技術在世界上是數一數二的。我們所開發出的許多智能機械產品為學院帶來充足的教育和研究經費，沒有他當初的遠見，時空學院可能早已面臨經費短缺的問題，在他過世的前一年便將院長的位子交給了源洛書教授。』

『所以帶我們來這裡的老鷹也是你們所設計的？』佛多好奇的問。

伊凡笑著說：『當然。你們的太空船在接近地球前，就已經被我們學院的衛星所探測到了。源教授一直注意著你們太空船的情況，當你們被其他公司的衛星攻擊時，他便通知我派出智能飛鷹去幫助你們。』

波特回憶著當時的情景說：『當時真的好危險，還好有你們的幫助。』

伊凡對著佛多說：『對了，我很好奇你們的星球，可以跟我描述一下科斯摩斯嗎？』

佛多喝了一口「溫特絲」茶後說：『嗯。科斯摩斯是一個和地球環境非常類似的星球，星球上有著許多的小村落，而且每個村落的居民都不多，我和波特所在的村落叫做波姆斯。每個村落都有屬於自己的生活方式，並且可以自給自足，所以不同村落的居民幾乎沒有往來。在波姆斯的居民會種植植物和蔬果，這是我們主要的食物。』

伊凡好奇地說：『你們村莊的居民難道還要自己耕種？為什麼不讓智能機械去做就好了？』

佛多笑著說：『我想你可能誤會一件事了。我剛剛所說的居民是包含像波特這樣的智能機械動物。在我們星球上，智能機械和生物之間是朋友的關係，我們會彼此互相幫助。所以不論是耕種或是生活中的事，大家都會一起合力完成。』此時，佛多和波特互看了一下，彼此露出會心的一笑。

伊凡懷疑的說：『那你們是如何製造像波特這麼先進的智能機械？』

『我父親曾經跟我說過，在波姆斯的南方有一個科學研究中心，裡面有一群非常優秀的科學家，還有一台百萬量子位元的超級量子電腦。科斯摩斯上所有的智能機械動物都是在那裡製造的。』[7]

伊凡眼睛突然閃出光芒的說：『百萬量子位元的量子電腦？你們的科技已經可以製造到百萬個量子位元？』佛多看著興奮的伊凡點點頭。伊凡接著說：『目前地球上的量子電腦才剛突破兩百個量子位元。』

伊凡忽然拍了一下自己的頭說：『啊！我知道了。我想波特之所以可以分辨這麼多的味道，

7 參見**科學筆記I**：量子電腦 P374

應該是他的嗅覺裝置裡有量子的效應。』

伊凡對著波特說：『你是如何充電的？』

波特笑著回答說：『我的皮膚可以吸收光線的能量，將它轉成我所需要的電能。』

『可是就我所知，這種能量轉換的效率並不好，你裡面難道沒有電池嗎？』

波特搖著頭說：『不需要電池。我皮膚的構造是仿照植物葉綠體的能量轉換方式所製造的。植物的葉綠體可以將光能非常有效率地轉換成生物所需要的能量，所以我的皮膚可以將百分之九十以上的光能全部轉成電能。』

伊凡忽然走到波特旁邊說：『不知道可不可以把你拆開來研究一下？』

波特聽到後嚇的躲到佛多後面。伊凡大笑的說：『開玩笑的啦！』

佛多說：『伊凡，你們的衛星可以收尋到我們飛船掉落的位置嗎？』

伊凡回答說：『衛星資料的分析在理論中心裡。走，我現在帶你們去。』

說完，他們三人便離開了會議室，經過那幅女子畫像前面時，佛多叫住了伊凡：『你知道這幅畫像裡面的人是誰嗎？』

伊凡遲疑了一下後說：『那位是嚴凝心教授，同時也是卜森則雄院長的孫女。她曾經是我的上司，不過十年前就離開學院了，我是接替她執行長的位置。』
伊凡嘆了一口氣說：『你讓我想起了「時空五重奏」。』
佛多納悶地問：『時空五重奏？』
『那是時空學院一個非常輝煌的時期。在卜森院長晚年的時候，學院裡出現了五位特別優秀的學生，源洛書院長和嚴凝心教授就是其中的兩位。』
伊凡忽然停頓了一下說：『我們還是先到理論中心瞭解一下衛星資料。』
三人很快的來到理論中心的衛星資料部門，他們一進門就看到房間的牆壁上有好幾個很大的電腦螢幕，有一個年輕的金髮男子正站在其中一個螢幕前面，盯著螢幕上的數據，伊凡說：『嗨，海特斯。』
男子轉頭說：『喔，伊凡，是你啊。今天怎麼有空來這裡？』
伊凡笑著說：『因為有事想請你們幫忙。疑？怎麼只有你一個人，其他人都去哪了？』
海特斯說：『他們都去支援重力波探測部門。最近學院地底下的重力波探測器偵測到很強的重力波的訊號。』
伊凡好奇地說：『哦？是什麼樣的訊號？』

海特斯說：『還不是很清楚。我們已經推測出重力波訊號應該是來自木星和土星之間，但是還不知道產生的原因？曼妮芙教授和其他研究員這幾天都在忙著分析這個訊號。』此時佛多和波特互相看了一眼。佛多心想該不會是「涅格特」產生蟲洞時所造成的重力波吧。[8]

伊凡回答說：『嗯，聽起來是一個很特殊的事件。』

海特斯有點不耐煩的說：『對了，你說有事需要幫忙，是什麼事？』

伊凡指著佛多和波特，很客氣的說：『我們有兩位訪客，他們的太空船墜落到地球上，但是目前下落不明，可以請你用衛星幫他們尋找太空船的墜落位置嗎？』

海特斯看著佛多說：『你們為什麼會有太空船？』

伊凡趕緊回答說：『沒有啦。他們是國際太空總署的職員。我們神經元計算中心和太空總署有一個合作計畫，但是很抱歉這個計畫必須要保密，不能透露給其他人知道。』伊凡對佛多和波特使了一個眼色。

海特斯說：『可是我必須要有太空船穿過地球大氣層時候的位置和速度，不然無法鎖定墜落的地區。』

佛多拿出他的筆記本說：『我們乘坐逃生艙離開太空船時，我有記錄太空船下墜的方向和大概的速度。我把資料寫給你。』海特斯拿了一張紙給佛多，佛多將資料寫下來後，拿給了海特斯。海特斯看了一下上面的資料後說：『好。我會用電腦程式幫你找出可能的墜落地點，然後再用衛星幫你尋找。不過最快可能要明天才能知道。』

伊凡說：『真是太感謝你了，那我們就不打擾你工作了。』說完他們三人就離開了衛星資料部門。

走出衛星部門後，伊凡看了一下手錶後說：『今天的介紹就先到這裡了。明天學院有個很重要的會議，我必須要先去準備開會的事。帕拉會帶你們到圖書館，我猜你們應該會想多認識一下地球的環境與歷史。』

佛多點點頭說：『謝謝。我的確對地球非常的好奇。』伊凡微笑地對佛多和波特揮揮手，便坐上海豚走了。

8 參見**科學筆記I**：重力波的探測與發展 P345

開學前的會議

今天是開學的前一天，天氣非常的晴朗，佛多和波特坐在學院大門外面的長椅上休息。前方的廣場上聚集了許多白色的鴿子。波特看著蔚藍的天空說：『今天的天空好藍，在這裡吹著微風真舒服。』佛多沒有聽到波特的話，他似乎正在專心的思考什麼事情。

波特拍了一下佛多的肩膀說：『佛多，你在想什麼？』

佛多回過神來笑著說：『沒有啦，只是在想昨天在圖書館裡所看的書。我覺得地球上的人類真的是很奇怪的生物。從他們過去所發生的種種歷史，我無法理解人類的行為。』

突然，他們前方的天空中出現了一位身穿灰色西裝的中年男子，腳底下踩著一個滑板形狀的飛行器，朝他們的方向飛過來。這位有著一頭黑色短髮且身材高挑的男子降落在前面的廣場上，非常紳士的走到他們前面說：『歡迎你們來到時空學院。』

佛多納悶的說：『你是……』

男子神秘的笑了一下說：『我叫源洛書。』佛多看著源教授的眼睛，一瞬間想起了自己的父親。

波特接著說：『哦，你就是伊凡提到的源教授。』

源教授看著波特說：『看來我不需要自我介紹了。很抱歉，我現在必須趕去藝文中心開會，你們明天早上可以到我的辦公室來嗎？』佛多和波特點點頭。

這時一隻白鴿從廣場上飛到了源教授的肩膀上。源教授摸了一下白鴿笑著說：『妳也要跟我一起去參加會議啊。』說完之後，就往大門方向快步走去。

藝文中心會議室的大門是緊閉著，門上面的螢幕顯示著：

時空學院西元二一〇五年開學會議

時空學院院長：源洛書教授

神經元計算中心執行長：伊凡博士

智能機械製造中心執行長：樂芙蕾思教授

理論中心主任：曼妮芙教授

教育中心主任：封致知爵士

源教授來到會議室門口，此時門忽然發出聲音：『源教授，請進。』緊接著門就自動打開。

源教授走了進去，其他人都已經坐在會議桌前等待會議的開始。

源教授走到會議桌前說：『很高興每個中心的執行長和主任都能準時來參加這個會議。當初卜森院長舉辦開學會議的用意就是希望各個中心彼此之間可以有更多溝通的機會。在座的每一位對學院未來的發展都是非常重要，所以有任何的意見都可以提出來一起討論。』

這時坐在源教授右邊的一位紅色短髮，身材豐腴的女性舉手發言，源教授說：『樂芙蕾思教授，請說。』

樂芙蕾思教授穿著白色的襯衫以及黑色的西裝褲。她將身體坐直，雙手放在桌上，皺著眉頭說：『有件事情我想提出來討論。這攸關學院是否能永續的發展。我想大家多多少少都知道現在越來越多人和動物接受了植入晶片的手術。』

這時坐在樂芙蕾思對面的女性輕聲細語的說：『妳是指「殖晶」手術吧。』這位說話的女性身材纖細，打扮得非常典雅，穿著連身的深藍色長裙，脖子上還綁著一條絲巾。

樂芙蕾思不耐煩的說：『是的，曼妮芙教授。』然後接著說：『現在的殖晶手術進展的非常快速，而且手術的成功率也越來越高。你們都知道殖晶動物不只可以聽從人類的控制，也可以幫助人類做許多事，所以人類越來越喜歡使用殖晶動物，而這代表著智能機械將逐漸被淘汰。』

曼妮芙教授平靜地說：『我想被淘汰還不至於吧，樂芙蕾思教授，妳會不會太悲觀了。』

樂芙蕾思拍了一下桌子對著曼妮芙說：『妳這句話是什麼意思！妳要知道學院絕大部分的經費都是由我和伊凡的部門所賺得的。如果不是靠販售我們兩個部門所研發製造的各種智能機械產品，學院早就面臨經費短缺的問題了。』

源教授這時說：『樂芙蕾思教授，妳先冷靜一下。我想妳也應該知道沒有理論的發展，智能機械要有所進展也是不可能的。』

樂芙蕾思有點生氣的說：『源院長，這我知道。但是我認為理論中心已經花了太多經費在不重要的基礎研究。十年前，學院投入了大量的經費在地底下蓋了兩座重力波探測器，導致之後的幾年，學院無法有足夠的經費投入到智能機械的研發上。這對我和伊凡部門是非常不公平的。』

源教授微笑的說：『所以妳認為要怎麼做才是公平的？』

樂芙蕾思冷笑了一下說：『我認為應該要將理論中心合併到我和伊凡的部門，將資源集中在智能機械的研發上。』

曼妮芙瞪了一下樂芙蕾思後，用質疑的語氣說：『什麼叫做不重要的基礎科學研究？如果沒有從事基礎研究的科學家無私的貢獻理論研究的成果，人類的科技如何能有如此快速的進展呢？

若不是一百五十幾年前，由約翰．巴丁教授、沃爾特．布拉頓博士和威廉．肖克利院士三人所研發出的電晶體[9]，個人電腦有可能存在嗎？電晶體是所有智能機械產品最基本的元件，沒有這些基礎科學研究的成果，你們智能機械製造中心如何能夠製造晶片和開發產品呢？』

樂芙蕾思反駁說：『我沒說基礎科學研究不重要，我是希望理論中心的研究可以完全專注在智能機械的研發上，所以如果理論中心納入到我們的部門，我們就可以有更密切的合作。』

曼妮芙將她烏黑的長髮撥到一邊後，堅定的說：『我想妳完全不了解基礎科學研究的發展。基礎研究的動力是源自於人類對大自然現象的好奇心，而不是為了服務某個領域的研究。為什麼人類想要發展太空科技？為什麼我們想要探測重力波？難道是為了人類將來可以殖民到其他星球？我想真正的動力是人類對於未知現象的好奇心。』

曼妮芙停頓了一下後說：『大約兩百七十年前，法拉第建立了他著名的法拉第定律，這背後的動力難道是為了製造發電機？如果要我們理論中心服務於智能機械製造部門，不如就直接關閉好了。失去了好奇心這個純粹的動力，怎麼可能做出好的基礎研究，我想理論中心的研究員是不會有人願意在合併的環境裡工作的。』

樂芙蕾思捲起襯衫的袖管說：『曼教授，我可以理解妳說的。但是學院現在所面臨的環境越來越嚴峻。隨著殖晶動物的普及化，智能機械的市場已經在逐漸的萎縮中。我相信源教授一定早就知道，我們學院這幾年已經開始面臨經費短缺的問題。雖然我們部門所製造出的智能機械產品可以說是最先進的，可是面對這樣的環境變化，我們也是心有餘而力不足啊。』

樂芙蕾思接著轉向源教授說：『如果我們能夠開始研發殖晶晶片，我相信以我們現有的技術，很快就能解決經費短缺的問題。』

這時，坐在曼妮芙旁邊的一位體格壯碩的光頭男子突然舉手，源教授看著他說：『是，封致知爵士，請說。』這位年紀約六十五歲的男子正是教育中心的主任封致知爵士。

封致知用低沈而嚴肅的語氣說：『樂芙蕾思教授，妳不要忘記了。殖晶研究在時空學院是不允許的，這是卜森院長親自所訂下的規定。在規定裡清楚的寫到學院裡不能出現任何殖晶動物，而且也不能招收殖晶學生。』

樂芙蕾思看著封致知說：『我知道，你不需要提醒我。但是規定是死的，我們可以選擇去修改學院的規定，不是嗎？為什麼一定要堅持這樣的規定呢？時代一直在變化，科技的發展也一直

9 參見**科學筆記Ⅰ**：積體電路與摩爾定律 P376

在快速的改變人類的生活，墨守成規很容易被環境所淘汰，不是嗎？我們要思考的是學院永續的發展。以我們學院現有的這些優秀的研究員，如果發展殖晶技術，我相信很快就可以超越目前最先進的殖晶技術。』

這時，坐在樂芙蕾思旁邊的伊凡舉手說：『我認為曼教授與封爵士說的沒錯。基礎科學需要在一個自由而且獨立的環境下才能有所發展，如果理論中心和我們的部門合併，對基礎研究會造成很大的限制。另外，殖晶一直是學院的禁忌，而且目前在生物體內植入晶片的技術還沒完全發展成熟，貿然開放殖晶的研究可能會造成對生物的傷害。』樂芙蕾思用非常不高興的眼神看著伊凡。

源教授稍微大聲的說：『好了，各位，請先冷靜一下，聽我說幾句話。』然後源教授看著樂芙蕾思，用非常溫和的語氣說：『樂芙蕾思教授，我完全可以理解妳的擔憂。但是我想讓妳瞭解的是，禁止殖晶的規定不是像妳所說的只是一種跟不上時代的規定，這背後是有很深的原因。讓我們思考一下，如果一位孩子接受了植入晶片的手術，假設手術成功，他或許可以將知識快速的儲存到大腦的記憶晶片中，甚至有了過目不忘的能力。他也可以透過植入學習晶片，讓他獲得快速的計算能力和分析能力。但是我想說的是，將大腦的神經網路連接到人工晶片後的孩子，他的意識還是他原來的意識嗎？我們要如何教育殖晶孩子？他們還能體會到學習時所帶來的樂趣嗎？而最讓我擔心的事是他們的好奇心會不會喪失掉。妳要瞭解人類科學的進展並不是來自快速的學習或是強大的計算能力，而是來自人類本身的好奇心和創造力。這些是目前的人工晶片所無法產生的。』樂芙蕾思低下頭來沈默不語。

源教授接著看著大家說：『學院目前的確面臨到經費的問題。但是這個部分，身為院長的我一定會想辦法解決，請各位不用擔心。明天就要開學了，這些可愛的學生又要回到學院裡上課。在座各位又要開始忙碌了，我真的非常感謝你們為學院和這些學生所做的付出。在此，我要獻上我最深的感謝。』源教授站了起來，深深的一鞠躬。

會議結束後，大家紛紛離席。就在伊凡要離開會議室前，源教授叫住了伊凡：『今天晚上方便來我的辦公室一趟嗎？我想跟你聊一下我們的新訪客。』伊凡微笑的點點頭後就離開了。

伊凡與源教授的對話

時間來到晚上八點，源教授捲起白色襯衫的袖子，正站在辦公室右側的那台天文望遠鏡前觀察星系。這時敲門聲響起，『請進！』源教授大聲喊著。伊凡走了進來，源教授轉頭說：『伊凡，你來了啊。』源教授一邊走向伊凡，一邊笑著說：『天空中這些星系和星雲似乎永遠都看不膩。我正在觀察我們銀河系附近的仙女星系。』

源教授走到辦公桌前說：『請坐。』然後打開桌子右邊最底下的抽屜，拿出了一瓶陳年的威士忌和一對形狀特別的玻璃杯說：『我還記得在我六歲時，跟父親一起組了一台天文望遠鏡，觀察到土星環和土星的第六顆衛星。當時那種興奮的感覺我到現在還印象深刻呢。』說著，源教授打開瓶蓋，濃醇的酒香立刻飄散出來，源教授分別在這兩個玻璃杯裡倒了一點酒，並且將其中一杯拿給了伊凡。

伊凡看到這對玻璃杯上面各有一隻飛躍的靈堤犬，眼睛各自鑲著紅寶石和藍寶石。他接過鑲著紅寶石的酒杯，源教授回憶的說：『上次喝這瓶酒已經是十年前了，就在她離開學院的一個月前。』

伊凡嘆了一口氣說：『她的離開的確是學院的一大損失。』

源教授笑著說：『我們邊喝邊聊。你知道佛多和波特是從哪個星系來的嗎？』

伊凡搖搖頭說：『他們有給我看過星球的位置圖，但是我還是無法確定是在哪個星系。不過佛多有跟我說他們星球的科技與環境。』伊凡將佛多和波特與他的談話內容告訴了源教授。

源教授好奇地說：『哦？他們星球上有百萬量子位元的超級量子電腦，這倒是非常的有趣。』

伊凡喝了一小口的威士忌後說：『今天的開學會議真是有些混亂。學院已經好幾年沒有這麼激烈的衝突了。』

源教授拿起玻璃杯，聞了一下酒香，然後喝了一小口說：『這幾年整個世界的科技變化太快速了。樂芙蕾思說得沒錯，殖晶的人與動物的數量的確是越來越多。』

源教授靠在了椅子上，將酒杯拿在胸前，用一種奇特又帶著神秘的眼神看著伊凡說：『你相信靈魂的存在嗎？』

伊凡不假思索的說：『當然不相信。我認為所有無法被客觀證實存在的東西都是不存在的，然而，大多數人在探討靈魂時，只侷限在個人經驗上的存在，而不是客觀的存在。對於一個研究科學的我來說，不是客觀存在的東西就是不存在。』

源教授露出淡淡的微笑，然後說：『所以你所說的客觀存在是指目前的科學儀器所可以偵測到的？』

伊凡點點頭說：『當然。靈魂向來都被歸類在非物質世界的領域。但是如果無法用物理學來了解它的性質，這代表它無法影響我們的物質世界。一個我們無法用物理定律解釋的東西，它就是一個不必要存在的概念。』

源教授微笑的對伊凡說：『但是我們不要忘了，科學和數學也無法證明靈魂是不存在的。或許我們應該用開放一點的態度來面對這個問題。』源教授對伊凡眨了一下眼睛。

伊凡舉起酒杯，默默地喝了一小口酒。源教授接著說：『那你對意識的看法是什麼？』

伊凡忽然顯得很有精神的說：『我認為所有動物的意識都是由大腦的神經元活動所產生的。以人類來說，每個人先天的基因都不一樣，所以大腦的結構自然也都不一樣。對我而言，人類的大腦就像是一台複雜的機械，可以處理各種輸入到大腦裡的訊息。我們目前之所以無法完整的複製人類的意識到電腦上，是因為我們對大腦這台機械還沒有完全的瞭解。我相信人類的意識遲早可以在物理定律下被完整的描述。』

源教授平靜地問說：『你認同「圖靈測試」嗎？』[10]

伊凡笑著說：『當然。我相信當一個人只能透過書寫的方式與對方溝通時，是無法利用問卷的方式來判斷出對方是電腦還是人類。』

源教授突然嚴肅的說：『所以想必你一定認為智能機械是可以產生意識的，但是你似乎也認為人類完整的意識在未來也可以複製到電腦機械上。』[11]

伊凡點點頭說：『是的。目前我們還無法辦到只是因為我們對人類大腦的神經元活動還沒有完全瞭解，人腦中大約有一千億個神經元，彼此的訊號關係實在太複雜。我猜測大腦裡有某些神經元活動和量子現象有關，所以我目前專注在量子類神經元演算法以及如何將它應用在智能機械的研究工作上。』[12]

源教授又喝了一口威士忌說：『所以你認為智能機械也會像人類一樣做夢？』

伊凡笑著回答說：『當然，我認為做夢也是大腦某些區域的活動所產生的。當人類可以完整的瞭解大腦的運作時，智能機械做夢也是可能的，意識只是大腦電流運作的表象。』

源教授顯得有點悲傷地，看著酒杯說：『我並不希望看到人類的意識可以完整的上傳到電腦裡。生命是非常奇妙的，我們人類至今仍然無法在實驗室中從無生命的物質中創造出具有自我複製能力的生命。從宇宙大爆炸到現在，經過了大約一百四十億年，而人類存在的歷史相較於這一

10 參見**科學筆記Ⅰ**：圖靈測試 P376
11 參見**科學筆記Ⅰ**：量子意識 P372
12 參見**科學筆記Ⅰ**：神經元演算法與生物機械的結合 P380

百四十億年，是顯得如此的渺小。既然在大自然的演化過程中，意識的產生是出現在生物體內，我想我們必須要尊重這樣的演化，不應該任意的將生物體中所存在的意識上傳到電腦機械，或是將人工晶片植入到生物腦中。我所希望看到的是生物和智能機械可以共同組成一個互相合作的世界。』

接著，源教授轉頭看向伊凡，平靜的說：『你所正在研究的量子類神經元演算法，我已經解決了其中主要的數學問題，從我的計算中，量子類神經元演算法的晶片製作是可行的。不過我可不希望這樣的研究成果未來會用在殖晶技術的突破上，所以我目前並不打算發表這個成果。』

伊凡眼睛突然閃耀出光芒，興奮的說：『院長，可以將你的計算借我看嗎？或許可以對我在研發智能機械上有很大的幫助。』

源教授有點疲累的說：『我想以後有機會再說吧。伊凡，你要幫我保守這個秘密，不要讓任何人知道。』伊凡點點頭。源教授看了一下時鐘說：『時候不早了，好久沒有這麼愉快的喝酒聊天了，你早點休息吧，明天要開始忙碌了。』

第四章：阿萊莎

開學的第一天

今天是時空學院的開學日，一大早，廣場上聚集了六排的智能飛鷹，每隻飛鷹前面都有一個圓筒狀的金屬箱子，看起來很像飛機的機身。每個箱子都有一個門和好幾個窗戶，而且箱子上方有一個T字形的金屬把手，把手和箱子之間的連接處是一個可以自由轉動的球狀連接頭。每一排的箱子顏色都不一樣，分別有紅、橙、黃、綠、藍、紫，而且每個箱子裡都有八個座位。

在時空學院所在的島嶼上，有六個主要的大城市，分別分佈在島嶼的沿岸。時空學院的學生有來自地球上不同的國家，而在開學前，各個地方的學生都會來到這個島嶼的其中一個大城市等待開學日。早上六點一到，所有的飛鷹開始緩慢的拍動著翅膀，漸漸的離開了地面，突然間，第一排的飛鷹迅速的用腳緊緊抓住紅色箱子的把手很快地飛了出去。後面緊接著第二排、第三排、第四排、第五排、第六排。飛鷹們不斷的拍動翅膀往上飛並且很有秩序的排成一直線，當第一隻飛鷹飛到某一個高度時，山壁的洞口打開了，咻地一聲，第一隻飛鷹快速的俯衝下來，收起翅膀衝進了山洞，而後面的飛鷹也依序的進入了山洞裡。當飛鷹們一隻一隻的穿過山洞來到外面的世界後，提著不同顏色箱子的飛鷹便各自朝著不同的方向展翅飛去。

飛鷹離開學院後，佛多和波特依約來到源教授的辦公室。進門後，源教授面帶倦容的說：『請坐，兩位。我已經從伊凡那裡知道你們科斯摩斯星球上的環境。你們可以讓我看一下你們星球的位置圖嗎？』波特打開胸前的螢幕，顯示出科斯摩斯的位置以及周圍的星球和星系。

源教授仔細看了一下後說：『我確定你們的星球在仙女星系裡，大約距離我們銀河系約二百五十萬光年遠。』接著源教授微笑的看著佛多說：『我猜你們應該是穿越蟲洞才來到太陽系的。不過我很好奇你們是如何穿過蟲洞的？』

佛多把他們將涅格特丟到黑洞以及穿過蟲洞的過程告訴了源教授，說完後，源教授說：『涅格特？這似乎是我們這個星球上所沒有的科技技術。佛多，你有涅格特的相關資料嗎？』

佛多將白色小球拿出來，按了一下黑色按鈕，小球的中間出現了一個裂縫，然後從裂縫中射出一個透明的長方形薄膜，薄膜的周圍有一條很細的金屬線包圍著。薄膜上出現了卡爾．哥白尼教授的筆記。佛多將小球遞給源教授說：『這是我父親有關涅格特的筆記。』

源教授接過小球，用手指在薄膜上滑動著，持續的翻著筆記內容。雖然筆記上的文字是他所不了解的，但是筆記上的數學符號他卻可以很快的猜出符號的意思。當他翻到某一頁時說：『波特，可以幫我翻譯一下這邊嗎？』波特走到源教授旁邊看著他所指的內容說：『這裡是在解釋負能量的製造與保存。』波特花了一點時間幫源教授翻譯他所詢問的部分。源教授一邊聽著波特的翻譯，一邊在紙上寫下了一些方程式。他抬起頭說：『看來你父親已經解開量子理論和重力理論之間無法結合的原因。我們目前的科技已經知道如何利用量子理論來產生負能量，但是我們無法讓這些負能量穩定的存在。』

源教授這時按了桌子側邊的一個按鈕，靠左邊的桌面緩緩的打開，從桌面下方升起了一套非常精緻的深紅色茶具，旁邊還有燒水的用具。源教授一邊泡著茶一邊微笑的說：『有些東西是自動化所無法取代的，就像現在我們一起泡茶聊天的時刻。當科技讓人與人之間的溝通越來越頻繁時，是否人與人之間的情感其實是越來愈疏離呢？有些東西是需要時間慢慢去醞釀的。』

他將茶杯端給了佛多，然後說：『喝茶前要先聞一下茶香，然後再小口小口地喝。』

源教授聞著茶香，然後喝了一小口茶。他對佛多說：『從你父親的筆記我可以知道你們的科技比地球先進許多。關於如何讓負能量穩定的問題，我與理論部門的曼教授已經思考很多年，但是一直無法有所突破。你父親的筆記讓我非常興奮。你們願意多待幾天，讓我有更多時間可以瞭解你父親的筆記內容嗎？』

佛多說：『我是很樂意借你筆記，但是我和波特明天就想出發去尋找哥白尼太空號了。』

『佛多，我可以理解你著急的心情。但是現在有兩個問題要解決。第一，我們已經估計出你們飛船掉落的位置，但是從我們的衛星觀測中，並沒有發現你們的飛船。我們搜尋了所有可能的地方都沒找到。很明顯地有人將你們的飛船藏起來了，目前我們還不知道是誰。第二，如果你們還想回到科斯摩斯星球，一定要再利用蟲洞。但是你們已經沒有涅格特了。所以你們一定要找出製造涅格特的方法才有可能回得去。我想關鍵在你父親的筆記裡，這個部分我很樂意幫助你們。』

『好吧，我和波特是一定會回到波姆斯村莊的。』佛多想了一下後，堅定的說。

源教授又喝了一口茶說：『我一定會盡我所能的幫助你們。對了，今天是開學日，所有學生都會回到時空學院。你和波特要不要利用這段時間和學生們一起上課，我想你們應該可以結交到新朋友。』

波特搶著說：『好啊。不過這裡其他的學生會不會都像阿萊莎一樣討厭機械做的猴子。』

『你們已經見過阿萊莎了？』

『對啊，她對我非常的不友善。』

源教授微笑的說：『阿萊莎是我親自去接她過來時空學院的。』

佛多納悶的問：『你知道為什麼她那麼討厭智能機械的東西？』

源教授皺了一下眉頭說：『這說來話長了。阿萊莎出生在一個非常富裕的家庭，她的父親是馬克．艾伯斯博士，而母親則是溫特絲．英德爾博士。他們兩位都是智能機械方面最頂尖的研究員。在阿萊莎三歲時，他們開發了一款非常先進的晶片，並且設計出一套全新的神經元演算法。他們特別將這塊晶片取名叫「飛天獅子 1.0」。但是沒想到這塊晶片和演算法所製造出來的智能機械飛天獅竟然去攻擊人類，溫特絲和馬克也是死於這隻飛天獅子的攻擊。後來阿萊莎就交由馬克的母親所扶養。』

佛多納悶的說：『智能機械會攻擊人？這是我完全無法想像的事。在我們星球上，智能機械和其他生物之間的相處是非常融洽的。』

源教授回答說：『這個攻擊事件的確有許多的疑點。馬克與溫特絲和我是同學，也是我多年的好友，他們所研發的晶片和演算法都有送到時空學院來做測試。我們並沒有發現有任何問題，而且它們的效能在當時都是數一數二的。學院裡不少的智能機械到現在仍然是使用他們的晶片，卻從來沒有發生過任何攻擊事件。』

源教授停頓了一下，喝了一口茶接著說：『阿萊莎從小就展現出她在數學和科學方面的天份，但是自從她父母過世後，她時常被同學欺負，說她父母是製造殺人機器的兇手。她一直無法融入當地學校的生活，到後來甚至不願意去學校上課。在她七歲時以非常優異的成績通過了時空學院的入學考試，但是她卻堅持要陪伴她年邁生病的奶奶，一直到她九歲那年，馬克的母親過世後，我才親自去接她來學院唸書。』

佛多忽然嚴肅的說：『源教授，在我待在學院的這幾天，學會了你們的語言，也從圖書館的書籍中瞭解到人類演進的歷史，但是有一件我無法理解的事。』

源教授露出好奇的表情，對佛多說：『哦？從你的表情看起來是非常重要的問題，請說。』

『根據你們的教育和道德規範可以看出你們是提倡愛與和平的種族，但是你們過去的歷史卻發生了一次又一次的戰爭。你們教導攻擊別人是不對的，但是人與人之間的攻擊卻不曾停止過，這對我而言是矛盾的。在科斯摩斯上，我們從來不提倡和平，也不需要任何道德規範的教育，但是我們卻從來不曾發生過任何攻擊事件或戰爭。為什麼地球上的人類總是做著矛盾的事？』佛多說完，喝了一口茶。

源教授露出神秘的笑容說：『佛多，你問了一個非常好的問題，卻也是一個很難回答的問題。人類之所以會存在矛盾的行為，和人類的基因與大腦的意識有直接的關聯。從量子理論，我已經知道這些非理性的行為是……』這時忽然傳來敲門的聲音，

『請進。』源教授大聲的說著。曼教授走了進來說：『院長，開學典禮的時間快開始了，我們現在需要去一樓的演講廳準備相關的流程。』

源教授看了一下時間說：『哎呀，聊得太愉快，都忘記時間了。』

源教授對著佛多和波特說：『你們要不要也一起來參加。我想介紹你們給這裡的學生認識。還有，不要透露你們是來自科斯摩斯星球的事，我不希望引起某些學生不必要的恐慌。』

佛多和波特點點頭跟著源教授和曼教授走出了辦公室。

提著橙色箱子的智能飛鷹來到了島嶼西部沿岸的一個大城市，它降落在位於城市中心的一座很大的公園裡。公園的廣場上已經聚集許多家長和學生，五隻飛鷹將橙色箱子依序放在廣場上後就站到箱子的後面。有一對兄妹背上揹著紅色的行李包，男孩有著一頭金黃色的短髮，藍色的眼睛，身上還穿著黃色的長袍，而女孩則是綁著兩條辮子，身穿綠色長袍站在男孩旁邊。他們排在

其中一個隊伍的最後面，旁邊站著他們的父母。男孩一直在東張西望，好像在尋找什麼。

父親對著男孩說：『艾格菲，東西都有準備齊全嗎？』

艾格菲心不在焉的說：『有啦。爸爸，怎麼沒有看到凱文。』

父親說：『我一直沒告訴你，這個暑假，凱文的父親帶他去做殖晶手術，所以凱文不會再回時空學院。』

艾格菲驚訝的說：『怎麼會！』

這時隊伍已經開始往前走，母親對艾格菲說：『你要好好照顧你妹妹，』並且對旁邊的女孩說：『艾莉絲，要好好聽哥哥的話。』女孩點點頭。

艾格菲來到了橙色箱子的門口，門口有個掃瞄器會將學生做全身的掃描，如果學生有做過殖晶手術，門旁邊的螢幕會顯示出『禁止進入』。掃瞄完艾格菲後，門自動打開，並且出現一個電腦的聲音說：『艾格菲，歡迎返校。』緊接著艾莉絲也順利進入箱子。他們在窗戶旁坐了下來，對著窗外的父母揮手道別。當所有的學生都坐好後，後面的五隻老鷹開始拍動翅膀，抓住箱子便快速的往時空學院的方向飛去。

所有的飛鷹都在八點前回到了時空學院。學生們將行李留在箱子的座位上，直接前往一樓的演講廳參加開學典禮。當所有學生都離開箱子後，空中出現了許多白色的智能機械鴿子，它們飛進箱子裡各自抓著不同的行李，然後往學生的房間飛去。講台上的右邊有五張椅子，椅子上分別坐著身穿藍色長袍的源洛書院長，藍色長袍的曼尼芙教授，綠色長袍的封致知爵士，紅色長袍的伊凡博士以及黃色長袍的樂芙蕾思教授。講台下學生們的座位被劃分成四個區塊，是根據他們身上所穿的長袍顏色。坐在演講廳最左邊的區塊是穿著綠色長袍的學生，他們都是年齡在十二歲以下的學生，佛多和波特被源教授安排在綠色區塊第一排的座位。隔壁區塊是身穿藍色長袍的學生，這些學生是將來要從事數學和理論科學的學生，穿著藍色長袍的阿萊莎正坐在第一排安靜的看著書。下一個區塊是身穿紅色長袍的學生，他們是將來要從事神經元演算法與智能軟體開發的學生。最右邊的區塊則是坐著黃色長袍的學生，將來要從事智能機械與硬體研發的相關工作。艾格菲坐在黃色區塊的第二排，並且不時的偷偷望向阿萊莎。

演講廳到處都可以聽到學生們彼此寒喧聊天的聲音，八點半一到，講台上傳來悠揚的樂音，是舒伯特的鱒魚五重奏，此時所有的學生都安靜下來，源教授起身向坐在身旁的四位教授點頭示意後，走到中央講台的講桌前，而樂音也漸漸地消失。源教授微笑的看著講台下面的學生們說：

『又是一個新的學期，很高興看到大家齊聚在這裡，今年是西元二一〇五年，也是非常特別的一年，在兩百年前，愛因斯坦發表了狹義相對論，改變了人類對於時間和空間的想法。[13]在二十世紀，人類的科學有了非常重大的進展，我們建立了量子理論和廣義相對論，到了二十一世紀，人類的科技正式進入了人工智能與物聯網的時代，現在8G的網路資料傳輸讓人類的生活與智能機械緊密的連結在一起。如今我們已經邁入了二十二世紀，在人類自身的反省與智能科技的持續進步下，地球環境的污染和自然生態的破壞已經漸漸緩和下來了，我相信人類、自然與科技正在往一個和諧的狀態前進。』

源教授停頓了一下後繼續說：『在二十五年前，我也和你們一樣坐在下面聆聽著我最敬愛的老師卜森院長的演講，他曾經說過時空學院創立的宗旨是要讓人類與智能機械所組成的社會可以和諧共存，而這句話一直放在我的心裡。』

這時源教授特別看了一下阿萊莎，接著說：『雖然學院持續在研發更先進的智能機械，但是我們不曾忘記這些科技的發展是源自於人類所發現的自然定律。我親愛的學生們，探索這些自然定律的動力是來自你們與身俱來的好奇心與創造力。在新的學期裡，好好的去享受學習過程所帶給你們的樂趣。』源教授說完便轉身回到了座位上。

台下響起了熱烈的掌聲，這時教育中心執行長封致知爵士走到講桌前，用嚴肅而低沈的語氣說：『請每位學生到大廳領取你們的蓋亞蛋，今天大家好好的休息，明天就要開始新學期的課程了。』

蓋亞蛋與帕特森老師

阿萊莎拿著書本走出了演講廳，頭也不回的獨自離開了大廳。源教授走到了佛多旁邊，對著坐在佛多旁邊的艾莉絲說：『艾莉絲，這兩位是學院的新訪客，他們會在學院待一陣子，今天可以請妳和艾格菲帶他們去參觀一下上課的教室？』艾莉絲看了一下佛多和波特，有點膽怯的說：『好。』源教授點了點頭就離開了，此時艾格菲走了過來，艾莉絲趕緊過去拉著他說：『哥哥，院長要我們帶這兩位新訪客去參觀教室。』這時艾格菲走到佛多前面說：『你好，我叫艾格菲，請問你的名字是？』

佛多看著眼前這位金色頭髮，高出他半個頭的男生說：『我叫佛多，他是我朋友波特。』

13 參見**科學筆記Ⅰ**：時間空間的統一 P329

艾格菲好奇的說：『你說話的口音我還是第一次聽過，請問你們是從哪個地方來的？』

佛多不假思索的說：『我們是從科…』這時波特趕緊接著說：『我們是從科姆斯小鎮來的。』

艾格菲說：『科姆斯？我怎麼從來沒聽過？』

波特尷尬的笑著說：『這很正常啦。那個小鎮很隱密，沒什麼人知道。』

艾利絲看到大部分的學生都已經離開演講廳，她趕緊說：『哥哥，我們該去領我們的蓋亞蛋了。』

艾格菲對著佛多說：『那我們一起走吧，先跟我們去領蓋亞蛋，然後我帶你們去參觀教室，說不定會遇到非常有趣的帕特森老師。』

他們一起往大廳的方向走去，波特走在艾莉絲旁邊說：『什麼是蓋亞蛋啊？』

艾莉絲說：『蓋亞蛋是一種具有人工智能的白色機械蛋，它是由源洛書院長和伊凡博士所共同研發的。每個新生剛入學時都會拿到這顆蛋，它會記錄下你的指紋，而你將一直擁有它直到它孵化出智能機械動物。』

波特接著問：『那要怎麼樣才能讓這顆蛋孵化？』

『這顆蛋裡面有七個任務，而蛋殼上有七顆星星。你只要完成一個任務，其中一顆星星就會亮起。當所有的星星都亮起時，這顆蛋就會孵化出智能機械動物。每個人分配到的七個任務都不一樣，而且這些任務都是源院長和伊凡博士親自設計的。』艾莉絲認真的說。

艾格菲一行人已經來到領取蓋亞蛋的地方。波特看到艾格菲的蓋亞蛋已經有六顆星都亮著白光，而艾莉絲的蓋亞蛋則有三顆星是亮著光。

波特高興的說：『哇！艾格菲，你只差一顆星就可孵出智能動物了耶。』

艾格菲說：『嗯，只要孵出這顆蛋，我就可以去跟樂芙蕾思教授做研究了。』

佛多納悶的說：『哦？』

艾格菲笑著說：『只要將蓋亞蛋孵化出來的人，就不需要在教育中心上課。他可以直接跟學院的教授做研究。我想跟樂芙蕾思教授做有關人工智能機械的結構設計。』

波特說：『那你就快完成了。你知道蛋裡的動物是什麼嗎？』

艾格菲聳聳肩說：『在沒孵出動物之前，沒有人知道蛋裡面是什麼？』

波特好奇的問：『有學生孵蛋成功的嗎？』

艾格菲說：『嗯。目前的學生中唯一孵蛋成功的是阿萊莎。』

波特驚訝的說：『阿萊莎！』

艾格菲用好奇的語氣說：『波特，你為什麼那麼驚訝？阿萊莎一直是學院裡最優秀的學生，她是年紀最小就孵蛋成功的人。』

波特傻笑著說：『沒有啦。只是剛來到學院時有遇到她，好像沒有看到她身邊有智能機械動物。』

艾格菲說：『喔，她所孵出的是一隻藍色的機械蝴蝶。不知道為什麼，她不要這隻蝴蝶，並且將它還給了學院。你看，那隻蝴蝶就在那裡。』佛多看著艾格菲所指的那隻蝴蝶說：『這是我們剛來到時空學院時帶我們進入大廳的那隻蝴蝶。』

艾格菲有點驚訝的說：『是嗎？這隻蝴蝶從不主動親近任何人。我記得源院長有說過蓋亞蛋裡面的電腦程式會去學習擁有者的行為，所以孵出來的智能動物都會表現出擁有者的個性。阿萊莎向來都是獨來獨往，所以我還滿訝異這隻藍色蝴蝶會主動親近你。』

艾格菲看了一下時間說：『走吧，我帶你們去教室看看。』

佛多喊了一聲帕拉，帕拉很快的從大廳的上方飛了下來，停到佛多和波特前面。艾格菲對佛多說：『看來你們應該是源院長很重要的客人。學院裡所有飛行的智能機械動物，帕拉的飛行能力是最好的。它的靈敏度和短時間加速的能力沒有其他飛行機械動物可以超越，平時院長是很少派它去載人。』這時艾莉絲對大廳上方喊了一聲：『沙克、娜塔，過來。』這時一隻黃色的鯊魚和綠色的海龜從天空緩慢的飛下來，艾格菲和艾莉絲分別坐上了鯊魚沙克和海龜納塔，艾格菲說：『走吧。』

他們從大廳左邊的通道上方飛過去，快到盡頭時，左轉彎進入了理論中心，有一位西裝筆挺的男士和兩位身穿洋裝的女士正坐在理論中心外面的露天咖啡廳喝著咖啡。這裡放置了好幾塊可以移動的黑板，而他們座位旁邊就有一塊黑板。一位穿著白色襯衫的男士正站在黑板旁邊，手裡拿著粉筆對著座位上的男士講解著黑板上的內容。

艾格菲朝著他們揮舞著手說：『嗨，海特斯。』

白色襯衫的男士回過頭說：『噢，是你啊，艾格菲，你回來了。今天是開學日嗎？』

艾格菲點點頭說：『我還要帶訪客去參觀教室，先不打擾你們討論了。』

海特斯揮手說：『好，有機會再聊。』

艾格菲轉頭對佛多說：『這裡是理論中心，裡面有二十多位從事數學和理論科學的研究員。他們時常在外面的咖啡廳討論問題。』

他們穿過理論中心，來到了教育中心。此時一樓的一間大教室裡有一位年紀大約四十多歲，體型壯碩的中年男子。男子有著一頭黑色的捲髮，濃密的鬍子覆蓋了整個嘴唇。他的身邊圍繞著好幾個不到十歲的小學生，其中一位金黃色短髮的小男生對著男子興奮的問：『帕特森老師，這學期有什麼好玩的科學實驗呢？』

帕特森老師摸摸鬍子，微笑的說：『德瑞克，這學期會有很多空氣以及水的實驗。你們看實驗器材都已經放在右邊的實驗櫃裡了。』小學生們往實驗櫃的方向看去，露出了好奇的眼神。櫃子裡有伽利略溫度計、史特林引擎、迷你的飛機和直升機等有趣的實驗器材。帕特森老師露出神秘的表情說：『這個學期還有一個很棒的專題計畫。』小學生們一個個睜大眼睛，好奇地問說：『是什麼？』

帕特森老師說：『你們猜猜看。』德瑞克立刻舉手說：『我知道，是不是要製作天文望遠鏡？』

帕特森老師搖搖頭說：『德瑞克，我知道你特別喜歡天文。不過天文望遠鏡要等你們在長大一點才會製作。還有沒有人要猜猜看？』

其中一位黑色頭髮，綁著兩條辮子的小女孩說：『帕特森老師，是不是和空氣有關？』帕特森老師看向小女孩說：『瑪麗，沒錯，的確和空氣有關。』

小女孩接著說：『那我猜應該是製作可以飛行的機器。』

帕特森摸摸瑪麗的頭說：『很不錯，猜對了。我要帶你們製作遙控機械蜻蜓。』學生們都歡呼了起來，這時門口的敲門聲響起，艾格菲和艾莉絲帶著佛多和波特從教室門口走了進來，艾格菲笑著對帕特森老師說：『老師好，這裡怎麼這麼熱鬧，不是明天才正式上課？』

帕特森老師看著艾格菲說：『哎呀，艾格菲，原來是你啊。』德瑞克接著說：『艾格菲學長，我們大家都迫不及待想要了解這學期的課程內容。』

艾格菲看著帕特森老師，笑著說：『看來老師的魅力還是很大。』

帕特森老師則是看了一下佛多和波特，然後說：『艾格菲，你後面那兩位是？』艾格菲說：『這兩位是源院長的訪客，院長交代我和艾莉絲帶他們參觀學院裡面。』接著佛多和波特就自我介紹了一下。

艾格菲對佛多說：『帕特森老師從年輕時就在學院裡唸書，畢業之後就一直在這裡從事教學的工作，我從他的課程中學習到許多科學的知識，也啟發了我對科學的興趣。』

艾格菲對帕特森老師說：『老師，您先忙，我帶他們參觀一下教室。』帕特森老師點點頭後，轉頭問這些圍在他身邊的小學生說：『你們還有什麼問題想知道嗎？』

瑪麗舉手說：『老師，我最近在看關於量子的書，不過我不太懂什麼是量子糾纏？』[14]

帕特森老師眼睛一亮，看著瑪麗說：『瑪麗，很不錯喔，妳已經開始在接觸量子的知識了。量子理論裡面有一些很特殊的現象，量子糾纏就是其中的一種。讓我來舉個例子。』這時佛多和波特正在看著實驗櫃裡各種儀器，而艾格菲和艾莉絲則是停下腳步聽著帕特森老師的講解。

帕特森老師從口袋裡拿出兩枚硬幣，每隻手各拿著一枚硬幣，然後對著這些小學生們說：『我們都知道每一枚硬幣都有正面和反面。現在我將右手的硬幣握在手裡，不讓你們看到，你們來猜猜看是正面還是反面。』有些小學生猜正面，有些則是猜反面。

帕特森老師將右手手掌打開說：『是反面。你們都知道猜對的機率是百分之五十。如果我告訴你們，在我打開右手手掌前，硬幣一樣是反面，有沒有反對這樣的說法？』

所有學生都搖搖頭說：『沒有。』

帕特森老師笑著說：『很好，大家都同意手掌打開前，硬幣已經是在反面。現在我們想像硬幣是像電子一樣小的東西，可以出現量子的現象，我們就暫時稱它為量子硬幣。如果我小心地保護好這枚量子硬幣，讓量子硬幣的量子狀態維持著，那麼在我打開手掌之前，量子硬幣的狀態會同時存在著正面和反面的狀態，而當我打開手掌時，我們還是只會看到硬幣出現在正面或是反面的情況。我們無法觀察到量子硬幣同時出現在正面和反面的情況。這種奇怪的量子特性，我們稱為量子的疊加。怎麼樣，很奇怪吧！』好幾個學生都露出不可思議的表情說：『同時存在正面和反面的狀態，怎麼可能？』艾格菲則是在旁邊點點頭，表示贊同。

帕特森老師繼續說：『奇怪的現象還不只這樣，現在我來講解一下量子糾纏。假設我的兩個手掌上各有一枚量子硬幣，現在要發揮一下你們的想像力，想像這兩枚量子硬幣之間有許多你們看不到的細線將它們聯繫起來，所以當我偷偷的轉動右邊的量子硬幣時，這些看不到的細線會同時去影響左邊的量子硬幣，讓它也跟著轉動。在這樣情況下，我們會稱這兩個量子硬幣處在量子糾纏的狀態。非常有趣的是，根據量子理論，如果我把左手這枚量子硬幣送到幾百萬光年遠，並且讓它們之間的細線仍然維持著，那麼當我偷偷轉動右手這枚量子硬幣時，幾百萬光年遠的量子硬幣也會同時受到影響而轉動。』

瑪麗這時開口說：『老師，為什麼這兩個相距幾百萬光年的量子硬幣可以同時影響對方？這些細線要通知那枚位於幾百萬光年遠的量子硬幣來產生轉動不是也需要時間，因為狹義相對論告

14 參見**科學筆記Ⅰ**：愛因斯坦的鬼魅超距作用 P368

訴我們任何訊號的傳輸都不能超過光速。』

帕特森老師露出燦爛的笑容說：『瑪麗，妳說的沒錯，沒有訊號可以超過光速。我所說的這些細線只是一種想像，實際上並沒有真的存在。兩個處於量子糾纏狀態的量子硬幣，在互相影響對方的過程中，並不需要傳遞任何訊號，這種同時影響對方的行為，是量子狀態本身所存在的一種本質的特性，所以並沒有違反狹義相對論。』瑪麗想了一下說：『量子的世界裡真的有好多奇怪的現象，沒有辦法用我們日常生活的經驗去想像。不過，這些奇怪的現象也是量子理論吸引我的地方。』

這時德瑞克忽然舉手說：『老師，我現在比較清楚量子糾纏是什麼了。我在想如果可以讓十幾枚量子硬幣都糾纏在一起，那我們只需要轉動其中一枚量子硬幣，就可以同時操控其他的量子硬幣，感覺這樣好像可以同時做很多事。』

帕特森老師開心的說：『德瑞克，你說的沒錯，量子電腦的優勢就是利用量子糾纏的方式來讓電腦運算的過程變快。』

此時，艾格菲對帕特森老師說：『老師，我先帶佛多和波特去參觀其它地方。』他們向帕特森老師道別後就離開教室，前往其他地方參觀。

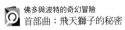

私闖禁地

夜幕低垂，滿月高掛在天空中。大部分的學生都已沉沉入睡，因為明天將開始忙碌的學習課程與課外活動。佛多在房間裡持續學習著人類的歷史、數學和科學。外面寂靜無聲，突然，佛多隱約聽到窗戶外有奇怪的聲音，他走到窗戶旁邊探頭看去，透過月光，他看到旁邊稻田的稻穗在晃動，似乎有人在稻田裡快速地移動。他跟波特說：『波特，你待在房間裡，我出去看看。』

佛多穿上彈跳鞋，直接從三樓的窗戶跳出去，很快的進入了稻田。他沿著聲音的方向追去，然而稻田裡的人不斷的在改變移動的方向，佛多感覺到聲音離他越來越遠。突然稻穗晃動的聲音停了下來，佛多趕緊用彈跳鞋跳到稻田的上方，從空中他看到稻田外有一個戴著黑色帽子，身穿黑色風衣的人正在快速地奔跑，似乎在追逐著什麼東西。

佛多趕緊朝風衣人的方向追去，彈跳鞋很快地縮短了佛多和風衣人的距離。風衣人來到了樂芙蕾思研究部門的後面，那裡有一棟老舊的建築物，在建築物的四周有兩層樓高的圍牆環繞著，圍牆上掛著一個禁止進入的牌子。就在風衣人尋找入口的同時，佛多已經來到風衣人的身後，他很有禮貌的說：『你好，這麼晚了，你在外面做什麼啊？』

風衣人轉頭對他比了一個噓的手勢。佛多看到風衣人的臉，脫口說出：『妳不是阿萊莎嗎？』

阿萊莎小聲的回答說：『可以麻煩請你小聲點，好嗎？』

佛多好奇的問：『妳在這裡做什麼？』佛多看了一下四周圍說：『這裡是什麼地方啊？』

阿萊莎有點不耐煩的說：『我在追一隻蝗蟲，它跑進去裡面了。我要進去裡面看看。你最好不要跟過來，這裡是時空學院的禁地，任何學生或職員都不准進入，只要有違反這個規定的，就必須立刻離開學院，所以我勸你還是趕快回房間睡覺。』

佛多說：『難道妳就不怕被抓到嗎？』

阿萊莎輕蔑地哼了一聲說：『只要你不跟別人說，我是不會被發現的。』

佛多小聲的說：『沒問題，妳進去的事我不會告訴任何人。我可以跟妳一起去裡面探險嗎？』佛多露出興奮的眼神。

阿萊莎冷冷的說：『隨便你，不過你可不要拖累我。如果你到時候被發現，我可是不會幫你的。』佛多點點頭。

阿萊莎舉起右手對準圍牆的牆頂，這時袖子裡射出一條很細的透明繩子，繩子前面還綁著一個金色的小鉤子。小鉤子勾住了牆頂，阿萊莎往圍牆的方向跑去，這時繩子開始收起，拉著阿萊莎快速地往上，阿萊莎用腳蹬了一下牆壁，很快就站到牆頂。她毫不猶豫地往下跳，同一時間，佛多調整了一下彈跳鞋的彈跳高度，然後奮力一跳，直接就越過了圍牆。他們都順利的來到圍牆裡。

忽然，天空一片烏雲籠罩著月亮，沒有了月光，他們周圍頓時陷入一片漆黑。佛多從口袋拿出了阿格瑞爺爺送給他的黑色木棒—「阿特拉斯」，此時木棒尖端的透明圓珠發出了微微的亮光。佛多說：『走吧，我們去前面看看。』他們小心地往前走，阿萊莎忽然停下來說：『等一下，似乎有人在這裡進出。』她蹲下來指著地面上不明顯的腳印。

他們慢慢的走到這個看起來已經荒廢了幾十年的建築物門口。阿萊莎看著門鎖說：『奇怪，這個門鎖是新的，很明顯的最近有人換過鎖。』

佛多說：『妳會開這個鎖嗎？』

阿萊莎說：『這個鎖是學院內部研發的，要開鎖必須指紋、聲音和眼睛的虹膜都符合才能打開。我們還是找找看有沒有其他的入口。』

佛多突然說：『對了，還沒問妳為什麼要追一隻蝗蟲？』

阿萊莎不耐煩的說：『我沒必要告訴你吧。』說完，阿萊莎忽然快速的往大門的右邊走去，佛多跟在她的後面，這時在黑暗的草叢中，有一雙發出微弱紅光的眼睛正慢慢的接近阿萊莎，佛多隱約感覺到危險，他小聲的叫住阿萊莎，但是阿萊莎絲毫不理會他，一直往前走。

當阿萊莎走到這雙紅色眼睛的旁邊時，她才注意到草叢裡有東西。突然，一隻巨大的怪獸從草叢裡快速的爬到阿萊莎前面，這隻怪獸身長大約有三公尺，有著長長的尾巴和四隻短小且粗壯的腿，嘴裡還會不時的吐出細細的舌頭。阿萊莎嚇了一跳說：『科摩多龍！』

就在阿萊莎還沒回神過來時，怪獸突然張大嘴巴撲向她。佛多趕緊衝到阿萊莎旁邊，抱住她往旁邊跳開。怪獸撲了空，但是他們兩個也倒在地上。此時阿萊莎的帽子已經掉落到地上，一頭烏黑的長髮垂落了下來，而佛多手中的阿特拉斯也掉到旁邊的草叢。怪獸立刻轉身朝他們走來，他們趕緊從地面上站起來。

佛多說：『為什麼這隻機械動物要攻擊我們？』

阿萊莎說：『這隻科摩多龍看起來是真的動物，不是機械做的。』她看著那雙發亮的紅眼，心中產生了一個疑問，她跟佛多說：『你可以先幫我吸引牠的注意嗎？我想去確定一件事。還有，它的唾液有劇毒，所以千萬不要被牠咬到。』佛多點點頭。

科摩多龍搖擺著尾巴持續的接近他們，佛多跑到旁邊的草叢撿起掉落在地上的阿特拉斯，而阿萊莎則是從右邊的草叢繞到牠的後面。佛多揮舞著手中發出微光的阿特拉斯對著怪獸說：『嗨，我在這裡，要不要來玩遊戲。』科摩多龍被阿特拉斯的亮光所吸引，吐著舌頭快速地走向佛多。

就在牠快到佛多旁邊，佛多開始往另一個方向跑去，科摩多龍緊追了過去。佛多邊跑邊小聲喊著說：『哇，好刺激啊。』科摩多龍突然朝佛多飛撲了過去，佛多趕緊往左邊跳去。科摩多龍撲了一個空，倒在地上，一直跟在科摩多龍後面的阿萊莎趁這個機會，跳上了科摩多龍的背上，她一手抱住了科摩多龍的頸部，另一手拿出口袋的手電筒照了一下科摩多龍的頭部，她看到頭部中間有一條溝槽，裡面插著一片正方形的薄片。阿萊莎在心裡說道：『果然沒錯。』

這時科摩多龍似乎被阿萊莎這個突如其來的舉動弄得發狂了，牠劇烈的左右甩著身體，阿萊莎只能更用力的抱著科摩多龍的脖子，這使得科摩多龍更加生氣，牠突然在地上做了一個翻滾的動作，阿萊莎來不及離開牠的身體，整個左小腿被科摩多龍的身體壓到，痛苦的鬆開了雙手，倒在了地上。

科摩多龍立刻起身，張大嘴巴準備朝著阿萊莎飛撲過去，佛多看著眼前的情況十分危急，他舉起阿特拉斯，大拇指用力壓在黑色木棒中間一個圓形的紅色圖案，這時透明圓珠的地方忽然射出一束很強的雷射紫光。佛多將紫光射向科摩多龍的右腳，紫光立刻將皮膚燒出一個黑色的洞，科摩多龍痛苦的倒了下來，佛多趕緊跑到阿萊莎身邊將她扶到旁邊的一顆大石頭坐下。佛多看了一下阿萊莎的腿傷說：『妳的左腳好像不能動了。妳先在這裡坐著休息一下，我去看一下科摩多龍的傷勢有沒有很嚴重。』

佛多跑到了躺在地上的科摩多龍身邊，他看了一下右腳被燒傷的地方，摸著科摩多龍的身體說：『很抱歉傷害了你，還好你的傷勢沒有很嚴重，應該幾天後就會復原。』阿萊莎看到了佛多的舉動，心裡悸動了一下，心中好像有什麼東西開始慢慢在融化。

佛多走回到阿萊莎身邊說：『看來今天的探險要取消了，我先揹妳回去療傷吧。』

阿萊莎不高興的說：『可惡，剛剛你明明可以將科摩多龍的腿燒斷，為什麼你要停止攻擊？』

佛多說：『我不喜歡攻擊任何東西。走吧！』佛多揹著阿萊莎，用彈跳鞋跳過圍牆。佛多奔跑在回程的路上，阿萊莎說：『你知道我為什麼要追蝗蟲嗎？』佛多搖搖頭。阿萊莎接著說：『因為我注意到那隻蝗蟲一直待在你房間的窗戶旁邊，已經好幾天。我懷疑牠應該是在監視你和波特。我本來已經抓住牠了，卻不小心被牠逃掉。』

佛多邊跑邊說：『是嗎？牠是一隻機械蝗蟲嗎？』

阿萊莎說：『不是，那隻蝗蟲是一隻真的蝗蟲。這讓我很驚訝，我本來想看一下牠的頭部是否有被植入晶片，但是還來不及檢查就被牠逃掉了。所以我才一直追著牠來到學院的禁地。』

佛多接著說：『所以我猜科摩多龍有被植入晶片。』

阿萊莎回答說：『沒錯。科摩多龍是目前地球上體型最大的蜥蜴，不過牠們正在面臨絕種的危機，沒想到牠竟然會出現在學院裡。』

這時佛多已經來到學生宿舍的門口，他說：『我揹妳到房間吧。』

阿萊莎從他背上下來，用冷冷的語氣說：『不需要，我自己可以走。』她從黑色風衣的口袋拿出一根小棍子，甩了一下後，棍子就變成一根枴杖。她撐著拐杖走了進去。佛多叫住她說：『那我明天再去看妳。』

阿萊莎有點生氣的說：『請你記住一件事，從明天開始，我們又是陌生人，所以請你不要來打擾我。還有希望你能忘記今天晚上所發生的事。』阿萊莎頭也不回的就杵著拐杖獨自走回房間。

樂芙蕾思的臨時會議

開學的第一個禮拜，學院裡到處都可以聽到學生此起彼落的笑聲，整個學院頓時充滿著朝氣。教育中心外面有一片翠綠的草地，幾位年紀大約十幾歲的青少年坐在草地上熱烈地討論著。

其中一位男生說：『根據霍金輻射，黑洞最後應該會整個蒸發不見，但是所有進入黑洞的訊息可以完整的回到宇宙中嗎？』

旁邊的女生說：『我相信進入黑洞的訊息應該會再回來，訊息也許是儲存在黑洞的邊界中。』

坐在女生對面的男生笑著說：『我想在人類還沒建立可以完整描述量子和重力同時存在的理論之前，我們還有很多想像的空間。』

在這群青少年的附近，有一些小學生正拿著各種不同焦距的放大鏡蹲在草地上觀察著昆蟲以及花朵，而在草地的另一邊，有幾個小學生正在測試他們做的遙控機械仿生鳥。此時佛多和波特在一樓的教室裡，協助學生們架設實驗裝置。

源洛書教授和曼妮芙教授來到了理論中心外面的咖啡廳，有四位研究員正在咖啡廳旁邊拉著貝多芬的弦樂四重奏。他們兩位各點了一杯咖啡，源教授說：『阿萊莎的傷勢復原得如何？』

曼教授說：『我有請艾格菲去照顧她，復原的狀況很好，應該很快就可以不需要拐杖了。』

源教授微笑著說：『這樣我就放心了，整個學院的學生，似乎只有艾格菲跟阿萊莎比較熟。』

『嗯，畢竟他們是同時來到學院，而且也有許多相同的興趣。』

曼教授接著說：『對了，我上次跟您提到的事情您考慮的怎麼樣了？』

源教授說：『妳是指將來要阿萊莎來接替妳的職位。』曼教授點點頭。

源教授喝了一口咖啡後說：『以阿萊莎的天賦和能力，我當然是同意，但是⋯』源教授停頓了一下。

曼教授著急地問說：『但是什麼？阿萊莎是我見過的學生中天賦最好的，我相信她的成就一定可以超越我。』

源教授接著說：『妮芙，我完全瞭解妳所說的。但是很抱歉我現在無法答應妳的要求，以後妳會明白我現在所做的決定。』曼教授顯得很沮喪。

此時，源教授看到樂芙蕾思教授正氣沖沖的走向他們，他微笑的說：『早安，樂芙蕾思教授。今天怎麼有空來理論中心？』

樂芙蕾思教授生氣的說：『有學生闖進了學院的禁地，你說這要怎麼處理。』

源教授平靜的說：『哦？你怎麼知道的？』

樂芙蕾思教授從口袋拿出一頂用透明袋子裝著的黑色帽子放在源教授前面說：『有打掃的機械動物從禁地的圍牆外面看到裡面的地上有這頂帽子，所以通知了我。從這頂帽子的尺寸來看，一定是學生的。』

源教授皺著眉頭說：『看來這件事情很嚴重。你知道這頂帽子是誰的嗎？』

樂芙蕾思得意地笑著說：『我印象中阿萊莎有載過這種帽子。』

曼教授緊張的說：『就算阿萊莎有這種帽子，也不能認定這頂帽子就是她的。』

樂芙蕾思教授冷笑了一聲說：『這很簡單，我可以採集這頂帽子的指紋和阿萊莎的指紋比對一下就知道了。』

源教授嚴肅的說：『妳不能這麼做，在還沒有更確定的證據證明是阿萊莎之前，你不能要求阿萊莎跟妳比對指紋。這侵犯到學生的隱私。』

樂芙蕾思不高興的說：『那我要召開學生會議，查出這頂帽子是誰的。這是我的權利，任何人都不能干涉。』樂芙蕾思教授說完就拿著帽子轉身走了。

曼教授擔心的說：『這一定不是阿萊莎做的，我現在打電話去問她一下。』說完就起身走回她的辦公室，只剩源教授獨自一人坐在露天咖啡廳喝著咖啡，聆聽著還沒結束的第四樂章。

已經是傍晚時分，艾格菲下課後便直接來到阿萊莎的房間門口。他敲了敲門，門內傳來一聲：『請進。』門一打開後，一陣百合的香味撲鼻而來。

艾格菲進門後，看到阿萊莎正在整理房間，而書桌上的花瓶裡插著純白色的百合花。他說：『看起來妳恢復的不錯，已經不需要再用拐杖了。』

阿萊莎坐到了陽台旁邊的椅子上說：『嗯，謝謝你送給我的百合花。讓我心情舒坦不少。』

艾格菲有點害羞的說：『不用客氣。』他走到書桌旁，將身上的背包放在桌上，桌上還放著一本筆記本和幾張計算紙，上面寫著許多數學符號。艾格菲看了一下裡面的內容說：『妳在證明「哥德巴赫猜想」？』阿萊莎點點頭說：『嗯，最近有一些新的想法。』

艾格菲說：『對了，我還不知道妳的左腿是怎麼骨折的？』

阿萊莎看著陽台的窗外平靜的說：『我不想提這件事。』她忽然轉頭問艾格菲說：『你已經決定畢業之後要去樂芙蕾思教授的部門工作嗎？』

艾格菲說：『嗯，我覺得自己在數學上的天分還不夠，而且我對機械結構很有興趣。妳一定是要進入理論中心工作的吧？』

阿萊莎猶豫了一下說：『我還不確定。我在這裡一直找不到一種歸屬感。』

艾格菲緊張的說：『妳一定要留下來從事理論的工作，不要浪費了妳的天賦。』

這時艾格菲背包裡的蓋亞蛋突然震動起來，他將蓋亞蛋拿出來，蛋殼上的小螢幕顯示了『緊急通知』四個字。他按下螢幕旁邊的一個方形圖案，並且將蓋亞蛋的尖端對準牆壁，此時蛋的尖端出現一個圓形的小洞，從小洞發出的光芒投射到了牆壁上，牆上出現了樂芙蕾思教授的影像。樂芙蕾思教授嚴肅的說：『請各位同學注意，明天早上九點，我要召開臨時的學生會議，每一位學生務必準時到演講廳參加會議。無故缺席的學生，我會以學院的規定處罰。』說完後，影像就消失了。

艾格菲納悶地說：『為什麼要召開臨時會議？這種事以前從來沒有發生。是發生什麼重大的事情嗎？』

阿萊莎面無表情，靜靜的看著窗外。

隔日一大早，還沒到九點，所有的學生都已經來到演講廳。佛多和波特並沒有收到通知，所以他們一大早就跑去圖書館看書。演講廳裡許多學生正交頭接耳的在討論到底發生什麼事。時間一到，大家都安靜下來，這時樂芙蕾思走到講台中央的講桌說：『今天召開臨時會議是因為學院發生一件很嚴重的事。你們之中有人偷偷進入學院的禁地。』此時樂芙蕾思教授將透明袋子拿出來後說：『這頂黑色的帽子是在禁地的地上被發現的，我希望這頂帽子的主人能主動出來認領，並且交代事情的經過，或許我可以考慮不將他退學。』頓時，演講廳出現躁動不安的聲音。坐在台上的源教授和伊凡博士都皺起眉頭，而旁邊的曼教授則是顯得很緊張的樣子。

艾格菲一看到帽子，立刻就認出那是阿萊莎的帽子。他轉頭看著坐在旁邊的阿萊莎，而阿萊莎則是看著講台，沈默不語。

樂芙蕾思教授接著說：『我是一定會找到擅闖禁地的學生。我希望這頂帽子的主人能好好想一想，如果現在不承認，等我抓到你之後，就只有退學一條路。』

阿萊莎依舊面無表情的坐在位子上，這時艾格菲忽然站起來說：『那頂帽子是我的。』阿萊莎被艾格菲這個突如其來的舉動所震驚，而樂芙蕾思則是驚訝了一下後說：『艾格菲，你確定嗎？你是我很看重的學生，如果進入禁地的學生真的是你，你將永遠都無法在我的部門工作，你要想清楚。』

艾格菲遲疑了一下說：『是我進入禁地的。』

樂芙蕾思教授生氣的說：『好，那你告訴我為什麼你要去那裡。』

艾格菲吞吞吐吐的說：『因為……』

這時阿萊莎站起來大聲的說：『進入禁地的人是我。』接著，她轉頭對艾格菲說：『你不需要這麼做。』

樂芙蕾思教授得意的說：『帽子真正的主人終於出現了。阿萊莎，你最好給我一個好理由為什麼妳要私闖禁地。』

阿萊莎大聲的說：『因為我發現學院裡有植入晶片的動物。』這時底下的學生開始互相交頭接耳，而台上所有教授也都嚇了一跳。樂芙蕾思生氣的說：『胡說，學院裡怎麼可能出現殖晶動物。妳有什麼證據嗎？』

阿萊莎將她追逐殖晶蝗蟲以及被科摩多龍攻擊的事說了出來，卻絕口不提佛多。樂芙蕾思輕蔑的笑說：『一派胡言。學院裡不可能有科摩多龍，更不要說是殖晶的科摩多龍。我現在馬上請伊凡博士去禁地看看是否有妳說的殖晶動物。』伊凡立刻起身去禁地察看。樂芙蕾思教授接著說：『阿萊莎，等伊凡博士回來，如果沒有發現科摩多龍，我想只有請源院長將妳退學了。』樂芙蕾思回頭看著面無表情的源教授。

十分鐘過後，伊凡回來了，他垂頭喪氣的走上講台，樂芙蕾思開口問：『伊凡博士，怎麼樣，有找到科摩多龍或是任何殖晶動物嗎？』伊凡搖搖頭說：『什麼都沒有發現。』阿萊莎聽到後沉思了一下，而此時艾格菲忽然說：『樂芙蕾思教授，可以不要讓阿萊莎退學嗎？我願意代替她接受處罰。』

樂芙蕾思不高興的說：『艾格菲，這種事是無法代替的，做錯事的人就是要接受處罰。你將來一定會成為我部門裡非常優秀的研究員，不要將你美好的未來斷送在這裡。』

樂芙蕾思接著說：『阿萊莎，你現在還有什麼要辯解的嗎？』阿萊莎搖搖頭。

曼妮芙這時站了起來說：『樂芙蕾思教授，阿萊莎是我最優秀的學生，我絕對不允許她退學的。』

樂芙蕾思瞪著曼妮芙說：『曼教授，我尊重妳為學院所做的貢獻，但是這不代表妳可以違背學院的規定。』

源教授此時也站起來，平靜的說：『在退學的規定中，有一條附註的條文，如果有四位以上的部門主任包括院長，或是超過半數的全體學生同意給退學的學生一個機會，這個學生就可以不用被退學。』

樂芙蕾思冷笑一聲說：『這我知道，但是源院長請不要忘了，條文裡有說學生還必須通過「黎曼通道」競賽才可以留下來。』

源院長平靜的說：『好。那我們幾位教授先來投票，贊成給阿萊莎一次機會的請舉手。』源院長、曼教授和伊凡博士都舉手贊成，但是封致知爵士卻沒有舉手。

樂芙蕾思得意的笑說：『看來只有三票。』

源院長嘆了一口氣說：『那現在請全體學生投票，贊成給阿萊莎一次機會的學生請站起來。』底下的學生交頭接耳，坐在阿萊莎後面的學生突然站了起來，他對阿萊莎說：『雖然妳平常都不太理人，但是我相信妳不會說謊。』漸漸的越來越多學生站了起來，已經有超過三分之二的學生站起來。

源教授微笑著說：『看來學生們是願意再給阿萊莎一次的機會。』曼教授在旁邊高興的緊握著雙手。

樂芙蕾思氣憤的說：『那兩天後舉辦「黎曼通道」競賽。如果阿萊莎輸了，就一定要馬上離開學院。』

黎曼通道競賽

中午休息時間，佛多和波特剛好從教育中心的教室出來，他們看到正坐在樹下煩惱的艾格菲，他們走到艾格菲旁邊，波特說：『艾格菲，要不要和我們一起去餐廳。』艾格菲沮喪地搖搖頭說：『不用了，我吃不下。』佛多好奇的問說：『你怎麼了？』艾格菲將今天早上演講廳所發生的事告訴了佛多和波特。佛多說：『阿萊莎沒有說謊，學院的確有科摩多龍。』艾格菲抬起頭激動的看著佛多說：『你怎麼知道？難道你也有看到科摩多龍？』佛多忽然想起和阿萊莎的約定，不能跟任何人說那天晚上發生的事，他趕緊說：『沒有啦！因為阿萊莎看起來不像是會說謊的人。』

波特接著說：『沒想到阿萊莎的人緣還滿好的，竟然有這麼多學生同意再給她一次機會。不過什麼是「黎曼通道」競賽啊？』

艾格菲有點哀傷的說：『「黎曼通道」是非常困難的競賽，從學院成立以來只有兩個人通過，其中一位就是源教授。』

艾格菲接著說：『在神經元計算中心的後面有一片很大的廣場，廣場上放了一座很大的迷宮，那個迷宮就是「黎曼通道」。』

佛多好奇的說：『那是一個什麼樣的迷宮？』

艾格菲說：『「黎曼通道」是一個三維的迷宮，由許多彎曲的透明管子所組成。這些管子非常錯綜複雜，而且彼此交錯相連著。這個迷宮的出口一共有十個。』

波特笑著說：『哇，有十個出口，那要出去這個迷宮應該很簡單啊。』

艾格菲搖搖頭說：『波特，你錯了。雖然出口有十個，但是每次只有一個出口的門會打開，而且每隔二十秒出口的位置就會隨機的變換。比賽規則是參賽者和學院裡飛行能力最好的智能機械動物比賽，誰先出去迷宮就獲勝。』

『比賽之前，參賽者必須先把迷宮的結構和所有出口位置都記熟。當參賽者和智能機械動物都進入迷宮之後，過了五秒出口才會出現。參賽者必須很快地計算出從他所在位置到出口的最快路線，並且要在二十秒內到達出口。如果到達不了，就要重新計算下一次出口的路線。』

波特興奮的說：『這聽起來是很刺激的競賽。但是阿萊莎又不會飛，這要怎麼比賽。』

艾格菲說：『參賽者可以選擇使用自己的飛行器或是學院所提供的小型飛機。』

波特說：『那任何人都可以參加比賽嗎？我也好想參加。』

艾格菲說：『只有學院的學生和職員可以參加，而贏得勝利的參賽者，除了可以獲得和參賽者比賽的智能機械動物之外，學院還會頒發獎金以及最高榮譽的卜森徽章。』

佛多說：『艾格菲，你覺得阿萊莎不會贏嗎？』

『我不知道。畢竟智能機械動物一直在進步，源院長參加比賽時的智能機械動物和現在的相比，電腦運算的能力還是差了一截。』艾格菲擔憂地說。

波特笑著說：『擔心也沒用，還是先去餐廳比較重要。』

艾格菲起身，跟著佛多和波特一起往餐廳走去。

兩天的時間很快就過去了，決定阿萊莎是否能夠留在時空學院的「黎曼通道」競賽即將開始。許多學生陸陸續續的來到神經元計算中心後面的廣場上。阿萊莎和她自己製造的「文藝復興」號已經在廣場上，而源教授和曼教授則是站在她旁邊。佛多和波特站在迷宮的另一邊觀看比賽，佛多對波特說：『這個迷宮真的很大，而且看起來非常複雜。要能在二十秒內出去的確是很大的挑戰。除了要有快速計算的能力之外，還要有非常敏捷的駕駛能力。』波特說：『不知道參賽的智能機械動物是誰？』

時間快到了，樂芙蕾思教授和伊凡博士來到廣場上，身邊還跟著帕拉。波特驚訝的說：『該不會是帕拉吧。』佛多回答說：『應該是。』

樂芙蕾思教授說：『這次參加比賽的是阿萊莎和帕拉。請兩位進入「黎曼通道」吧。』阿萊莎戴上飛行護目鏡，看了源教授和曼教授一眼，便進入了文藝復興號的駕駛艙，此時引擎聲響起，文藝復興號飛進了通道裡。同時間，帕拉也迅速地進入了通道。樂芙蕾思教授倒數計時：『五、四、三、二、一，開始。』八號出口打開了，阿萊莎很快的計算出一條到達八號出口的路線。她操控著文藝復興號，迅速的在不同管子之間來回穿梭，朝著八號出口的方向前進，突然間，帕拉從前面側邊的一條通道衝了出來，飛在了文藝復興號的前面。在廣場上觀看的曼教授不自覺地喊了一聲：『糟了！』

阿萊莎很快地計算出另一條路，她加速緊追著帕拉，就在文藝復興號快要撞上帕拉時，阿萊莎手裡緊握操控桿心裡默數：『三、二、一，拉』，文藝復興號的機翼以及機身上方同時出現好幾個擋風板，飛機的速度突然急速下降同時機身出現九十度的旋轉，和地面呈現了垂直的狀態。在這個瞬間，阿萊莎按下噴射鈕，文藝復興號順利的進入了上方的垂直通道。波特高興的喊：『太厲害了。』

阿萊莎在帕拉上方的通道飛行著，並且超越了帕拉，她轉向左邊的通道，接著馬上進入下方的通道。她一個急速俯衝，文藝復興號緊貼著管壁，保持側身飛行，快速的從左邊接近著帕拉所在的通道。在一個急速左轉彎，她順利來到帕拉的前面，此時所有觀看比賽的學生都歡呼起來。

八號出口就在前方，而距離通道關閉的時間還有五秒。阿萊莎馬上就要贏得勝利，但是這時帕拉後面長長的尾巴突然彎曲，從尾巴的尾端噴出黃色的煙霧。阿萊莎瞬間失去了眼前的視線，一個不留神，文藝復興號的引擎擦撞到下方的管壁，整個文藝復興號產生劇烈的震動，阿萊莎趕緊穩住操縱桿，衝出了黃色的煙霧，然而出口即將關閉，阿萊莎知道衝不出去了，只能進入出口前的右邊通道，而帕拉也尾隨在後。

曼教授生氣的對著樂芙蕾思教授說：『帕拉這樣做是犯規。應該直接判阿萊莎勝利。』樂芙蕾思教授冷笑著說：『這可不算犯規喔，比賽規則是參賽者不能直接攻擊對手，但是可沒說不能干擾對手。』

這次開啟的是六號出口，帕拉仍然緊跟著阿萊莎。阿萊莎知道帕拉一定會選擇最短的路線，所以她決定改走另外一條路線。她轉入右下方的通道，果然帕拉沒有跟來，她全神貫注，將引擎葉片的轉速加到最大。源教授對曼妮芙說：『能夠以這麼快的速度在如此彎彎曲曲的「黎曼通道」裡飛行，我是第一次看到。我想目前沒有任何智能機械動物能夠達到這樣的駕駛精確度。』

文藝復興號以非常快的速度接近六號出口，此時帕拉已經離阿萊莎有一段距離了。佛多微笑的對波特說：『看來阿萊莎可以比帕拉先到出口。』突然，文藝復興號的引擎冒出了濃濃的黑煙，應該是剛剛引擎受到撞擊的關係，但是阿萊莎依舊全速前進。

佛多說了一聲：『危險！』他趕緊拿出阿特拉斯，瞄準引擎的地方射出了強烈的雷射紫光，紫光將管壁燒出一個洞，並且射穿了文藝復興號的引擎，引擎突然停止轉動，文藝復興號的速度馬上變慢下來，帕拉很快地從另外一個通道追了上來，就在出口關閉前，帕拉先衝了出去，而後面的文藝復興號則是撞擊到出口的門壁後飛了出去。

阿萊莎因為巨大的衝擊力，整個人彈離了駕駛座，開始往下墜。曼妮芙驚慌地喊著：『危險啊！』而艾格菲則是往阿萊莎下墜的方向跑去。佛多趕緊說：『波特，快用你的彈跳鞋去接住阿萊莎。』波特跑到阿萊莎墜落的下方，調整了一下彈跳鞋，奮力的跳了上去，順利地接住了阿萊莎。來到地面之後，阿萊莎推開了波特生氣的說：『我不需要你的幫助。』她接著走到佛多旁邊說：『都是你害的，我本來可以獲勝的。』佛多回答說：『如果不這麼做，飛機隨時會爆炸的。』

幾位教授都來到阿萊莎旁邊，樂芙蕾思笑著說：『源教授，這個比賽的勝負已經很明顯了，阿萊莎輸了。』

伊凡搶著回答：『這個比賽結果是有爭議的，如果沒有佛多的干預，應該是阿萊莎贏的。我建議應該重新比賽一次。』

樂芙蕾思不屑的說：『伊凡，你這個提議本身就充滿了爭議。輸了就輸了，哪來那麼多藉口。當然，如果源教授也認為應該要重新比賽，我也是不敢有意見。』

阿萊莎大聲的說：『不用再比了，我承認我輸了，這兩天我就會離開學院。』阿萊莎脫下護目鏡，轉向曼教授說：『很抱歉無法跟您繼續從事研究的工作，謝謝您這麼多年來的教導。』說完，阿萊莎就轉身離去。艾格菲追了過去，阿萊莎對他說：『艾格菲，我現在想獨自一個人靜一靜，請你不要跟著我。』

黎曼通道比賽過後的隔天早上，源教授將阿萊莎和佛多以及波特找來他的辦公室，他對阿萊莎說：『阿萊莎，妳之後有什麼打算？』

阿萊莎回答說：『我想先回去我的國家錫芬尼克斯，之後再思考下一步要做什麼。』

源洛書微笑的說：『那妳願不願意幫助佛多和波特一起去尋找他們的太空飛船？』

阿萊莎看了一下佛多後說：『什麼太空飛船？』

源洛書將佛多和波特從外太空來到地球的事告訴了阿萊莎，阿萊莎露出驚訝的表情看著佛多和波特，然後說：『原來你們是來自外星球。』佛多和波特微笑的點點頭。

源教授繼續說：『他們太空飛船掉落的位置應該在錫芬尼克斯西北方那片廣大的沙漠裡。但是我透過衛星定位一直找不到飛船，我想一定是有人將它運走了。我希望妳可以幫助他們一起去尋找。』

阿萊莎想了一下，不情願的點點頭說：『好，反正我也剛好要回錫芬尼克斯。』

源教授笑著說：『太好了，謝謝妳，阿萊莎。』他接著轉頭對佛多說：『佛多，你父親的白色小球可以再放在我這裡一陣子嗎？等你找到太空飛船，再回來時空學院找我拿。我一定會盡快找出製造涅格特的方法。』佛多看著源教授，點了點頭。

源教授對阿萊莎說：『阿萊莎，妳打算什麼時候離開？』

阿萊莎說：『我打算三天後就離開。』

源洛書想了一下後說：『這樣吧，你們離開那天的清晨來我辦公室一下，在你們離開前，我還有一些事情要跟你們說。』說完後，阿萊莎和佛多以及波特就起身準備離開辦公室，源洛書忽然叫住阿萊莎說：『對了，不要忘記去跟艾格菲道別，他應該是最難過的人。』阿萊莎看了一下

第五章：時空五重奏

在時空學院ㄇ字型的建築後方有一大片的茶園，茶園在過去有一片翠綠的草地，草地的盡頭是一大片的山壁，明天佛多和波特就要和阿萊莎一起離開學院，前往錫芬尼克斯共和國。天空此時正下著濛濛細雨，源洛書穿著深藍色的大衣，低著頭緩慢的走在草地上，穿過了茶園，往辦公室的方向走著。細雨不停的打在他的身上，雨水同時也不斷的從臉上滑落下來，他皺著眉頭，一臉心事重重的樣子。回到辦公室後，他脫下了大衣，坐到了辦公桌前的椅子，靜靜的看著窗外的綿綿細雨，不發一語。不知過了多久，他轉身從桌子最底層的抽屜裡拿出了一個寶藍色的玻璃盒子，盒子裡放著一只鑲著橢圓形琥珀的項鍊。這顆橙黃色的琥珀晶瑩剔透，裡面還有一隻億萬年前的螞蟻。源洛書將項鍊拿在手中，腦中出現許多他學生時期的畫面，陷入了回憶之中。

第一樂章：初次相見

時間回到西元二〇八〇年的三月，時空學院開學的前幾天。涼爽的清晨，露珠在和煦陽光的照耀下閃閃發亮，空氣中夾帶著學院旁稻穗的芳香，毛毛蟲正努力的吃著翠綠的葉子，蝴蝶也在花叢間來回飛舞，幫忙散播著花粉。學院廣場的兩旁種植著十幾棵百年以上的紅檜，樹幹上停著好幾隻畫眉鳥，正在愉快的唱著歌。它們清脆的叫聲，迴響在整個山谷，為時空學院帶來了一種自然和諧的氣息。教育中心前面的草地上，有三位學生正在測試著機械蜻蜓的翅膀拍動，他們的年紀大約都是二十歲左右。

其中一位紅色短髮的女生說：『帕特森，程式這邊的翅膀拍動頻率要再調高一點，還有前面翅膀的角度要再修正一下。』

另一位個子比較矮小，帶著黑色鏡框眼鏡的男生拿起大約只有手掌大的機械蜻蜓，小心地調整著翅膀，然後一邊說：『樂芙蕾思，今年七月初的智能機械大賽，我們一定要打敗嚴凝心和溫特絲，她們已經連續三屆贏得冠軍了。』

樂芙蕾思說：『當然，上次的比賽只拿到亞軍。這次我們一定要雪恥。』

帕特森微笑的說：『這次我們重新修改了深度神經元演算法中的強化學習程式，來學習蜻蜓的翅膀拍動，從電腦模擬的顯示看起來很不錯。』

樂芙蕾思皺著眉頭說：『現在的問題是翅膀拍動的機械靈活度還不夠，而且翅膀的材質還是無法承受太高頻率的拍動。我們還達不到電腦模擬的最佳化結果。帕特森，花了這麼多時間所製造的機械蜻蜓，飛行的靈敏度卻仍舊比不上這些真正的蜻蜓，真是令人沮喪！如果我們可以直接改造蜻蜓，植入晶片來控制它，這樣是不是有效率多了。』

帕特森搖搖頭說：『這千萬不行，卜森院長是不允許改造生物的事，特別是植入晶片。』

此時，一位青年開心的騎著腳踏車穿過了廣場，彎進了教育中心的草地，他跟帕特森他們禮貌性的點個頭後，繼續往前騎。這位青春洋溢，充滿朝氣的青年正是二十歲的源洛書，他才剛到時空學院一個禮拜。他背後揹著一把小提琴，腳踏車快速的穿越了草地來到了圖書館後方一棟三層樓高的古典建築。這棟古色古香的建築是時空學院的小型演奏廳，除了可以舉辦小型的音樂演奏會之外，上面也有好幾間琴房可以提供給學生或研究員練琴。源洛書將腳踏車停好後，準備展開他今天的練習，他看到有一隻身高大約一點五公尺的智能機械老鷹站在距離門口大約三公尺的地方。當他揹著小提琴走上二樓時，他隱約聽到一間琴房裡傳來悠揚的小提琴樂音，他心想：『是巴赫無伴奏的「夏康舞曲」。』他站在琴房外，不知不覺的聽得入神。琴音結束後不久，琴房的門打開，一位年紀和源洛書差不多的女孩，穿著黑色長裙，提著小提琴從房內走出。她有著一頭美麗烏黑的長捲髮以及一雙大大的眼睛，雪白的臉上沒有任何表情，全身散發出一種冷酷卻帶著優雅的氣質。

她抬頭瞄了一下站在門外的源洛書，源洛書開口說：『妳好，很高興認識妳，我叫源洛書，妳是這裡的學生嗎？』

女孩顯得有點不耐煩的說：『這裡是我的家。我還有事，我先走了。』說完後，女孩提著小提琴便匆忙的離開了琴房。

時間來到早上十點，源洛書練完琴後，騎著腳踏車經過圖書館前的佈告欄時，一位黝黑色皮膚的青年，身高大約一百七十八公分，身穿白色襯衫和淺藍色的牛仔褲，站在佈告欄前看著告示。這位青年名叫馬克·艾伯斯，遠從四千公里外的錫芬尼克斯共和國來到這裡求學。他和源洛書一樣都是剛來到時空學院的新生，由於他們的年紀差不多，都是來這裡攻讀博士，而且他們的宿舍房間剛好相鄰在一起，所以他們很快就成為朋友。

源洛書停下腳踏車，對著佈告欄前的馬克說：『嗨，馬克，你在看什麼？』

馬克轉頭看向源洛書說：『哦，是洛書你啊。你快過來看這個告示，七月初有智能機械的競賽，你想不想參加。』

源洛書從腳踏車上下來，走到馬克身邊，看著告示的內容，然後說：『限大學生以上到研究員，都可以組隊報名，每隊人數限兩人以內。看來是滿有趣的競賽。』
馬克回答說：『不過比賽詳細的規則和內容要五月才會公布。我是一定會參加的，不知道你有沒有興趣？』
源洛書點著頭說：『好啊，我們兩個來組一隊好了。』
馬克拍了一下他的肩膀，露出充滿自信的笑容說：『我對自己製造機械的能力是非常有信心的，到時你可不要拖累我喔。』
源洛書開玩笑的說：『誰拖累誰還不知道呢？』說完，兩個人都笑了起來。
這時，源洛書忽然撇見告示旁邊有另一張公告，上面有兩位女生的照片，他看著其中一位女生的照片自言自語的說：『嚴凝心？原來早上那位女孩的名字叫做嚴凝心。』
馬克說：『這兩位女孩是去年智能機械競賽的冠軍。你認識她們嗎？』
源洛書回答說：『不認識，不過剛剛去練琴的時候有遇到嚴凝心，她小提琴拉得很好。』
馬克說：『那以後你就可以找她合奏曲子。對了，我等一下要去圖書館查一下資料，中午一起吃飯吧。』
源洛書說：『沒問題，我等一下也要去理論中心看一下我被分配到的研究室，黃昏時再一起去打網球。』

馬克比了一個ＯＫ的手勢說：『那我們就約在學生餐廳旁的那棵大樹碰面。』源洛書點點頭，騎上腳踏車離開了。

午餐的邂逅

嚴凝心離開琴房後，乘坐著門口那隻智能機械老鷹來到了智能機械製造中心的大門口。她對著老鷹說：『雅各，你在這裡等我。』說完，她走進智能機械中心，中心的一樓有好幾間實驗室，裡面有許多大型的先進儀器，這些儀器主要是負責智能機械的性能測試，像是機構系統的性能以及晶片的效能，而中心的二樓主要是從事智能機械的開發與製造。嚴凝心坐上電梯，來到了三樓，這裡是研究員的辦公室，嚴凝心走到了其中一間辦公室，門上面寫著「齊云生執行長」，她敲了敲門。

『請進。』一陣爽朗的聲音從門後傳出。

嚴凝心打開門走了進去，不高興的說：『云生哥，我們不是約好早上七點要一起合奏貝多芬的「春」奏鳴曲，你怎麼沒來？』

一位棕色短髮，身型瘦長高挑的男子坐在了電腦前面，他身穿白色襯衫和深色西裝長褲，白皙的臉龐和高挺的鼻子散發出一種獨特的迷人風采。此時他正低頭看著桌上的筆記本，一聽到嚴凝心的聲音，他急忙抬起頭看了一下電腦上的時間，用抱歉的語氣說：『哎呀，都已經八點半了。凝心，別生氣，我正在解一個數學問題，沒有注意到時間，我下次一定不會忘記時間。對了，我知道妳數學最好了，可以幫我看一下這個問題嗎？』

嚴凝心露出淺淺的微笑，走到齊云生旁看了一下筆記本，紙上面畫著三十個點，而且每個點都有好幾條直線連接到其他鄰近的某幾個點，每條線旁邊都有一個數字。嚴凝心說：『這是圖論裡的最短路徑問題。』

齊云生笑著說：『沒錯，起點和終點是這兩個點。每經過一條線，就要把那條線旁邊的數字加上去，我在找哪一條路徑所加起來的數字最小，這已經花了我兩個小時了。』

嚴凝心看了三分鐘後，從桌上拿起一支紅筆，然後從起點出發，很快的畫出一條到終點的路徑，並且寫下一個數字六十七。她接著說：『這條就是數字最小的路徑。』

齊云生拿過去看了一下說：『天啊，凝心，為什麼我解了兩小時的問題妳卻只要花了幾分鐘就做出來了。』

嚴凝心若無其事地說：『數學和邏輯是再簡單也不過的東西了，我小的時候卜森爺爺就特別喜歡訓練我的數學能力，我也不懂為什麼我總是可以很快的找到答案，或許是我的數學直覺比較好吧。明天就是開學典禮了，我剛剛在琴房遇到了一位男孩，不知道是不是我們學院的新生？』

齊云生笑著說：『有可能，聽說這學期來了好幾位很優秀的新生。凝心，別不高興了，等一下我們一起去餐廳吃午餐吧。』

嚴凝心說：『說到吃飯你總是特別準時，那我先去找溫特絲了，中午餐廳門口見。』

中午用餐時刻，齊云生站在餐廳門口等待著嚴凝心，這時嚴凝心獨自一人從前面不遠處走了過來，齊云生對著她招手，嚴凝心優雅的走到齊云生面前，齊云生說：『怎麼只有妳一個人，溫特絲呢？』

嚴凝心說：『溫特絲說要先去圖書館借一本書，等一下就過來，我們在這裡等她一下吧。』

齊云生點點頭。過了十分鐘，一位身高大約一六五公分，穿著一套V領的綠色碎花洋裝，快步地走向餐廳門口，手裡還拿著一本書。這位女子有著一副秀氣的臉龐和典雅的五官，以及一頭及肩的棕色捲髮。嚴凝心對她揮著手說：『溫特絲，這邊。』

女子微笑地走到他們面前：『不好意思，讓你們久等了，我去圖書館找一本書，耽誤了一點時間。』

嚴凝心說：『哪一本書啊？』

溫特絲拿起手上的這本書，遞給了嚴凝心。這是一本大約七百頁的書，封面上寫著《量子神經元演算法的理論與應用》。

嚴凝心看了一下說：『哦，是卜森爺爺的新書。這本書我已經看過了，因為爺爺寫完後，是我幫他校稿的。』

溫特絲興奮的說：『我已經迫不急待的想看，凝心，妳要不要先跟我分享一下內容。』

這時一旁的齊云生突然笑著說：『兩位美麗聰慧的小姐，雖然精神糧食很重要，不過我的肚子已經在抗議了。』嚴凝心和溫特絲都笑了起來，

此時大部分的學生都已經用完午餐離開了，所以餐廳裡面只剩下寥寥幾個學生。就在嚴凝心三人正在享用午餐的時候，源洛書和馬克從餐廳旁的大樹一起走向了餐廳，他們兩位一邊走著一邊熱烈的討論著事情。一進入餐廳後，源洛書立刻注意到嚴凝心正坐在右前方的圓桌吃飯，他對馬克說：『今天早上遇到的女孩，我們過去打聲招呼吧。』說完就和馬克一起往嚴凝心的方向走

去。溫特絲注意到馬克和源洛書正走向他們，她好奇的問坐在對面的嚴凝心：『妳認識他們嗎？』嚴凝心回頭看到源洛書後，轉身回來對溫特絲說：『不認識，有一位是我今天早上在琴房遇到的男孩。』齊云生抬起頭，而他們也正好走到了圓桌旁，源洛書很紳士的點個頭，然後說：『各位好，我叫源洛書，上個禮拜剛來到時空學院，準備就讀博士班。』

馬克很有禮貌的接著說：『我叫馬克．艾伯斯，和洛書一樣也是剛來到時空學院的博士生。』

齊云生忽然開心的說：『原來源洛書和馬克．艾伯斯就是你們兩位，幸會幸會。』

溫特絲好奇的問齊云生說：『云生學長，你怎麼會認識他們的？』

齊云生說：『我是因為聽卜森院長說今年的博士班入學考，有兩位考生的成績特別優異，就是他們兩位。』

齊云生接著對源洛書說：『兩位要不要加入我們一起用餐？』馬克和源洛書點點頭後，就坐下來點餐。

溫特絲說：『你們好，我叫溫特絲．英德爾，五歲就來到時空學院唸書。現在主要的興趣是神經元演算法和人工智能方面的研究。』

馬克看著溫特絲，微笑的說：『很高興認識妳，妳就是上一屆的智能機械競賽的冠軍得主吧，我主要的興趣和專長是機械構造的設計和製造。』

溫特絲笑著說：『你一定是看到佈告欄的公告。你有興趣參加今年的競賽嗎？』

馬克拍著源洛書的肩膀說：『沒錯，我和洛書會報名今年的比賽。』

齊云生笑著對馬克說：『看來今年的比賽會很有趣。溫特絲和嚴凝心可是連續三年都是冠軍。對了，我還沒自我介紹，我叫齊云生，十三歲來到這裡唸書，目前是智能機械製造中心的執行長，同時也是一位外科醫生。馬克，你將來可以來我的部門工作，好好發揮你的專長。』

溫特絲對源洛書說：『你的興趣是什麼？』

源洛書邊吃著麵包邊說：『我的興趣是數學和理論物理。』

溫特絲回答說：『那你的興趣正好和凝心一樣。』然後她轉頭笑著對嚴凝心說：『看來你們不只音樂上的興趣一樣，連學術上的興趣也一樣。』嚴凝心低頭專心地喝著玉米濃湯。

齊云生對嚴凝心說：『凝心，只剩妳還沒自我介紹了。』

嚴凝心放下手裡的湯匙說：『我叫嚴凝心，從小就一直待在時空學院，卜森院長是我爺爺，我的專長是數學和人工智能。』

這時大家幾乎都用完餐了，馬克不小心看到溫特絲放在椅子背後的書，他對溫特絲說：『原來是妳借去的，我今天去圖書館想要借這本書，但是館員說這本書剛被借走。』

溫特絲拿起這本書，笑著說：『如果你有興趣的話，我們可以輪流看，順便交流一下心得。』

馬克點點頭說：『沒問題。』

卜森則雄院長的演講

地點：時空學院演講廳

講題：人類的起源與智能機械的社會

講者：卜森則雄

今天是西元二〇八〇年四月十日，也是時空學院開學後第一個全校性的演講，由卜森則雄院長親自主講，此時源洛書和馬克已經在時空學院度過了一個月。早上八點半，許多學生已經陸續來到演講廳。溫特絲穿著鵝黃色的洋裝，綁著高高的馬尾，開心的與嚴凝心一起前往時空學院的演講廳，而嚴凝心則是穿著黑色的T恤，深藍色的牛仔褲以及白色的球鞋，手裡還拿著她的手提電腦。她們坐到了中間第三排的位置，齊云生走到她們旁邊說：『兩位可愛的女孩，我能坐在妳們旁邊嗎？』

溫特絲笑著說：『當然沒問題囉！』。

此時源洛書早已經坐在第二排靠走道的位置，一個人認真的低著頭做著他的計算。演講開始前五分鐘，馬克才匆匆的趕來，坐到了源洛書旁邊的位置說：『謝謝你幫我留了一個座位。』源洛書抬頭對他微笑了一下。接著，馬克輕拍他的肩膀說：『溫特絲坐在我們後面一排。』源洛書朝著馬克說的方向看過去，嚴凝心正在使用著電腦，而溫特絲則是和齊云生聊著天。

馬克對源洛書說：『這一兩個禮拜，我時常和溫特絲討論卜森院長所寫的新書內容。她的許多見解讓我印象非常深刻，看來今年七月的智能機械比賽，我們不能掉以輕心。』

源洛書開玩笑的說：『我看你不只對她的見解印象深刻，她今天的穿著應該也讓你印象深刻吧。』馬克此時露出尷尬的表情。

演講時間一到，演講的主持人封致知爵士來到講台前做了一個簡單的開場，四十歲的封致知爵士是教育中心的執行長。卜森院長則是穿著一身灰色的西裝，白色的襯衫以及深藍色的領帶，站在講台旁邊。他頭上銀白色的頭髮往後梳理得非常整齊，臉上戴著一副沒有鏡框的眼鏡，而嘴巴旁邊有一個穿戴式的麥克風。封致知爵士走過去和卜森院長握個手之後，卜森院長就走到了講台前，他用低沈卻充滿活力的聲音說：『早安，各位親愛的學生和研究員，今天的演講我想先來跟大家分享一些自己人生的經歷。我出生於西元二〇〇〇年，當時正好是網路崛起的時期，各種智慧型手機以及社群網站紛紛出現。網路通訊改變了人類的生活型態，每個人只要連上網路，就可以輕易地取得各種資訊。相對的，每個人的行為、思想、習慣也都變成了電腦數據，被儲存到網路中。在西元二〇二三年，那一年我從時空學院取得了博士學位，我們的實驗室成功的開發出深度神經元學習的多重反饋機制，這個機制使得智能機械的視覺與聽覺辨識以及語言的表達上達到了前所未有的精確，智能機械甚至可以表現出類似人類情感的行為。許多國家開始投入智能機械的製造，各式各樣的智能機械被製造出來，並且漸漸的普及到人類社會中。令人遺憾的是，各國政府對於智能機械的普及化為人類社會所帶來的衝擊太過於樂觀，導致許多人失去工作，社會上出現了嚴重的貧富差距，再加上地球環境的污染與資源的持續消耗，貧富差距與恐怖攻擊所帶來的仇恨蔓延到了國與國之間。我還記得在西元二〇三五年，爆發了第三次世界大戰，還好當時世界各國之間早已簽訂不准使用核子武器的協議，讓人類不至於遭遇到毀滅性的滅絕。在聯合國總理積極的外交斡旋下，讓這場世界大戰在不到兩年就結束了，很慶幸你們這一代沒有經歷當時的戰亂。』

卜森院長喝了一口講台上準備的礦泉水之後，接著說：『人類的慾望不斷的推動著科技的發展，雖然智能機械的普及取代了許多人的工作，帶來了社會的動盪不安，但是我認為這只是一個過渡時期。我堅信人類必定可以在這樣的環境中尋找到自身的價值，生命總是會尋找到出路。在座有些人應該知道學院過去曾經積極地從事將晶片植入生物體內的研究工作，也獲得了很多的進展，但是我必須告訴坐在下面的每一位青年學子，以我切身的經驗跟你們說，不要去發展殖晶的研究。』

這時卜森院長忽然用嚴肅的口吻說：『學院過去這些殖晶的相關研究資料已經被我塵封在學院的禁地裡，我不允許任何學院的人在這裡從事殖晶的研究。』

他沈默了一下後接著說：『人類的出現是經歷了幾億年的演化，從一顆微不足道的單細胞生物，不斷的演化成為有思想、有情感的人類。現在智能機械的普及讓人類有更多的時間去發揮自己的創造力和想像力，去聯繫人與人之間的情感，就像智能機械的發展已經解決了許多醫療和老年照護的問題，讓許多病患和老人都可以獲得妥善的照顧，同時也減輕了病患家屬和子女的照護壓力。』

『最後，我想跟各位分享的是，要達到一個智能機械與人類可以和平共存的穩定社會，教育是扮演最重要的角色。我想跟在座的每一位學生說，不要擔心被智能機械取代，你們每個人都是獨一無二的，沒有任何東西可以取代你。智能機械雖然取代了許多工作，但是這些工作主要都是一成不變的內容，這代表你們不用再去從事這些一成不變的工作，可以更加專注地去發揮自己的想像力和創造力。我希望學院的教育可以讓你們盡情地學習，盡情的發展自己的興趣與能力。不要忘記，二十年後的社會樣貌是由你們來決定的。』

第二樂章：愛苗滋長的慢板

在學生宿舍附近有一座綠色的圍牆，圍牆前種滿了各種顏色的馬纓丹。圍牆的裡面則是一片美麗的花園，花園裡種植著各式各樣的花朵，有茶花、玫瑰、薰衣草、美人蕉，花園裡還有一座玻璃的蘭花溫室。整座花園裡面的植物都是溫特絲在照顧的，溫特絲從小就喜歡動物和植物，她對植物的生長非常有研究，這座花園裡的一花一草都是她親手種植的，她還研發了許多機械昆蟲來幫助她照顧花園裡的植物。

時間已經來到五月，這天早上溫特絲獨自一人在花園裡忙著園藝，她纖細的雙手正細心的用夾子把雜草拔掉，接著去查看她所孵育的種子。檸檬的種子已冒出它們的新芽，而旁邊柑橘樹的葉子上出現好幾隻可愛的無尾鳳蝶寶寶，牠們披著綠色的外衣，正努力的吃著柑橘葉。溫特絲的助手機械鍬形蟲們在花園間不停的來回穿梭，它們用頭上的大顎修剪花草。這些機器鍬形蟲同時也會協助學院的果園和茶園的採收工作，它們的雙眼可以辨識水果的影像，了解水果的種類與成熟度，牠們的前腳則是有糖分偵測器的功能，可以測出水果的甜度。如果水果的品質合格，牠們就會用頭上的大顎來採收水果，並且放到分類的袋子裡。

溫特絲進入到花園的蘭花溫室，裡面有如蝴蝶在飛舞的蝴蝶蘭，也有充滿香氣的巧克力文心蘭。整座溫室的內部都是溫特絲親自設計，她刻意採用了半自動化的設計，因為她希望自己能親自照顧蘭花苗。溫室裡還有一個木質的吧檯，在吧檯的後面是一個傳統的英式廚房，而前方則是擺放了兩張圓木桌和八張藤椅。此時廚房的烤箱已經傳出麵包的香味，溫特絲穿上圍裙，走到烤箱前面查看裡面麵包的烘培情況，她心想：『還要再五分鐘。』她利用這段時間用奶油、糖粉和少量的檸檬汁調出了濃稠的白色糖霜。這時掛在蘭花園門口上方的風鈴響了起來，馬克帶著笑容走了進來說：『從外面就聞到好香的味道。』

溫特絲抬頭看著他，微笑的說：『你來啦，真準時。』

馬克笑著回答說：『有好吃的東西，我是一定會準時的。』

『麵包應該已經好了，可以從烤箱拿出來了。』這時溫特絲戴上隔熱手套，走到烤箱前將烤盤從裡面拿出來。烤盤上放著七個烤好的英式肉桂捲，接著她將做好的奶油糖霜淋了上去，馬克站在旁邊說：『這麵包看起來很美味，有沒有需要我幫忙的地方？』

溫特絲說：『馬克，麻煩你幫我去後面的玻璃櫥櫃上拿出盤子和杯子。』

馬克笑著點點頭，走到了櫥櫃前面，拿出兩個盤子和兩個骨瓷馬克杯。溫特絲則是從抽屜裡拿出一個很精緻的茶葉罐說：『這裡面是我自己培育的茶葉品種，不過我還在測試發酵和烘培的時間。要不要品嚐看看？』

馬克愉快的說：『當然，我想這個味道一定很特別。』

溫特絲將她所培育的茶葉放進了陶瓷茶壺中，加入熱水後，一種帶有果香的紅茶香氣很快的飄散到四周。溫特絲小心的將馬克杯、茶壺、鮮奶以及放著肉桂卷的盤子與叉子放到了一個圓盤上，馬克雙手端著圓盤來到木桌前，將杯子和盤子擺好。溫特絲脫下圍裙，手裡拿著卜森院長的新書來到木桌前的藤椅上坐了下來。

溫特絲說：『這是我親自做的奶油糖霜肉桂捲，要趁熱吃才好吃。』溫特絲喝了一口紅茶接著說：『而我從來不知道是什麼道理，需要爭辯要先加入牛奶還是先加入茶，味覺是很主觀的東西不是嗎？我們沒有方程式或晶片能用來描述人類對於味覺的感受，不是嗎？雖然我可以利用電腦程式去模擬出麵包烘烤過程中的孔隙成長，然而只有人類能夠驗證這個麵包是否美味。』

馬克．艾伯斯拿起了骨瓷馬克杯喝了一口紅茶然後說：『是呀！讓智能機械擁有味覺的意義是什麼呢？』接著他切了一小塊奶油糖霜肉桂捲，一邊吃一邊說：『真是美味特別的肉桂捲，肉桂微微的辛辣香氣混合著甜蜜的奶油糖霜，真是絕配啊！』

溫特絲．英德爾也吃了一口肉桂捲說：『馬克，謝謝你的誇讚，我常常思考著，味覺是屬於個人喜好的東西，無法用來定義，有些人不喜歡肉桂的味道，這種習慣是一種感覺而且不需要語言來思考。思考需要用語言來表達，只有文字與語言才能把思想具體化。沒有語言人類就只能是看到這個東西，感覺到這個東西，聽到這個東西，但卻不能說我們在思考這個問題，機器也是一樣，需要用語言才能表達思考，但是人工智能跟人類不同的是人工智能沒有對於事物感受的能力。沒有感受能力大概是人類與人工智能最大的不同。』

馬克．艾伯斯微笑的說：『是啊！當我們在思考人工智能時，人類開發了類神經元學習的演算法，以人工神經元的方式讓機械如同我們人類一樣學習，從屢次的挫折中學習並超越人類的智力，透過大數據來讓機械大量的模擬動物或人類的學習與感知，我們同時也耗去了地球龐大的能源與成本去製造智能機械，而大自然卻是自然而然的去生成。』

溫特絲將茶倒入到馬克杯後說：『你知道人類的鼻子可以分辨一萬種以上的氣味嗎？』

馬克點點頭說：『嗯，其實我們之所以可以感覺到各種食物的味道，除了舌頭上的味蕾，更重要的是靠著鼻子的嗅覺。就像我今天能夠品嘗到這麼美味的麵包，真正要感謝的除了我靈敏的嗅覺之外，還有美麗的溫特絲。』

溫特絲笑著說：『看來吃甜食不只可以讓人的心情變得愉快，還可以讓人的嘴巴變甜呢！』

馬克急忙說：『我是說認真的。』

溫特絲笑得更開心，她說：『好啦。馬克，你已經決定博士班要研究的主題嗎？』

馬克認真的說：『我想要改良機械動物的關節構造。一般動物的骨骼關節和肌肉的構造讓牠們可以做出非常細膩的動作，但是反觀機械動物，它們主要是利用馬達和齒輪來傳輸動力，這樣的方式是無法做到像動物一樣細膩的動作。我正在思考一種全新的動力傳輸方式，來提升機械動物的動作細膩度。不過如果要控制這樣細膩的動作，必須也要提升電腦處理訊號的能力，這個部分我想看看洛書能不能幫我。』

溫特絲說：『這聽起來很有趣，電腦控制的部分我也可以幫得上忙。』

馬克開心的說：『太好了，如果真的改良成功，我要先來做智能機械恐龍。』

溫特絲張大眼睛，一臉好奇地說：『為什麼要做恐龍？』

馬克有點不好意思的說：『也不是什麼特別的原因，只是因為我從小就是個恐龍迷，而且，如果能夠做出很逼真的智能機械恐龍，我想世界各地許多的小朋友應該都會很開心。』溫特絲看著馬克微笑的點點頭。

馬克接著問說：『溫特絲，現在的人工智能已經在從事藝術創作的工作，像是繪畫、寫作或是作曲。妳是怎麼看待人工智能在藝術上的創作，妳認為人工智能和人類在藝術創作的領域也有本質上的不同囉？』

溫特絲點點頭說：『對。我認為人工智能的藝術創作會受限於大數據和演算法，但是人類的藝術創作是自由的。換句話說，人工智能所表現出的創造力和想像力是在電腦程式的框架之中，但是人類的創造力和想像力是沒有框架的。我一直深信人類和人工智能一個根本上的不同是靈魂的存在。人類是有靈魂的，而人工智能所擁有的是數學與邏輯。』馬克坐在籐椅上默默地聽著。

這時溫特絲忽然站起來，走到溫室的一個角落，角落旁放著一個大提琴盒。她打開琴盒，拿出了大提琴，並且來到馬克前方的藤椅上坐下，開始拉奏起布拉姆斯的「e小調第一號大提琴奏鳴曲」第一樂章，悠揚的琴聲迴響在整個溫室裡，她一邊拉著琴一邊說：『我特別喜歡在這座蘭花溫室裡拉大提琴，我相信萬物皆有靈，雖然我們從科學上無法證明植物是否有靈魂，但我總是想像著這些植物也有它們的意識與感覺，想像著它們喜歡在一個充滿音樂與陽光的地方。』馬克看著溫特絲，靜靜的欣賞著琴音。

悠揚的琴聲結束後，馬克說：『我從來沒有想過靈魂的事，小時候我就特別喜歡研究機械的構造，我時常將父親給我的玩具拆開來研究，到後來我開始自己設計機械玩具。在我的世界裡沒有什麼人類的朋友，因為我不知道怎麼和人相處。人類對我而言太複雜了，機械的世界就簡單多了。我曾經嘗試想要和學校的同學分享一些機械的知識，但是他們根本就聽不懂。直到我來到這裡遇到洛書和妳，我才真正感受到和人分享知識的快樂。』

溫特絲臉上泛起了一點紅暈，她說：『我一直認為智能機械是無法取代人類的，因為人類有它們所沒有的靈魂。智能機械就像是一種非常強大的工具，可以從事越來越多樣的工作。它在大量數據的分析以及最優化的能力上或許已經遠遠的超越了人類，但是它們仍舊是沒有靈魂的工具。對於智能機械的普及，人類應該要善用並且善待這些工具，就像卜森院長所說的，讓智能機械和人類共同建立一個互助分工的社會。』

馬克看著溫特絲說：『溫特絲妳真是很有想法又特別的女孩！很享受與妳聊天喝茶的下午時光，溫特絲，妳能教我大提琴嗎？我從來沒有學過樂器，所以動作上可能會很笨拙。』

『沒問題，不過我可是很嚴格的老師，只怕你會受不了而已。來交換條件吧！如果你教我網球，我就教你大提琴。』馬克爽朗的答應了。

溫特絲忽然想到什麼，她說：『七月初的智能機械競賽你們開始準備了嗎？』

馬克充滿自信的說：『已經完成了三分之一。我想今年的冠軍要換人了，我在這裡先跟老師說聲抱歉。』

溫特絲笑著說：『是嗎？我倒是非常期待有人可以打敗我和凝心呢！來吧，我們今天就先從拉空弦開始吧。』

馬克說：『是，老師。』

巴赫雙小提琴協奏曲

五月是下雨的季節，天空飄起了微雨，雜草長得更茂密了，空氣裡帶著雨後清新的味道，路上的小水窪裡，有幾隻蝌蚪交頭接耳的談著秘密，幾隻白鷺鷥優雅的飛行在稻田的上方。這天嚴凝心與源洛書相約好一起在琴房合奏巴赫的「雙小提琴協奏曲」，琴房裡響起了慢板的第二樂章，柔美而寧靜的旋律在兩把小提琴之間來回的流動著，彷彿彼此傾訴著。

音樂結束後，嚴凝心平靜的說：『我特別喜歡巴赫的音樂。巴赫的音樂裡充滿著一種秩序和規律，沒有矯揉做作的情感。人與人之間的情感實在太複雜，只有在理性的架構下，我才能感到自由。』

源洛書用溫柔的眼神看著嚴凝心說：『我還記得第一次碰面的那天，妳在琴房拉著巴赫的「夏康舞曲」，那時我就不自覺得被妳的琴聲所吸引，妳的琴聲裡有一種純真與執著。在跟妳一起合奏的這段時間，讓我的心靈獲得不少滋潤。』

他接著微笑的說：『妳知道我十二歲時曾經改良過一款伴奏軟體，這款電腦軟體可以幫使用者伴奏，不論是協奏曲、弦樂四重奏或是奏鳴曲。它可以偵測使用者演奏的速度，隨時調整伴奏的速度，而且演奏者可以直接用語言和它溝通，就像在和真的人合奏。但是我在合奏的過程中，內心始終無法產生共鳴。』

嚴凝心一邊收琴，一邊默默地聽著。源洛書說：『雖然人工智能可以去模擬人類的情感，但是這些模擬出來的情感表現都是根據電腦程式背後的演算法。我認為人類的情感並不是建立在大數據和最優化的規則下，作曲家貝多芬或是布拉姆斯在寫出這些感動人心的音樂作品時，並不是根據最優化規則。在神經元強化學習程式中，我們可以透過獎勵的方式來讓人工智能去尋找最優化結果，但是人類的情感向來就無法清楚的定義好與壞。』

嚴凝心將小提琴收好之後，平靜的說：『我認為人工智能根本不應該去模擬人類的情感。人類的情感裡有太多非理性的部分，我習慣和人保持一段距離，不會輕易去相信別人。人類的社會裡，是非對錯總是模糊不清，不像數學，有清楚的對與錯。智能機械背後的神經元演算法是一種數學的語言，但是它們所使用的大數據卻是人類上網時所被記錄下來的行為。當智能機械表現出越來越接近人類的行為時，我對它們的疑慮也越大。存在著非理性情感的人類，如何製造出只有理性思維的智能機械？而如果智能機械也會出現非理性的行為，我又怎麼相信它們不會攻擊人類呢？』

源洛書說：『凝心，所以你認為人類應該要屏除情感？』

嚴凝心回答說：『我的確認為人應該要不斷的維持理性，愛恨情仇已經為這個世界帶來了太多的紛擾。』

源洛書溫柔的說：『為什麼妳認為人類該維持在理性的世界裡？仇恨或許為人類帶來許多不好的事，但是愛也為人類帶來許多美好的事。人類的世界許多時候是靠情感來推動的，因為非理性，而造就出梵谷這樣的大畫家，帶給人類非物質文明的資產，因為非理性，貝多芬創造了震撼人心的音樂。完全理性的世界難道就不會有殺戮與戰爭嗎？戰爭不一定是非理性而挑起的，有時更是因為人類理性而去爭奪資源。』

『梵谷背負著瘋狂的種子，貝多芬飽受精神疾病與耳疾的折磨，為什麼天才就應該在這樣缺陷的情感上才能持續創作，然而事實上，一般大眾才是情感有缺陷的人。情感如此純淨的梵谷卻要承受這個不完美的社會帶給他的責難和批評，沒有整個非理性的社會帶給他這麼多的苦難，或許他的創作生命會更長，或許他不會扣下那令人心碎的板機。』

嚴凝心說完後，就揹起小提琴往大門口走去，源洛書跟在她後面，不發一語。

此時，齊云生來到大門口，準備到琴房彈奏鋼琴，正好撞見了嚴凝心與源洛書一起走出來，他的表情顯得有點不高興，但是馬上就恢復微笑的對他們說：『嗨，凝心，洛書！』嚴凝心微笑的點點頭，源洛書則是顯得有點心不在焉的樣子。

齊云生繼續說：『你們兩位今天晚上要不要來我宿舍吃晚餐，我親自下廚煮給你們吃。學院廚房的伙食實在太單調了，用機械手臂所做出來的食物只能算是便利食物，無法滿足像我這樣喜愛品嚐美食的人。』

嚴凝心微笑的說：『嗯，我最喜歡吃你做的燉牛肉了。』

源洛書回答說：『很抱歉，我跟馬克晚上有約。』

齊云生笑著說：『洛書，沒關係，有的是機會。凝心，那我們就約晚上七點。』

時間來到晚上七點，嚴凝心已經來到齊云生宿舍的餐廳裡。餐桌上擺滿許多美味的食物，有迷迭香燉牛肉、番茄海鮮義大利麵、香酥烤雞和玉米濃湯，桌上還有一瓶紅酒，在燭光的照耀下形成了一幅美麗的畫面。齊云生雖然十三歲就來到時空學院唸書，但是他在十六歲時曾經離開學院去攻讀醫學院，四年後便從醫學院畢業回到時空學院。擁有外科醫師資格的他天生就有一雙纖細靈巧的手，讓他在為病人開刀以及傷口縫合的技術上更加完美。

嚴凝心和齊云生來到餐桌前坐了下來，他用刀叉優雅的切著牛肉，使用刀叉對他來說是再熟悉不過的事，嚴凝心拿起了酒杯優雅地搖晃杯中的紅酒，聞了一下紅酒的香味後說：『為甚麼你總是可以煮出美味的食物呢？』

齊云生一邊吃著牛肉一邊說：『料理本身也是一種科學，廚房就是我的實驗室，這道迷迭香燉牛肉我用了四十八小時的小火燉煮，而為什麼要用小火，原因就在於大火會讓酵素的形狀改變，當然也會失去分解蛋白質的能力，這樣肉質就無法軟嫩了。』

嚴凝心喝了一口紅酒然後說：『人類是雜食性的動物，人不食用動物也照樣可以存活。肉食主義會帶給世界更多殺戮嗎？』

齊云生優雅的切著牛排然後說：『妳怎麼知道人類若是素食主義者，這世界就不會發生爭鬥呢？牛吃草，但牠們鬥起來卻可殺死彼此。』

『凝心，妳知道嗎？其實我不是很認同卜森院長演講上所說的。根據達爾文的進化論，生物是不斷的在演化，能夠適應環境的生物才能存活下來，不能適應環境的生物就會被自然所淘汰。現在，人類創造出了一個新的物種，就是智能機械，這些智能機械的能力不斷的在進化，而且進化的速度非常快，我擔心將來有一天人類可能會成為被淘汰的物種。我認為人類也必須加快演化的腳步，而目前的方法只有透過殖晶。妳知道，人類是不完美的物種，因為我們的身體裡流著自私和貪婪的血液。要淨化人類，我相信只有改造人類成為殖晶人類，這將會是一個完美的新物種。』

嚴凝心：『云生哥，我不確定淨化人類是不是只能透過殖晶，我想人類還是有自我反省的能力，而且卜森爺爺會這麼極力反對殖晶，應該是有他的道理在。』

齊云生放下刀叉，深情的看著她說：『或許妳說得對。凝心，我們也認識超過十年了，我還記得我來到學院的第一年就認識妳了，那時妳還是個八歲的小女孩。今年我已經二十五歲了，正在思考走入人生的另一個階段，不知道妳願不願意陪著我一起往下走。』

嚴凝心心裡劇烈的跳動了幾下，她稍微平撫情緒後說：『云生哥，從小你就特別照顧我，我們之間幾乎是無話不談，你對我而言就像是親哥哥一樣。除了爺爺和溫特絲之外，你是最瞭解我的人。但是我想要孤獨的去追求真理，愛情會讓我失去平靜的心，這世界上有比愛情更重要的事值得我們去做不是嗎？』

齊云生堅定地看著她說：『我知道，但是我無法隱藏內心對妳的愛意，我一定會等妳回心轉意的。』

嚴凝心沒有說話，只是低著頭，默默地吃著桌上的晚餐。

第三樂章：熱情澎湃的快板

一個禮拜後就是時空學院一年一度的智能機械競賽，這可是學院每年最重要的比賽盛事。學院裡有報名參加的人正積極的在對智能機械做最後的調整和測試。每年這個競賽舉辦的時間都是選在畢業典禮的前一週，而在四月中的時候學院就會公布今年競賽的詳細內容與規則，參賽選手必須在兩個月內將智能機械製作出來，至於參賽者需要的材料和設備都可以向學院提出申請。

隨著競賽時間的接近，學院各個角落裡都可以看到學生們正熱烈的在討論競賽內容，圖書館外面的公佈欄前面聚集了三位十五歲的青少年，他們正看著佈告欄上所張貼的競賽規則。

第五十六屆時空學院智能機械競賽

競賽規則說明：參賽者所設計的智能機械必須可以飛行，型態不拘，但是大小必須可以裝進邊長十公分的正方體盒子。本次競賽一共有三個關卡，最先通過三個關卡的智能機械，該參賽隊伍即為本次競賽的冠軍。

《第一關卡》這是一項考驗飛行能力與靈敏度的關卡，在時間限定內抵達出口的智能機械即可前往下一個關卡。飛行的過程中會遭遇機械鍬形蟲的攻擊。

通關密語：當面對挫折與困境時，你應該勇往直前還是繞道而行？

《第二關卡》這是一項考驗嗅覺能力的關卡，在五個黑色盒子裡，分別裝著不同氣味的物體，智能機械必須挑選出正確的物體，靈敏的嗅覺是不可獲缺的能力。挑選失敗的智能機械，將無法進入下一關卡。

通關密語：你是否可以分辨真實的世界與鏡中的世界？

《第三關卡》秘密

通關密語：當你能同時擁有勝利和失敗時，你就能擁有真正的勝利。

第一位少年說：『今年的競賽跟以往的不太一樣，第三個關卡竟然沒有公布競賽內容。』

另一位少年說：『嗯，不過今年的比賽內容看起來特別刺激，我也好想參加。』

站在旁邊的第三位少年說：『等我們上大學就可以參加了。不知道今年凝心學姊和溫特絲學姊會不會再度蟬聯冠軍？』

第一位少年笑著回答：『我希望她們可以完成四連霸。』其他兩位少年也在旁邊點點頭。

六月的盛夏是稻穗成熟的季節，學院旁那片綠油油的稻田已經穿上金黃色的衣裳，稻穀的香味飄散在學院裡。智能機械競賽的時間終於來到，今年一共有二十組參賽隊伍，而比賽的地點就在學院中間的大廣場上。三個競賽關卡的佈置在兩天前就已經全部完成，所有參賽者也都來到比賽開始的地方。比賽場地的四周有紅色的雷射光圍繞著，所有觀看比賽的學生都必須待在雷射光外面。有許多紅色的智能機械蜻蜓正在場地內的空中飛行著，它們是播報本次競賽的攝影師，因為它們眼睛內部都裝著小型的精密攝影機，可以隨時紀錄下比賽的實況。比賽場地的內外都有架設好幾個電視牆，可以將機械蜻蜓所拍攝到的影像做連線的實況報導。

時間來到早上九點半，距離比賽時間還有三十分鐘，源洛書和馬克正在互相交談著，馬克的手掌上有一隻紫色的智能機械瓢蟲，這隻瓢蟲的身體半徑是四公分，背上還有七個黃色的小圓點。溫特絲和嚴凝心站在他們右邊大約十公尺的地方，溫特絲右手的食指上有一隻很可愛的智能機械蜂鳥，這隻蜂鳥的身長大約七公分，身上有著鮮豔美麗的七彩圖案。樂芙蕾絲和帕特森站在了溫特絲旁邊，他們這組所製作的智能機械是一隻黃綠條紋的蜻蜓，身長大約八公分。樂芙蕾絲正東張西望的在觀察其他組所設計的智能機械，她不高興的對帕特森說：『真討厭，有八組參賽隊伍也都跟我們一樣選擇製作機械蜻蜓。』

帕特森充滿自信的回答說：『不用擔心，雖然一樣都是蜻蜓，但是我們這隻蜻蜓的性能絕對是最好的。』

突然一位全身白色的機器人拿著麥克風，走到一個臨時搭建的舞台上說：『大家好，歡迎來參加時空學院一年一度的智能機械競賽，我是今天競賽的主持人，我叫白哥，不是鴿子的鴿，是哥哥的哥，我將全程為各位報導比賽。請注意聽，我先來說明一下第一關的比賽規則。第一關的比賽時間只有五分鐘，相信各位參賽者昨天都有拿到第一關的地圖，你們所設計的智能機械必須在五分鐘內抵達終點。只要被機械鍬形蟲抓到，或是在五分鐘內無法抵達終點，就算闖關失敗。讓我再提醒一下，終點前會有一個長三十公尺，半徑兩公尺的隧道，而且隧道裡沒有燈光，請各位智能機械的好朋友小心飛行。』

白色機器人提高音量的說：『時間還剩五分鐘，請智能機械各就各位。』

說完後，所有智能機械都各自飛到它們出發的位置，準備就緒，此時前方的空中已經出現許多隻機械鍬形蟲。白哥開始倒數計時：『五、四、三、二、一，出發！』二十隻智能機械動物一起飛出去，而這些在空中盤旋的機械鍬形蟲也立刻開始攻擊。所有參賽者和場外圍觀的學生都聚集在電視牆前觀看比賽實況，而源洛書和馬克也站到了溫特絲和嚴凝心旁邊一起觀看。白哥開始了激烈的報導：『哎呀！一隻白色的蜻蜓不幸被鍬形蟲的大顎給夾住了。我的天啊！有另一隻蜻蜓直接墜毀。』

白哥繼續說：『現在領先的是一隻七彩的蜂鳥，太厲害！蜂鳥一次閃過三隻鍬形蟲的追擊。緊追在蜂鳥後面的是一隻黃綠條紋的蜻蜓，這隻蜻蜓的飛行能力也是一極棒的呦！』

馬克對溫特絲說：『妳們蜂鳥的飛行敏捷度做得非常好。』

溫特絲笑著說：『我和凝心花了不少時間在尋找翅膀拍動的最優化動作。』

此時白哥激動的說：『好刺激的比賽，天啊，只剩下九隻參賽的智能機械還在空中，其他的都已經陣亡了。時間還剩下兩分鐘，蜂鳥和黃綠條紋的蜻蜓已經快要抵達隧道了。哎呀，快看！高空那裡有一隻紫色瓢蟲也快飛到隧道那裡了。沒想到這隻瓢蟲還滿聰明的，飛到那麼高的地方來躲避鍬形蟲的攻擊。』

白哥高興得跳起來說：『哇呼，蜂鳥和黃綠條紋的蜻蜓已經進入隧道。我的天啊！紫色瓢蟲也進入了隧道，沒想到這隻瓢蟲竟然可以用這麼快的速度從高空中直接俯衝進入隧道。』

溫特絲對馬克說：『不錯嘛，你們瓢蟲的垂直飛行速度很快。』

馬克微笑的說：『它的翅膀材質還有拍動的機械構造都是我特別設計的。』

白哥提高音量的說：『時間還剩下一分鐘，目前一共有六隻參賽的智能機械進入隧道了。』

電視牆的螢幕出現漆黑的畫面，而攝影蜻蜓也進入了隧道，持續跟在這些智能機械的身邊。隧道出口的地方就是終點，此時只剩四十秒。突然隧道出口的地方出現了好多機械鍬形蟲，將整個出口包圍起來，而出口附近的隧道下面出現了一個小小的通道。

此時白哥用非常緊張的口吻說：『糟糕，出口的地方竟然出現這麼多鍬形蟲，看這個數量估計應該有一、兩百隻。疑？出口下面那邊好像有個小通道，這個大小看起來一次只能讓一隻智能機械通過。』

七彩蜂鳥和紫色瓢蟲此時已經並肩飛行，而黃綠條紋的蜻蜓和其他三隻智能機械緊追在後。七彩蜂鳥、紫色瓢蟲和黃綠蜻蜓仍舊筆直的往機械鍬形蟲的方向飛去，而後面的三隻智能機械已經開始往出口下方的通道飛去。

白哥用哀怨的語氣說：『時間只剩下二十秒，看來領先的蜂鳥、瓢蟲以及蜻蜓即將要被鍬形蟲破壞掉，真是太可惜了。』

上百隻的機械鍬形蟲等待在出口處，不斷的咬合著大顎，等待著它們的獵物。七彩蜂鳥、紫色瓢蟲和黃綠蜻蜓絲毫沒有要閃躲或減速的意思，它們維持著一樣的飛行速度。即將來到出口處，許多圍觀的學生都發出嘆息的聲音，好幾個學生甚至閉上眼睛不忍心看到這些優秀的智能機械被破壞。突然，七彩蜂鳥、紫色瓢蟲和黃綠蜻蜓竟然直接穿過這些機械鍬形蟲，抵達了出口，而後面的三隻智能機械則是依序進入了下面的通道。白哥興奮的說：『時間到，恭喜七彩蜂鳥、紫色瓢蟲和黃綠蜻蜓通過第一關卡。』

圍觀的學生們都發出了歡呼的聲音，這時所有的電視牆上出現了卜森院長坐在辦公室的身影，他微笑的說：『很高興有三組參賽隊伍瞭解了通關密語。』螢幕的下方出現第一關卡的通關密語：「**當面對挫折與困境時，你應該勇往直前還是繞道而行？**」

卜森院長接著說：『隧道出口的機械鍬形蟲只是非常逼真的立體影像，而出口下方的小通道則是通往白哥所在的舞台，所以如果選擇了小通道，你就會回到一開始出發的地方。再次恭喜三組通過第一關卡的參賽隊伍。』說完後影像就消失了。

白哥接著說：『請通過第一關卡的三組參賽隊伍前往第二關卡稍作休息，十一點鐘正式開始第二場比賽。』

溫特絲和嚴凝心帶著七彩蜂鳥來到了第二關卡，此時樂芙蕾絲和帕特森已經在第二關卡的地方等候。很快的，源洛書和馬克也帶著紫色瓢蟲來到了現場。距離比賽開始的時間只剩十分鐘，白哥再度出現在第二關卡的舞台上，它說：『現在讓我來介紹第二關卡的比賽規則。你們前方有一個臨時搭建的帳篷，裡面的長桌上有五個黑色的盒子，每個盒子上方都有一個小洞。盒子裡面放著一種物品，可能是食物、植物香料或是合成的化學物質。平常盒子的小洞是關起來的，只有當參賽隊伍的智能機械來到小洞前，小洞才會打開，這時盒子裡面的物體所散發的氣味會從小洞跑出來。重點來了，在這五個盒子之中有一個盒子裡面裝著柑橘，智能機械必須能夠分析這些氣味分子，並且挑選出裝有柑橘的盒子。每個盒子前面的桌面上都有一個感應器，決定好盒子之後，就停在那個盒子前面的感應器上，如果選擇錯誤，就是闖關失敗。』

白哥興奮的說：『比賽即將開始，有請第一位參賽隊伍，樂芙蕾思和帕特森的黃綠蜻蜓。樂芙蕾思和帕特森同時也是去年的亞軍得主，請大家為他們鼓掌加油。』這時整個比賽場地響起了拍手聲和吹口哨的聲音。樂芙蕾思和帕特森帶著黃綠蜻蜓來到帳篷前方五公尺的地方，地面上有一個白色的圓圈，他們站到了圓圈裡面。樂芙蕾絲對著手中的機械蜻蜓說了一聲：『去吧，泰拉。』泰拉快速的拍動著翅膀飛了出去，進入了帳篷裡。

白哥用抱歉的口吻說：『為了公平起見，帳篷裡不允許攝影，所以電視牆上也不會出現帳篷裡面的影像，請各位耐心的等候結果。』所有圍觀的學生都在外面緊張地等待著。

泰拉進入帳篷後，樂芙蕾絲對帕特森說：『不知道泰拉行不行？我已經有在泰拉的頭部裝入偵測器，可以偵測出氣味分子的振動頻率。泰拉的嗅覺演算法是你寫的，你有信心嗎？』

帕特森回答說：『應該是沒問題，我已經將各種分子的振動頻率所對應到的氣味都輸入到泰拉頭部的晶片中，而且比賽前的測試結果都很好，泰拉判斷出氣味的準確率高達百分之九十以上。』

泰拉進入帳篷後，開始在每個盒子的小洞前偵測氣味分子，當五個盒子都一一偵測完之後，泰拉飛到了中間盒子的感應器上停下來，五秒鐘之後，帳篷外的擴音器發出了聲音：『很抱歉，選擇錯誤！』此時圍觀的學生都發出了嘆息的聲音，泰拉飛回到樂芙蕾絲身邊，樂芙蕾絲和帕特森垂頭喪氣地走回來，白哥拿起麥克風說：『太可惜了，讓我們給樂芙蕾絲、帕特森以及泰拉一個鼓勵的掌聲，能夠奮戰到現在已經很棒了。』此時比賽場地響起了熱烈的掌聲。

接著輪到源洛書和馬克這組，他們帶著紫色瓢蟲來到了白色圓圈內。白哥激動的說：『現在輪到源洛書和馬克這組，這兩位新生今年三月才剛入學，沒想到他們第一次參加智能機械競賽就能來到第二關，讓我們為他們鼓鼓掌。』場內再度響起一片掌聲。

源洛書摸了一下紫色瓢蟲的背部，然後說：『蒂雅，換妳表現了。』蒂雅打開了紫色的殼，將藏在殼下面的柔軟翅膀伸展開來，並且快速地拍動起來，飛進了帳篷。馬克拍著源洛書的肩膀，笑著說：『洛書，蒂雅的嗅覺主要是你負責的，應該沒問題吧！』

洛書微笑的說：『不用擔心啦，我已經猜出通關密語的意思。我有特別開發一個新的嗅覺演算法。』

蒂雅飛進帳篷後，優雅地飛到最右邊的盒子，在小洞旁偵測氣味分子，然後依序的往左邊飛，當來到中間的盒子時，它停留了兩分鐘之後，又繼續往左邊飛。來到下一個盒子時，它停留了一分鐘後，就直接飛到盒子前面的感應器上停了下來。五秒鐘過後，擴音器傳出：『恭喜，闖關成功！』許多圍觀的學生一副不可置信的樣子。三秒鐘過後，響起了劇烈的歡呼聲。源洛書和馬克在圓圈內開心的擊掌，彼此臉上都露出了自信的微笑。馬克開玩笑的說：『還好，你沒有拖累我。』源洛書笑著回答說：『我不是說過，誰拖累誰還不知道。』

白哥拿起麥克風，用十分驚訝的語氣說：『我的老天爺，這兩位新生竟然通過第二關卡了，哇嗚！我……我……我真是太高興了！』說完，就在原地墊起腳尖，做起芭蕾舞旋轉的舞蹈動作。

源洛書和馬克帶著蒂雅往回走，他們看到嚴凝心和溫特絲都在為他們的勝利鼓掌。馬克對溫特絲做了一個加油的動作，而源洛書則是微笑著對嚴凝心點頭示意。

白哥停下轉圈的動作後，興奮的說：『接下來輪到連續三屆的冠軍得主，溫特絲和嚴凝心。』她們走到了白色圓圈，嚴凝心對著七彩蜂鳥說：『小尼，快去快回。』小尼快速的拍動著翅膀，飛進了帳篷裡。當它來到中間盒子時，只停留了一分鐘就飛到左邊的盒子，不到三十秒，小尼就飛到感應器上，擴音器立刻傳出：『恭喜，闖關成功！』全場再度歡呼起來，嚴凝心和溫特絲看著彼此笑了一下。源洛書在等候區對馬克說：『真厲害，七彩蜂鳥選出盒子的時間比蒂雅快上一倍。她們的嗅覺演算法寫的比我們好，看來我們遇到好對手了。』

這時電視牆又再度出現卜森院長的影像，他說：『恭喜過關的兩組。嗅覺在生物裡是非常重要的一種感官能力，許多昆蟲或是魚類都是依賴嗅覺來尋覓食物或是配偶，像是蜜蜂靠嗅覺來尋找花蜜，然而動物為什麼能分辨出上萬種以上的味道，這個問題我們人類還沒有完全了解，目前智能機械在氣味的分辨上，還有很大的進步空間。在這個關卡中，我們特別在兩個盒子裡分別放入了柑橘和松節油，這兩種東西所散發出的氣味分子結構非常的像，它們唯一的不同是一種鏡像的對稱，也就是說，柑橘的氣味分子結構，透過一面鏡子所呈現的結構就是松節油的氣味分子。所以如果你設計的演算法無法區別出鏡像分子結構的不同，你是很難過關的。』說完後，螢幕下方出現第二關的通關密語：「**你是否可以分辨真實的世界與鏡中的世界？**」接著，卜森院長的影像就消失了。

白哥拿起麥克風，開心的說：『再次恭喜過關的兩組！看來今年的比賽非常刺激。請過關的參賽者往最後一關的場地移動。』

源洛書和馬克來到了第三關的地方，隨後溫特絲和嚴凝心也來到了這裡。白哥神秘的說：『現在讓我來公佈第三關的闖關規則，每位參賽者前面各有一個臨時搭建的小房間，這個小房間只有一個入口和一個出口。當參賽者的智能機械進入房間後，入口和出口的門都會關閉起來。房間的地面上有六百二十五個白色的點，許多點和點之間都有一條直線相連著，而每條直線旁邊都有一個數字。這是一個圖論的問題，起點就是那個綠色的點，而終點有五個點，就是接近出口地方那五個不同顏色的點。注意，這些有顏色的點本身都有感應裝置。』

白哥用手指指向源洛書和嚴凝心的方向說：『現在重點來了，參賽者必須從通往五個終點的所有路徑中，找出最短的那一條路徑所連接的終點是哪個顏色的點。讓我再提醒參賽者一下，所謂的最短路徑就是將路徑中所經過的每條直線旁邊的數字加起來的數字總和是所有路徑中最小的。當智能機械決定好終點後，請停到終點的感應器上，如果你選對了，就會有兩個白色的小盒子從下面升起。如果你選錯了，就是直接闖關失敗。』這時場外圍觀的學生開始交頭接耳的討論著。

白哥興奮的說：『大家請安靜一下，接下來才是刺激的部分。當兩個白色小盒子升起後，就請參賽隊伍將智能機械改成手動遙控模式，因為接下來的比賽部分要由參賽者來決定。兩個白色盒子裡各裝了一把鑰匙，但是只有其中一把鑰匙可以打開出口的大門。參賽者必須選擇其中一個盒子，並且將鑰匙放到出口大門前面的一個感應裝置，如果選擇正確，出口的門就會打開，如果選擇錯誤，就是闖關失敗。』這時場外的學生們討論的聲音更大了，站在場內觀看比賽的樂芙蕾思大聲的說：『白哥，這樣勝利不就是要靠機率了？只有百分之五十的機率可以獲勝。』

白哥用開心的語氣對樂芙蕾思說：『勝利本來就不是單靠努力就可以達成的，運氣也是佔有很重要的部分。』

白哥接著對大家說：『現在是中午十一點五十分，我們將在下午兩點舉辦第三場競賽，請參賽隊伍利用中午休息時間將智能機械做最後的調整。現在請現場所有學生先去吃午餐，稍作休息，等待下午精彩的第三關競賽。』場內所有人紛紛往餐廳移動。

時間來到下午一點三十分，學生們開始陸陸續續抵達競賽現場。溫特絲和嚴凝心此時也帶著小尼來到了現場。

嚴凝心對溫特絲說：『沒想到這次要贏得勝利竟然還需要靠機率。』

溫特絲笑著說：『其實白哥說的也沒錯，勝利本來就要有運氣的成分。而且我們和馬克那組獲勝的機率都是一樣的，所以也沒有不公平啦。』距離比賽開始前只剩下十分鐘，源洛書和馬克此時才匆匆趕到現場，他們利用中午休息時間對蒂雅做了最後的調整。

白哥做了一個前空翻上了舞台，他拿起麥克風說：『各位觀眾，終於來到最緊張的時刻，哪一組先打開出口的大門，就是最後的冠軍。當然，如果最後這兩組參賽隊伍都沒有選對鑰匙，那很抱歉，今年的冠軍就從缺囉。』此時場外已經擠滿圍觀的學生，大家都想知道誰是最後的勝利者。

白哥用很有禮貌的語氣說：『時間快到了，請小尼和蒂雅各就各位。還有請源洛書以及馬克，和上屆的冠軍隊伍分別站到你們前面的螢幕。這兩個螢幕是特別為參賽者所準備的，你們可以透過螢幕來操控小尼和蒂雅選擇白色盒子。』

接著白哥大聲的說：『預備，出發！』此時小尼和蒂雅都飛了出去，後面跟著好幾隻攝影蜻蜓。它們分別進入到不同的房間，一進去後，入口的門立刻關上。電視牆的螢幕上出現房間內部的影像，地面上有好多白色的小點，而點和點之間出現好多密密麻麻的黑線，每條黑線上都有一個數字。在出口大門附近有紅、黃、綠、藍、紫五個不同顏色的小圓圈。小尼和蒂雅停留在空中，看著下方的圖形，不斷的在計算著數字最小的路徑，此時場外的觀眾都在屏息以待，一分二十秒後，小尼開始往紫色小圓圈的方向飛去，停在了紫色圓圈上，突然前方的地板緩緩打開，升起了兩個白色的方形小盒子。蒂雅此時也開始往藍色的小圓圈飛去。溫特絲拿著遙控器對嚴凝心說：『凝心，妳來選吧。』

嚴凝心說：『反正機率都一樣，那就右邊的盒子好了。』溫特斯微笑的點點頭，開始操控著小尼往右邊的盒子飛去。蒂雅這時也飛到藍色圓圈上，而前方也升起了兩個白色盒子。小尼按下了右邊白色盒子上方的按鈕，盒子打開了，裡面放著一把金色的小鑰匙。小尼拿起鑰匙往出口大門的感應器飛去，全場鴉雀無聲，聚精會神的看著電視牆。

白哥緊張的說：『刺激的時刻來到了，到底連續三屆冠軍的溫特絲和嚴凝心，是否能締造四連霸呢？』小尼將金色鑰匙放到了感應器上，兩秒過後，感應器發出聲音：『錯誤，闖關失敗。』全場各個地方都發出了嘆息的聲音，溫特絲笑著對嚴凝心說：『看來我們的運氣不太好。』嚴凝心微笑的說：『百分之五十的勝率本來就不大。』溫特絲說：『我們來看看馬克和洛書這組的運氣如何。』這時馬克也拿出了遙控器，他對源洛書說：『洛書，你要選哪一個？』源洛書湊到馬克耳邊小聲的說了一些話之後，馬克露出驚訝的表情說：『你確定要這麼做？』源洛書點點頭。蒂雅飛到了左邊的白色盒子，白哥此時激動的說：『馬克和源洛書似乎決定了左邊的盒子，他們會闖關成功嗎？』正當大家期待蒂雅打開左邊盒子拿出鑰匙時，蒂雅竟然不去按盒子上方的按鈕，而是直接抓起了整個盒子往出口的感應器方向飛去，白哥驚訝的說：『天啊，蒂雅在做什麼，怎麼沒有取出鑰匙！』溫特絲驚訝的轉頭看著正在專心操控蒂雅的馬克，而嚴凝心則是看著螢幕，思考了兩秒，突然理解到什麼，她將嘴巴湊到溫特絲耳邊，說了一些悄悄話後，溫特絲突然露出恍然大悟的表情。蒂雅將整個白色盒子放到了出口感應器的地方，五秒後，感應器發出聲音：『恭喜闖關成功！』全場靜默了三秒，接著場內發出了熱烈的歡呼聲。源洛書對馬克說：『怎麼樣，我說的沒錯吧！』馬克笑得很燦爛的說：『洛書，這次我不得不佩服你。』

卜森院長的影像又再度出現在電視牆上，他說：『沒想到有人能夠通過第三關，這代表他們理解了第三關的通關密語。其實兩個白色的小盒子裡各自放著一顆電子，這些電子的自旋是同時存在兩種狀態，分別是方向向上和向下，而且更重要的是這兩顆電子的自旋狀態是互相糾纏在一起的，也就是我們所說的量子糾纏狀態。盒子內這兩顆糾纏的電子同時也和出口感應器裡面的一顆電子糾纏著。一旦參賽者打開盒子，這三顆電子就會同時失去糾纏的狀態，而當感應器裡的電子失去了糾纏狀態，參賽者就再也無法打開出口的門。所以真正的鑰匙不是盒子裡面的金色鑰匙，而是盒子裡處於糾纏狀態的電子。這些糾纏狀態的電子自旋方向是同時處於向上和向下的狀態。要贏得勝利，你必須要讓所有的電子都保持在糾纏的狀態，所以不管參賽者選擇哪一個盒子，只要他們直接將盒子帶到出口的感應器，就可以過關。因為只要感應器的電子維持在量子糾纏的狀態，不管參賽者選擇哪一個盒子，出口的門都會打開。恭喜源洛書、馬克以及可愛的蒂雅。』說完後，卜森院長就消失了，螢幕上出現第三關的通關密語：**當你能同時擁有勝利和失敗時，你就能擁有真正的勝利。**

溫特絲和嚴凝心走到了馬克和源洛書身邊，溫特絲微笑的說：『真是恭喜兩位了，讓我們第一次嘗到失敗的感覺，這對我們而言是一個很寶貴的經驗。』
馬克回答說：『這其實要歸功於洛書，是他猜出通關密語的。』
嚴凝心看著源洛書說：『恭喜你獲勝。』
源洛書笑著說：『其實小尼的演算法寫的比蒂雅的好，我還要多跟妳們學習。』
馬克對溫特絲和嚴凝心說：『為了讓洛書能有機會多跟兩位優秀的同學學習，不如今天晚上我們一起去慶祝一下。』溫特絲開心的點著頭，而嚴凝心的臉上也露出了淡淡的微笑。

浪漫的夏夜

自從智能機械競賽結束後，已經過了一個多月，大部分的學生都陸續的回家過暑假。八月的夜晚，學院的戶外寧靜而涼爽。夜空中佈滿著滿天的星斗，獵戶座的獵人腰間那三顆星星顯得特別顯眼，在這個沒有光害的地方，星星總是看起來離我們特別近，似乎可以伸手摘下。廣場上和草叢間有許多螢火蟲進進出出，點綴著夏日的夜晚。學院的廣場前有一顆非常巨大與古老的樟樹，馬克調皮地爬到樟樹上看著天空的星星，馬克呼喊著說：『溫特絲，妳看，這裡有好多的螢火蟲啊！』

溫特絲走到了樟樹下，看著草叢間佈滿著發出綠光的螢火蟲，她對樹上的馬克說：『你知道螢火蟲體內有一種專門發光的細胞。這個細胞裡有一種螢光素，在螢光素酶的催化下，螢光素可以透過氧氣來將ＡＴＰ所儲存的能量轉換成光能。在這樣的生物反應過程中，能量幾乎都是以光能的形式釋放，只有極少量是以熱量的形式釋放，這樣的效率高達百分之九十五以上。我最近在思考是否可以在智能機械中，實現這樣高效率的能量轉換。』

馬克從樹上爬下來，笑著說：『其實生物有許多行為不斷的帶給人類許多的想法，在智能機械的設計上，我時常會從動物的運動機制尋找靈感或是去模仿牠們的身體結構，這就是一般所說的仿生學。對於螢火蟲的生物反應，我倒是沒有很瞭解，我對細胞的運作以及生物體內的神經元訊號傳遞沒有特別的研究。我主要還是對智能機械的構造和材料感興趣。』

溫特絲笑了一下說：『馬克，沒想到你的專長剛好是我所不擅長的，我們還真是互補啊！我一直想用電腦模擬螢光素酶的催化過程，有些理論認為生物體內酵素的催化過程中有量子理論的穿隧效應。生物體內有太多反應的機制值得我們去學習，你說是嗎？』

馬克點點頭說：『我們不只在機械構造上會去模仿生物的構造，即使是電腦軟體的部分，像是深度神經元演算法，我們也是從動物的神經元結構中獲得啟發。』

溫特絲看著滿天的星斗說：『生命的存在真的是很奇妙的。直到今日，我們人類仍然無法從實驗室製造出可以自我複製的細胞。我一直認為細胞運作背後的演算法應該和量子演算法有關，量子演算法是我博士班想要研究的主題。』

馬克溫柔的說：『溫特絲，妳畢業之後會繼續待在時空學院做研究嗎？』

溫特絲好奇地說：『我還不是很確定，我們現在才博士班的第一年，離畢業至少還有一段時間，難道你已經確定畢業後要做的事？』

馬克看著溫特絲說：『未來的事我也還沒確定，不過有一件事我非常的確定，就是⋯』

馬克忽然握住溫特絲的手，深情的看著溫特絲。溫特絲被嚇了一大跳，臉頰紅了起來，馬克鼓起勇氣，紅著臉說：『不知道妳願不願意嫁給我？我一定會讓妳幸福的。』

溫特絲看著馬克，害羞的點點頭，接著兩個人就緊緊的擁抱在一起。

第四樂章：甜蜜與苦澀的變奏

不知不覺已經過了五年，時間來到西元二〇八五年的五月。溫特絲、嚴凝心、源洛書以及馬克四人在這一年都順利拿到了博士學位，由於忙著論文口試以及各地邀約的演講，他們四人今年都沒有參加下個月即將舉辦的智能機械大賽。這是一個特別的夜晚，因為他們四人以及齊云生難得齊聚在理論中心二樓的休息室。這個休息室離源洛書和嚴凝心的研究室很近，裡面有沙發、好幾個書櫃和一個大黑板，角落邊還放著咖啡機和泡茶的用具。他們五人的穿著都非常正式，源洛書身穿深藍色的西裝以及白色的襯衫，手裡拿著一杯咖啡站在書櫃旁邊的牆壁，而馬克則是穿著深灰色格子的西裝以及淡黃色條紋的襯衫坐在沙發上。溫特絲身穿黑色襯衫和咖啡色的窄裙坐在馬克旁邊，而齊云生則是穿著黑色條紋的西裝坐在溫特絲的對面。嚴凝心還在研究室處理一些事情，他們五人受邀參加一場五天的國際研討會，今天下午才回到時空學院。馬克說：『這次研討會獲得不少寶貴的意見。』源洛書喝了一口咖啡後說：『馬克，沒想到你所設計的智能機械可以做出如此靈巧和流暢的動作。』

馬克微笑地回答說：『我可是花了兩年的時間才研發出類似動物肌肉的人工合成材料──「海力克斯超材料」，它不論在彈性、靈敏度或是承受衝擊的能力上都已經非常接近動物的肌肉。另外我還在智能機械動物裡面放置許多陀螺儀，來幫助它們學習動作所需要的平衡與協調能力。不過要能夠控制「海力克斯超材料」去產生細微而且靈敏的動作，強大的電腦運算能力是不可獲缺的，這個部分真是要感謝你和溫特絲所設計的演算法。』

齊云生好奇地說：『聽說你的「海力克斯超材料」已經申請專利，並且被拿去開發智能機械恐龍了？』

馬克笑著說：『嗯，去年就開始量產智能恐龍了。』

齊云生說：『馬克，你和溫特絲畢業之後有什麼打算？』

馬克看了一下溫特絲，然後說：『我們要一起回錫芬尼克斯結婚，然後在我的家鄉成立研究機構和教育中心。』

齊云生回答說：『那真是恭喜你們了，你們的結婚囍宴一定要記得邀請我參加。』

這時嚴凝心身穿銀灰色的西裝，匆匆忙忙地從外面走進來。齊云生看著嚴凝心說：『凝心，妳怎麼這麼慢才過來？』嚴凝心一邊走到泡茶的地方，一邊說：『克雷爾數學機構裡的教授在和我討論我的博士論文，所以耽誤了一點時間。』

齊云生面帶微笑的說：『這次的國際研討會上，我發現你們四位的博士論文都受到不少教授的青睞。洛書，你畢業後會和凝心一樣留在學院裡工作嗎？』

源洛書點點頭說：『嗯，我還想繼續我博士論文的研究方向。』

溫特絲突然拍了一下手說：『下個月就要舉行畢業典禮了，我們五位要不要在畢業典禮上合奏一首曲子。』

馬克急忙對溫特絲說：『可是我的大提琴還沒練得很好。』

源洛書想了一下說：『那我們就來合奏舒伯特的「鱒魚五重奏」好了。溫特絲負責大提琴，馬克你負責低音大提琴，凝心負責小提琴，我負責中提琴，鋼琴的部分就將給云生。』

溫特絲開心的說：『太好了，就這麼辦。那我們的團名就叫做「時空五重奏」吧！』

馬克緊張的說：『可是，我怕⋯』

源洛書笑著說：『馬克，怎麼碰到音樂就這麼沒有自信，低音大提琴的部分我相信你一定沒問題的。』

齊云生說：『好，就這麼決定了。』

畢業典禮前一個禮拜公布了智能機械競賽得主，伊凡．雷哈爾和曼妮芙獲得了這一屆的智能機械競賽冠軍。畢業典禮當天，演講廳外面張貼著一張海報，上面寫著：

演奏曲目：舒伯特的鱒魚五重奏
演奏團體：時空五重奏
小提琴：嚴凝心　中提琴：源洛書　大提琴：溫特絲．英德爾
低音大提琴：馬克．艾伯斯　鋼琴：齊云生

「時空五重奏」為整場畢業典禮帶來了美妙和諧的音樂，主旋律在不同樂器之間流動著，而伴奏的旋律為主旋律添上了豐富的色彩。音樂會上五人心靈契合的演奏，象徵著彼此的友誼。如果這首曲子的弦律可以一直持續下去，或許他們就不用去面對即將離別所帶來的悲傷。如果時間可以在這場音樂會中停止，或許他們的友誼可以長存下去。但是這一切都只是幻想，人生不會只停留在美好的時刻，或許就是要嚐盡喜怒哀樂，才叫做人生吧！

畢業典禮過後，馬克和溫特絲就離開學院，回到錫芬尼克斯成立了「溫特絲研究機構」。五

年後，高齡九十歲的卜森院長疑似因為送藥機器人送錯了藥物，導致心肌梗塞，經過搶救仍然不治。在卜森院長過世的前一年，便已將院長的位置交給了源洛書教授，當時源洛書正值二十九歲，而嚴凝心教授則是接管了學院的神經元計算中心。卜森院長過世後的隔年，也就是西元二〇九一年，齊云生離開了時空學院，回到他的故鄉巴梵沙王國創立了 I.C.E. 公司。

「時空五重奏」只剩下嚴凝心和源洛書還留在學院裡，然而自從卜森爺爺過世後，嚴凝心變得更加封閉自己，全心全意的專注在演算法的數學理論證明。她現在最大的心靈支柱就是從小一起長大的溫特絲，她每個禮拜都會和溫特絲視訊通話，從對話中找回小時候的回憶。隨著時間不斷地流逝，源洛書依舊默默的在身邊陪伴著她。

西元二〇九五年，也是溫特絲和馬克被智能飛天獅子攻擊的那一年，嚴凝心和源洛書一接到噩耗就立刻趕去錫芬尼克斯，他們參加完馬克和溫特絲的喪禮後才回來時空學院。他們回到時空學院時，已是傍晚時分，夕陽把兩個牽著腳踏車的身影照的斜長，稻田旁的溪水仍舊緩慢的流動著，時間像一條永不停歇的河流，不曾為任何人停留。

天空漸漸被塗抹成粉紅的一片，在如此浪漫的夕陽景色下，更加深了兩人內心的哀傷。兩人靜靜地漫步在廣場上，不發一語，已經沒有文字可以描述他們兩人內心的痛苦。

突然，嚴凝心停下腳步說：『這個世界承載了太多的快樂與悲傷，爺爺是我在世上唯一的親人，如今他已經去世了，現在連我從小到大最好的朋友也離開了我。』這時眼淚從嚴凝心的臉頰上滑落下來，這是源洛書第一次看到嚴凝心掉下眼淚。

嚴凝心啜泣的說：『她就像是我的親姐姐一樣。沒想到我所深信的人工智能，如今卻殺死了我最好的朋友。我們利用類神經元演算法的方式去操控我們所製造的智能機械，讓它們能夠自我學習並超越人類，終有一天他們也會對人類發動戰爭與攻擊。如果連數學和邏輯所建立的人工智能我都不能相信，我還能相信什麼？』

源洛書安慰著她說：『我想智能飛天獅子的攻擊背後一定有什麼更進一步的原因，我會想辦法調查清楚。』

嚴凝心擦著眼淚說：『從小我就不喜歡和別人建立情感，因為我知道自己無法處理生離死別所帶來的痛苦。沒想到我今天仍然要承受這種痛苦，如果有一種方式可以幫助人類抽離所有的情緒與情感，我想那會是對全人類最好的事。』

源洛書平靜地說：『凝心，我相信時間是撫平傷痛最好的解藥。如果可以，我希望能為妳承擔所有的不快樂！』

嚴凝心擦乾了眼淚，平撫了情緒後，從脖子上取下一條鑲有一顆橢圓形琥珀的項鍊，將它交給了源洛書說：『洛書，我知道你對我的感情，但是我現在無法再接納任何情感。這一條項鍊是我從小就戴在身上的項鍊，這個琥珀裡還有一隻億萬年的螞蟻。它總是給我許多靈感，而現在我希望你可以幫我保管它，終有一天我會離開這個我從小生長的地方，希望這條項鍊能稍微撫平你心中的傷痛。』說完後，她就獨自走開，源洛書站在原地默默的注視著她逐漸遠去的背影。

幾天之後，嚴凝心不告而別，離開了時空學院，加入了齊云生的 I.C.E. 公司。隨著馬克和溫特絲的死亡，「時空五重奏」正式畫下了句點，但是一個結束的同時，是否也代表著另一個新的開始呢？

第六章：溫特絲之死

秘密實驗室

今天是阿萊莎和佛多還有波特離開時空學院的日子，一大清晨，天色仍然昏暗，他們來到源教授的辦公室，源教授早已經在辦公室等候他們。辦公室外的陽台停著四隻智能黑面琵鷺，而且這些琵鷺的高度大約有一公尺。源教授神秘的笑著說：『你們來了。走吧，我帶你們去個好地方。』

源教授推開了辦公桌後面那扇非常大的窗戶，一陣微風從陽台吹進了辦公室，源教授帶著他們走到了外面的陽台說：『這幾隻智能黑面琵鷺是我在學生時代，和另外一位同學馬克．艾伯斯所共同製造的。』這時源教授特別看了一下阿萊莎。

他接著說：『我們出發吧。』

他們四人各自坐上一隻智能琵鷺，這些琵鷺優雅的拍動著翅膀，載著四人飛了起來。智能琵鷺伸展著長長的雪白雙翼，在天空中翱翔著，飛過了時空學院的茶園，往前面不遠的山壁飛去。波特喊著：『好舒服喔！』很快的，智能琵鷺降落在一大片山壁前，這是位於學院ㄇ型建築後方的山壁。阿萊莎注意到山壁上有一個凹下去的手掌圖案，此時源教授走到圖案的前面，將手掌按在上面。圖案旁邊的一小塊山壁打開，裡面出現了一些數字按鈕。源教授按了一些數字後，出現一道黃光掃描了源教授的眼睛。突然，整個山壁震動了起來，在他們三人前面的山壁開始向右邊移動，眼前出現一個很大的山洞。源教授笑著說：『跟我來，我帶你們參觀一個特別的地方。』他們跟著源教授一起往裡面走，然而此時，一隻蝗蟲正在他們後方的草叢裡靜靜的監視著這一切。

他們一走進去後，山洞裡的燈光自動的亮了起來。佛多注意到山洞裡的空間非常寬敞，而且裡面有許多體型龐大的動物。這時一隻巨大的暴龍緩慢的向他們走來，並且張大嘴巴露出尖銳的牙齒，對著佛多和波特大吼一聲，波特被嚇的躲到佛多後面發抖。源教授笑著對暴龍說：『雷克斯，你還是這麼喜歡嚇人。』這隻暴龍點點頭對佛多說：『我在跟你們開個玩笑啦，希望你們不要介意，我叫做雷克斯。』源教授說：『雷克斯是馬克花了半年的時間所製作的智能機械暴龍。馬克可是標準的恐龍迷，你看，上方那隻正在盤旋的翼手龍也是他的傑作。』

波特鬆了一口氣說：『原來是嚇我的，不過它跟我在圖書館的書上所看到的暴龍圖片一模一樣耶，哇，那裡還有一隻三角龍。』

源教授笑著說：『這裡以前是我和馬克以及溫特絲在學生時期所共同使用的實驗室。馬克是我非常要好的朋友，我們是在這裡唸書時認識的，他在機械方面的天分是我見過最傑出的。你們看到的這些智能恐龍都是他所設計的，我和溫特絲則是負責設計智能晶片。』佛多注意到這些恐龍的動作都非常的流暢。阿萊莎顯得一副不感興趣的樣子，默默的走到左邊的椅子坐下。源教授接著說：『你們知道嗎？馬克和我以及溫特絲因為這些恐龍賺了不少錢。』

波特好奇地說：『這些恐龍也可以幫你們賺錢？』

源教授點點頭說：『不少國家裡都有設立「恐龍新樂園」，那是一個給遊客參觀恐龍的地方。馬克所設計的智能恐龍非常受到大家的喜愛，所以很多國家都向他購買。』

源教授開始往山洞的裡面走，邊走邊說：『跟我來，我有一個禮物要送你們。』他同時對著阿萊莎招手。源教授來到一台紅色的輕型飛機前面說：『這台飛機是馬克親手做的。在我們要畢業的那一年，我想要挑戰「黎曼通道」，馬克就親手做了這台傳統的輕型飛機送我。我就是駕駛這台飛機通過「黎曼通道」的。』

阿萊莎看到飛機的機身上寫著「文藝復興」四個字，她說：『為什麼這台飛機也叫做「文藝復興」？』

源教授對阿萊莎說：『這四個字是我昨天特別畫上去的。我很喜歡「文藝復興」這四個字，因為它有著重生的含義。』阿萊莎走到飛機旁，摸了一下機身後，便很快地進入了駕駛艙。源教授對著佛多和波特說：『你們也差不多該上飛機了。你們飛船的逃生艙我已經幫你們安置在學院裡，等你們找到飛船之後，再回來這裡拿。』

佛多點了點頭，帶著波特一起進入駕駛座後面的座位。源教授對著雷克斯說：『雷克斯，幫我把文藝復興號推到山洞外面。』雷克斯慢慢的將飛機推出了山洞。阿萊莎看向源教授，點了個頭，然後冷冷地對佛多和波特說：『坐穩了，要出發了。』飛機的螺旋槳開始轉動起來，佛多和波特揮著手對源教授道別。很快的飛機飛上了天空，這時山洞裡的翼手龍突然飛了出去，跟在飛機的後面。草叢裡的蝗蟲靜靜的看著飛機離開後，就飛走了。

文藝復興號飛到出口山壁的前面時，山壁的門自動打開了，此時翼手龍快速地飛到他們旁邊，並且發出了一個阿萊莎所熟悉的女子聲音：『阿萊莎，要保重。』阿萊莎驚訝的看了一下翼手龍，點了點頭，便飛向出口的山洞裡，離開了時空學院。

智能藍鯨號

文藝復興號離開山洞後，就往西邊飛去。太陽此時才剛從東方的天空升起，陽光從後方斜照在文藝復興號，下方則是一大片海洋。佛多非常興奮地看著飛機下方的景色說：『地球真的是很漂亮的星球。』

坐在前面駕駛座的阿萊莎冷冷的說：『哼，你不要被眼前的景色所矇騙了，地球不是你想像的這麼美好，有不少國家的人民仍然生活在貧困的環境。』

波特忽然喊著說：『佛多，你看！那裡有好幾隻鯨魚正浮在海面上噴水。』佛多注意到這些鯨魚的前面不遠處有一隻體型比這些鯨魚還大上許多的大鯨魚。佛多拿出他在學院所製作的望遠鏡觀察著那隻大鯨魚，他發現有許多各式各樣的魚不斷從鯨魚的身體裡游出來。他將望遠鏡的放大倍率調高，對著波特說：『你看，那隻鯨魚腹部靠近尾鰭的左右兩邊各有一個好大的洞，而且有許多魚從那兩個洞游出來。』佛多把望遠鏡給了波特，這時阿萊莎說：『那是智能藍鯨號。現在全球海洋中一共有一千多隻，它們的體型大小跟真實的藍鯨差不多。』

佛多好奇的問：『這些智能藍鯨號是做什麼用的？為什麼會有這麼多魚從它身體裡游出來？』

阿萊莎有點不耐煩的說：『藍鯨號是用來清理海洋垃圾的智能機械，在還沒發明藍鯨號之前，海洋的污染是非常嚴重的，不少地方都出現範圍非常大的漂浮垃圾島，許多海洋生物都死於這些垃圾。在西元二〇五六年時，卜森院長聯合了其他幾個先進國家的頂尖研究機構，花了兩年的時間製造出藍鯨號。在短短幾年內，藍鯨號清理掉海洋中百分之九十以上的垃圾。』

佛多摸著下巴說：『它是怎麼清理海洋中這麼多的垃圾？』阿萊莎一邊打開駕駛座旁邊的抽屜一邊說：『我記得源院長剛剛有說他放了一些智能機械的書在飛機裡。』她找了一下後取出了一本書，往後丟給佛多說：『你自己看吧！』接著，阿萊莎感覺到前方有一股亂流，她將「文藝復興」號的飛行高度拉高，躲過了亂流。佛多看到書的封面上寫著《二十一世紀的智能機械清道夫—地球環境的守護者》。他翻開書本，裡面一共介紹了二十種智能機械清道夫。他從目錄找到藍鯨號，並且將書本翻到介紹藍鯨號的地方。

此時波特也好奇的湊過來，佛多研究了一下書上所寫的內容後，指著藍鯨號內部結構的圖片說：『波特，你看，藍鯨號會張大嘴巴，將大量的垃圾吞進嘴裡。』

波特疑惑的說：『可是它應該也會將許多海洋生物吞進去啊。』

佛多指著藍鯨號的喉嚨說：『沒錯，但是它喉嚨這裡有一個水道。你看，它在水道的後面放了可以吸引魚類過來的食物。所以在它嘴裡的這些魚類聞到食物的氣味後，就會游到水道裡。』波特仔細的看著圖片說：『哦，我知道了。所以等到海洋生物都游到水道裡，它就將垃圾吸往另一個水道。』

『沒錯，另一個水道後面有許多處理垃圾的裝置。第一個步驟應該是將垃圾分類。』佛多又仔細的看了一下垃圾處理的過程，他接著說：『好有趣哦，對於塑膠的垃圾，它最後的步驟是利用細菌來將塑膠分解。』

波特接著問：『那我們剛剛看到許多魚從它身體裡跑出來，就是那些它之前吃進去的魚囉？』

佛多點點頭說：『嗯，看來藍鯨號可以在不傷害海洋生物的情況下，有效率的清理海洋中的垃圾。』

佛多和波特持續的研究這本書，而文藝復興號不知不覺中已經飛行了六個小時，阿萊莎忽然說道：『你們看，我們正要經過地球上最高的山峰—珠穆朗瑪峰。』佛多和波特抬頭，看到他們的右前方有一座非常高的雪白山峰，中午的陽光照在聖母峰上，讓雪白的山峰閃耀出耀眼的光芒。波特說：『哇，好美喔！阿萊莎，可以飛到那個山峰頂附近看看嗎？』

阿萊莎不高興的說：『你可以不要提出這麼愚蠢的要求，好嗎？』波特摸著頭，完全不知道自己哪裡說錯。

佛多解釋說：『我想阿萊莎的意思是，這台飛機的駕駛艙裡沒有增加氣壓的裝置，如果飛機飛到那個山頂的高度，氣壓會太小而且氧氣也會太稀薄，她的身體可能會無法適應。』

波特恍然大悟地說：『哦，原來如此。不過我不會有問題，因為我是機械做的，可以適應任何環境。』佛多和波特同時笑了起來，阿萊莎也在駕駛座上偷笑了一下。

派森爺爺

文藝復興號從珠穆朗瑪峰旁邊飛過，繼續往西方飛行。佛多看著雪白的峰頂在陽光的照射下所呈現出的優美稜線，腦中卻想起他在圖書館所翻閱到人類社會過去所發生的恐怖攻擊與戰爭事件。他心裡想著：『居住在這麼美麗的星球裡，為什麼還可以產生這麼多的仇恨呢？』

阿萊莎已經連續駕駛了十二個小時，此時太陽已經下落到前方的地平線附近，天空中出現了美麗的紅色晚霞。佛多說：『阿萊莎，你需要休息嗎？要不要換我駕駛，我對操控機械很在行。』

阿萊莎用冷漠的語氣說：『不用了，已經快要到目的地了。』接著，文藝復興號的高度開始下降，前面出現一個看起來非常現代化的城市，這個城市裡有許多的高樓大廈，而且有些大廈的形狀都很特別，有帆船形狀或是火箭形狀。佛多看到空中佈滿著許多巨大的透明管子，這些管子將所有的大廈相連著，而且還有好多輛長長的列車正在管子裡行駛。阿萊莎輕鬆地閃過這些透明管子，然而佛多注意到整個列車裡只有兩三位乘客，而且駕駛座都沒有人，看起來所有列車的行駛都是完全自動化。突然，文藝復興號側身飛行，穿過了兩個巨大的銀色建築中間的狹窄間隙後，前方的地面上出現一個由四個白色長方形建築物所圍成的一個口字型建築，中間是一個很大的廣場。這些建築物有三層樓高，然而有許多部分的屋頂和牆壁都已經毀損，看起來非常荒涼，似乎已經很久沒有人居住了。

阿萊莎看到廣場有一輛正在緩慢行駛的車子，駕駛座的後面坐著一位她所熟悉的老人身影。她將文藝復興號下降到車子的上方，揮著手大喊：『派森爺爺。』

老人轉頭看向天空驚訝的大喊說：『阿萊莎，妳回來了。』他對著前面自動駕駛的電腦說了一聲：『停車。』車子立刻停了下來。

阿萊莎將文藝復興號停在了車子前面的廣場上，跳下飛機跑向老人。老人張開雙臂將阿萊莎緊緊地抱住，眼睛泛著淚光。佛多和波特也跟著跳下飛機，佛多從來沒有看過阿萊莎露出如此燦爛的笑容。老人笑著說：『好久沒見到妳了，有四年了吧？』

阿萊莎點點頭說：『爺爺您一點都沒變呢。』

老人看著阿萊莎，微笑說：『妳倒是長高不少。讓我看看，妳越來越像妳母親了。』此時佛多和波特也走到他們身邊。老人對阿萊莎說：『他們是……』

阿萊莎回答說：『他們是時空學院的訪客，要去巴梵莎王國尋找他們墜落的太空船。源院長請我幫忙他們尋找飛船。』

佛多看著這位滿頭白髮，嘴上還留著一副濃密白鬍子的老人，很有禮貌的說：『你好，我叫佛多，他是我的好朋友波特。』

老人回答說：『你們好，我叫派森．波格姆，你們叫我派森爺爺就好了。』

佛多看著四周的環境說：『這裡是什麼地方啊？感覺這裡好像曾經遭受過嚴重的攻擊。』

派森爺爺回答說：『這裡曾經是錫芬尼克斯共和國最先進的研究機構，不過自從十年前那場飛天獅子的攻擊之後，一切都變了。』阿萊莎站在旁邊低著頭不說話。

佛多嚴肅的問：『飛天獅子的攻擊？』

派森爺爺皺著眉頭說：『這個地方是「溫特絲研究機構」，它是由阿萊莎的母親溫特絲．英德爾博士和父親馬克．艾伯斯博士在二十年前所共同創立的。十年前他們所研發的智能飛天獅子在產品發表會的那一天，突然瘋狂的攻擊這個機構，許多人在那場攻擊中喪生，這當中也包括了溫特絲和馬克。』此時淚水從阿萊莎的臉龐緩緩地滑落，她突然往旁邊跑開。佛多想叫住她，派森爺爺阻止了佛多說：『讓她一個人靜一靜，她雖然是個堅強的孩子，但是失去父母的痛苦，對於一個孩子來說，還是很難去承受的。』

佛多對著波特說：『波特，你去跟在阿萊莎後面，如果有發生什麼事要趕快回來通知我。』波特點點頭就追了過去。

佛多接著問說：『派森爺爺，馬克和溫特絲為什麼要製造智能飛天獅子？』

派森爺爺帶著佛多走到旁邊的椅子坐下來說：『這說來話長了。自從溫特絲和馬克畢業離開時空學院後，他們就一起回到錫芬尼克斯共和國創立了這個研究機構。他們將所有從智能恐龍所賺到的錢全部投入到這個機構中。在短短的幾年內，他們就研發出好幾款非常先進的智能晶片和智能機械動物，而這個機構也很快地成為錫芬尼克斯共和國最先進的研究機構。後來還有另外一位剛從時空學院畢業的優秀青年—「伊凡」博士也加入他們的研究機構。』

佛多好奇的問：『是伊凡·雷哈爾博士嗎？』

派森爺爺點點頭接著說：『「溫特絲研究機構」招募了許多優秀的研究員，並且提供給他們一個非常良好的研究環境和生活品質。另外，溫特絲還在這裡成立教育中心來培養下一代的研究人員。』

派森爺爺從口袋裡拿出煙斗，點燃了菸草，吸了一口煙後，看著這座破損不堪的機構說：『這個機構所研發的智能機械產品不只為自己帶來優渥的研究經費，同時也因為大量的外銷到附近的鄰國，替錫芬尼克斯共和國賺進了豐厚的財富。在機構即將成立滿十週年之前，這個國家的總理墨士達委託溫特絲和馬克製造可以用在國防和救援行動的智能機械動物。溫特絲和馬克就聯合機構許多的研究員合力研發出了智能飛天獅子。』

佛多說：『所以智能飛天獅子就是錫芬尼克斯共和國的國防武器囉？』

派森爺爺吐出一口煙後說：『沒錯，這隻飛天獅的體型和外觀和真的獅子很像，唯一不同的是它的背上有一對巨大的老鷹翅膀，而且它的身上還裝備著各種先進的武器。它的四隻腳裡面可以填充許多的子彈，每根腳指頭都可以連續的發射子彈，同時它身體的兩側也配備著好幾顆導彈飛彈。在產品發表會的那天，墨士達總理和許多重要的官員都來到這裡參加。那時溫特絲已經懷了第二胎，而且有五個月的身孕。真的沒想到，這隻智能飛天獅竟然在發表會上用它的腳指頭對著會場上的人掃射，坐在前排的溫特絲身上中了好幾顆子彈。所有的人都往出口逃離，現場立刻陷入一片混亂，到處都是尖叫聲和求救的聲音。許多官員也都受了傷，我當時趕緊從後面衝到溫特絲身邊，揹著她往外逃。』

派森爺爺歎了一口氣，回憶著當時的場景說：『那天的情況就像是世界末日一樣。我好不容易揹著溫特斯逃出了會場，馬克此時正在研究機構的教育中心裡上課。我看溫特絲已經奄奄一息，趕緊揹著她要去找馬克，沒想到這隻飛天獅竟然發射導彈將發表會的會場上方炸出一個洞，並且從這個洞飛了出來。我看著飛天獅子飛到空中，背上那一對巨大的翅膀不斷的在拍動著。突然它發出了一聲令人膽顫心驚的巨大獅吼聲後，就在空中射出了好幾顆導彈。在我快抵達教育中心的門口時，一顆導彈正好落到了教育中心裡，瞬間我的眼前出現劇烈的爆炸火焰。導彈的爆炸衝擊力把我震倒在地上，我趕緊抱起溫特絲，逃往其他地方。』派森爺爺哽咽了一下，眼淚從他那飽受風霜的臉龐流了下來。佛多靜靜地用手拍著他的背，整個空氣中只聽得到派森爺爺啜泣的聲音。派森爺爺用袖子擦乾了眼淚說：『那時候我抱著溫特絲躲到一個被炸毀的牆壁角落，溫特絲虛弱的看著我，緊緊地握著我的手，用她最後的力氣交代我要好好照顧阿萊莎。』

佛多等派森爺爺心情稍微平復之後，平靜地說：『後來那隻飛天獅子怎麼了？』

派森爺爺說：『飛天獅子在天空盤旋了一陣子，準備要做下一波攻擊時，國家所派出的戰鬥機及時趕到，十幾架戰鬥機和它不斷的追逐著，還好最後它的導彈用完了，戰鬥機才有機會將它擊落下來。』說完後，派森爺爺靜靜的看著遠方深紫色的天空，腦中出現了一些回憶，此時太陽已經完全沒入到地平線下方了。

錫芬尼克斯共和國的衰敗

錫芬尼克斯共和國長期以來一直是一個積極發展智能機械的國家，過去好幾屆的總理都和卜森院長有密切的交流，而且錫芬尼克斯每年都會提供優渥的獎學金給表現優秀的學生前往時空學院就讀。自從三十年前墨士達總理上任後，更是投入大量的國家經費在智能機械的研發與製造。他積極的推動智能機械的普及化，讓錫芬尼克斯共合國朝向一個完全自動化的國家邁進。他預見到智能機械的普及會造成許多人的失業，所以他改革了各項社會福利政策，讓大部分的人民都衣食無憂。不只如此，他在教育上也做了不少改革，讓老師不再需要從事一成不變的文書工作，而是可以專注在培養學生的品性和興趣上。他曾經說過：『當人們可以從一成不變的枯燥工作中解脫時，他們將可以有更多的時間去發展藝術、科學以及文學，同時人與人之間也會有更多的時間可以互相交流思想和情感。』

自從二十年前馬克和溫特絲回到錫芬尼克斯共和國成立「溫特絲研究機構」後，墨士達總理就積極的與「溫特絲研究機構」合作，開發出最先進的智能機械，並且將這些智能機械輸出到鄰近的國家，獲得了龐大的外貿收入。馬克主要是負責培訓研究人才與智能機械的製造，而溫特絲則是負責開發演算法，然而沒想到這卻是一場矽與碳戰爭的開端。雖然墨士達總理的社會福利政策讓每戶家庭都可以獲得基本的社會補助金，但是人類是有慾望的，人類是有自尊的，單單衣食無憂的生活並無法滿足人類本質的貪婪。這些單靠社會福利金過活的民眾漸漸開始不滿這些製造和研發智能機械的研究機構和公司，因為他們擁有更多的財富、權利以及更高的社會地位。一些反對開發智能機械的科學家一起聯合社會底層的民眾，開始鼓吹過度開發智能機械所帶來的危險，他們宣稱終有一天過度強大的智能機械會去傷害人類甚至毀滅人類。沒想到，這一天真的來臨了，智能飛天獅子攻擊溫特絲研究機構的事件，讓這些反對開發智能機械的科學家有機會可以挑起人民的恐慌。在攻擊事件後的一個月所舉行的總理選舉，一向反對智能機械的在野黨主席肯特先生竟然贏得了大選，而一向支持智能機械的墨士達總理因此結束了他長達二十幾年的執政。

剛當選的肯特總理便積極的想要剷除掉墨士達的黨羽以及支持智能機械的科學家，所以他在發表當選演說的那一天，慷慨激昂的對全國人民說：『一些科學家們在這之前早已做出許多的研究認為過度開發智能機械會帶給人類社會的毀滅，我們如何能知道智能機械在被人類奴役的同時不會產生自我意識？我們又如何能知道這些產生自我意識的智能機械不會對人類展開報復與反撲？』在這種輿論的瀰漫之下，肯特總理很快的就下令關閉了「溫特絲研究機構」。

佛多輕拍了一下派森爺爺的肩膀說：『派森爺爺，為什麼智能飛天獅子會攻擊人類？』

陷入回憶的派森爺爺回過神來，看著佛多平靜的說：『現任的肯特總理將原因歸咎於智能晶片設計不良，並且遊說人民相信智能機械會去報復人類，但是我不相信溫特絲和馬克所設計的智能晶片會有問題，更無法想像智能機械會報復人類。事情發生後的隔一天，伊凡博士就趕緊從訪問機構趕回來調查原因，他一直很自責發生當下他沒有在現場。後來源院長也從時空學院趕過來加入調查。』

佛多問：『調查的結果呢？』

派森爺爺嘆了一口氣說：『從溫特斯和馬克的原始設計圖和程式演算法中沒有發現任何問

題，再加上智能飛天獅子也已經被戰鬥機摧毀，所以調查結果一直沒有什麼進展。許多民眾都認為智能機械會報復人類，而阿萊莎也因此非常討厭智能機械。肯特總理在超過半數民眾的支持下，刪減了絕大部分智能機械研究的預算，也因此我們錫芬尼克斯的經濟狀況越來越差，開始走向衰敗。』

此時天色已經全黑，派森爺爺將煙斗收進口袋，站起來說：『上車吧，我們去找阿萊莎，她應該在附近。』

自從阿萊莎跑走後，便躲到了已經變成廢墟的教育中心裡。波特跟著她來到這裡，阿萊莎回頭對波特說：『你幹嘛一直跟著我？』

波特摸著頭說：『因為我想跟妳比賽賽跑啊，沒想到妳跑得還滿快的。』阿萊莎不理會波特所說的，她看著這片廢墟，腦中湧現出許多的回憶。她依稀還記得在她兩三歲時，父母親時常利用假日時帶她過來這裡。母親會跟她玩許多數字的遊戲和謎題，她總是會想盡辦法要解開謎題。每次她解開謎題時，母親都會過來抱起她，在她臉頰親一下。父親則是會帶她一起做許多科學實驗，但是她做的實驗卻常常失敗。父親總是會摸著她的頭，跟著她一起檢查實驗的過程。父親曾經跟她說：『一個實驗的成功是建立在許多次的失敗之上。而且有時候我們反而可以從失敗的實驗中發現到更多有趣的東西。』父母親的笑聲是如此清晰地在她的腦海裡迴盪著。

波特看著神情落寞的阿萊莎，他突然跑到阿萊莎前面說：『妳別不開心嘛，我跳一支舞給妳看，這是我在圖書館的書上學到的。』波特突然墊起腳尖，雙手舉高，開始轉圈圈，表情露出非常陶醉的樣子。接著他雙腳半蹲著，然後忽然跳起來，沒想到他忘記調整彈跳鞋的高度，一下子跳到三公尺的地方，他忽然大喊：『哇！怎麼這麼高。』他在空中做了兩個前空翻，本來想要單腳落地，沒想到卻沒有站穩，結果屁股著地。阿萊莎看著波特滑稽的動作和表情，突然噗滋一聲地笑了出來。波特站起來摸摸屁股笑著說：『總算看到妳笑了。』

此時不遠處傳來車子的聲音以及佛多呼喊的聲音，波特說：『佛多和派森爺爺來找我們了，我們趕緊出去吧。』說完，波特就跑到外面，向前方不遠處的車子揮著手，喊著說：『我們在這裡。』此時阿萊莎也從廢墟裡走了出來。車子來到他們前面，派森爺爺對阿萊莎說：『走吧，妳已經四年沒有回家了。』

他們坐著派森爺爺的車子，車子行駛在機構後方的一條石子路上，路上的路燈都是暗的，四周的草叢裡不時的會傳出蛙鳴聲。派森爺爺從口袋拿出手機，在螢幕上做了一些操作後說：『我叫大衛幫我從家裡拿一些食物過來。』波特好奇地說：『大衛是誰？』

派森爺爺說：『大衛是我的家用機器人，它平時會幫我煮飯，打掃家裡還有整理衣物。不只這樣，它還會陪我聊天並且定期檢查我的身體狀況。』

波特笑著說：『哇，聽起來比我還厲害。』派森爺爺笑了起來。

車子大約行駛了二十分鐘，前方出現了十幾個石頭蓋的房子，然而其中只有四間房子的燈是亮著。派森爺爺將車子停在其中一間沒有燈光的兩層樓房子說：『到了，下車吧。』

房子前面站了一個機器人，它的身體是純白色的金屬殼，金黃色的臉上有兩個會發光的眼睛和始終保持微笑的嘴巴。這個機器人正舉著右手對著他們揮著手，而它的左手則是拿著一袋東西。派森爺爺說：『大衛，先進屋開燈吧。』

大衛回答說：『是的，派森爺爺。』說完就進入屋內將燈打開，屋內擺設了幾個簡單的傢俱。波特環顧了一下四周後說：『這裡看起來很乾淨，不像是很久沒有人住。』這時大衛說：『我都會定期來這裡打掃。』波特笑著對大衛比了大拇指。大衛說：『各位，我要去準備晚餐，先失陪了。』說完，行了個禮就進去裡面的廚房。

佛多好奇的問：『這個房子以前是誰住的？』

派森爺爺對波特說：『這裡是阿萊莎奶奶的家，自從阿萊莎的父母發生意外後，阿萊莎的奶奶就將阿萊莎接來這裡。在阿萊莎九歲那年，奶奶因為生病走了，後來源教授就趕過來參加喪禮，並且將她帶到時空學院。』

阿萊莎靜靜的走到一個搖椅旁，撫摸著搖椅的把手。派森爺爺微笑的說：『我還記得妳小時候，妳奶奶時常抱著妳坐在這個搖椅上講睡前故事給妳聽。妳總是在她的懷裡就睡著了。』

阿萊莎沈默了幾分鐘，抬起頭說：『派森爺爺，你今天為什麼會去研究機構？』

派森爺爺皺著眉頭說：『我正在調查一件事。』

阿萊莎回答說：『什麼事？』

派森爺爺猶豫了一下說：『三個月前飛天獅子又出現了。』

阿萊莎和佛多都嚇了一跳，異口同聲的說：『飛天獅子！』

飛天獅子攻擊巴梵莎王國

時間回到三個月前，一個月黑風高的晚上，在一聲巨大的獅吼聲劃破天際之後，飛天獅子突然出現在空中，但是這次是出現在巴梵莎王國一家十分著名的公立兒童醫院，飛天獅子很快的發射了身上的導彈，瞬間就炸毀了整個巴梵莎兒童醫院，有六十多名兒童和醫護人員死亡，一百多名兒童和醫護人員身受重傷。憤怒的巴梵莎民眾立刻要求亞德里亞國王能對錫芬尼克斯共和國採取軍事行動。

派森爺爺看著阿萊莎說：『嗯。飛天獅子三個月前在巴梵莎王國出沒，並且攻擊了巴梵莎王國的兒童醫院，造成醫院內六十多名兒童與醫護人員被炸死。』

阿萊莎說：『這怎麼可能？它不是已經被摧毀了？』

『我也覺得很奇怪，我親眼看見它被戰鬥機擊落。但這隻飛天獅和溫特絲機構當時所製造的那隻飛天獅一模一樣。更糟糕的是…』派森爺爺突然停了下來，阿萊莎激動的說：『更糟糕的是什麼？』

派森爺爺憂心的說：『更糟糕的是巴梵莎王國的人民都認為飛天獅子是我們錫芬尼克斯共和國所派去的，所以亞德里亞國王最近準備要攻打我們國家。有不少人因為害怕戰爭，都已經搬離這個國家了。』

阿萊莎說：『難怪我回來時，覺得這個地方變得比以前冷清許多。』

佛多接著問說：『誰是亞德里亞國王？』

派森爺爺回答說：『亞德里亞國王就是現任的巴梵莎國王。』

這時餐桌上已經擺滿食物，大衛走了過來說：『可以吃飯了，大家邊吃邊聊吧。』佛多對大衛說：『謝謝你幫我們準備這麼豐盛的晚餐。』大衛點了點頭。

大家走到餐桌旁邊，佛多和派森爺爺吃著桌上豐盛的食物，而阿萊莎似乎沒有什麼胃口，只倒了一小杯羊奶。

派森爺爺邊吃邊說：『其實錫芬尼克斯共和國這幾年發生了很大的變化，自從肯特總理上任後，錫芬尼克斯就開始大量的減少智能機械的製造與輸出，也因此錫芬尼克斯的財政開始出現危機。這些替「溫特絲研究機構」製作晶片的晶圓代工廠不久之後都開始大量的裁員，因此許多工程師都已經加入巴梵莎王國的 I.C.E. 公司。還有不少年輕的研究員也都紛紛到巴梵莎王國尋找工作，錫芬尼克斯現在充滿著領政府救助金過活的青少年以及不願離開的老人。』

佛多聽到 I.C.E. 公司，忽然回想起他們剛抵達火星時，就是被船殼上印有 I.C.E. 三個字的太空船所攻擊。他問派森爺爺說：『I.C.E. 是一個什麼樣的公司？』

派森爺爺說：『I.C.E. 公司是巴梵莎王國裡最大的公司。它主要的工作是研發和製造殖晶晶片，還有將殖晶晶片植入到生物體內的手術。我記得在我年輕時，巴梵莎還是一個很貧窮的國家，後來 I.C.E. 公司成立之後，巴梵莎王國就變得越來越富有。最近這十年內，I.C.E. 已經成為全球前幾名最具有影響力的企業。』

阿萊莎憂心的問：『亞德里亞國王有說什麼時候要攻打錫芬尼克斯嗎？』

派森爺爺說：『距離他要求我們交出飛天獅子的期限只剩七天了，他說如果在期限內沒有交出智能飛天獅子，他就要親自派軍隊到我們國家尋找它。肯特總理已經多次跟他說明這隻智能機械飛天獅不是我們國家派的，但是亞德里亞國王並不相信。我想這場戰爭是無法避免了。』

阿萊莎說：『可是以目前錫芬尼克斯的國防戰力，可以和巴梵莎王國對抗嗎？』

派森爺爺搖搖頭說：『不可能的。我們國家雖然是一個完全自動化的高科技國家，但是這些智能機械主要都是用在幫助人類的生活，所以真正有裝備武器的智能機械並不多。當初馬克和溫特絲成立機構時，就定下了機構成立的宗旨是要研發可以幫助人類在生活上更便利的智能機械。若不是因為墨士達總理再三拜託馬克製作可以保護國家的智能武器，再加上日益壯大的巴梵莎王國已經威脅到我們國家的安全，他和溫特絲也不會製造具有攻擊性的智能飛天獅子。』

派森爺爺憂心的說：『阿萊莎，你必須要在七天內離開這個國家。』

『你知道飛天獅子最近一次出現的位置嗎？』

『兩天前，有人看到飛天獅子在 I.C.E. 附近的沙漠出沒。』

『那我明天就去那裡調查看看。我想只要能夠抓到這隻飛天獅子，就能阻止這場戰爭。』

派森爺爺緊張的說：『不行，這太危險了。』

佛多興奮的說：『阿萊莎，我也要跟妳去，這聽起來是非常刺激的冒險。你說是不是，波特？』佛多轉頭看向波特。

波特吱吱嗚嗚地說：『這……我想，聽起來應該是不太妙的冒險。』

佛多笑著說：『還是你要留在這裡，等我們調查完再回來接你。』

波特想了一下說：『那我還是跟你們去好了。如果到時這裡真的發生戰爭，待在這裡反而會更危險。』

派森爺爺喝了一口羊奶後說：『有你們兩個跟著阿萊莎，我就放心不少。』

阿萊莎對派森爺爺說：『明天出發前，我想去看一下父母和奶奶。』

派森爺爺點點頭說：『好。時間不早了，你們早點休息吧。』

從歷史的洪流中，我們看到工業革命所間接帶來的第一次與第二次世界大戰，機械取代了獸力，為人民帶來了更多的財富，但是財富總是分配不均。農業社會的時代，地主與貴族掌握了絕對的權力與資產，然而科技的崛起帶來的會不會是另一波災難的開始？資本主義的來臨，財富再度重新分配，跟不上科技演變的人們，逐漸被市場所邊緣化，殖晶世界的來臨，是另一個災難的開始還是一場矽與碳的握手言和？讓我們在殖晶生物研究中心思考這場困境與抉擇。

第七章：殖晶生物研究中心（I.C.E.）

離開錫芬尼克斯

清晨，派森爺爺來到阿萊莎的家門口，屋內傳出小提琴的樂音。派森爺爺敲了一下門，波特跑過來將門打開，佛多正坐在一張小桌子前寫筆記，大衛站在他旁邊，用眼睛投射出一個地圖的影像到桌子前面的牆壁上。大衛是派森爺爺昨天晚上要離開時，特地交代它留在這裡的。派森爺爺走到佛多旁邊說：『一大早在研究什麼啊？』

佛多抬頭說：『早安，我在研究巴梵莎王國的地理位置。我發現巴梵沙王國的領土比錫芬尼克斯大好幾倍。』

派森爺爺點點頭說：『嗯，你看，上方這個和它們相鄰的國家叫做摩爾共和國，這個國家的人民非常的富有。』

在一旁聽的波特好奇地問：『哦？為什麼呢？』派森爺爺笑著說：『因為這個國家裡有非常豐富的天然資源，他們靠著輸出這些天然資源到許多國家來獲得龐大的財富。』

從地圖上可以看到這三個國家相鄰的邊界有一片非常廣大的沙漠，叫做塔爾加沙漠。這片沙漠從摩爾共和國的南部往下延伸到巴梵沙王國的東北部以及錫芬尼克斯的西北部。

派森爺爺指著塔爾加沙漠說：『你看，這一大片沙漠橫跨了這三個國家共同的邊界。飛天獅子就是在巴梵沙王國東北部的這片沙漠出沒，你們到時候從這裡出發，往西北方飛，然後再從塔爾加沙漠進入巴梵莎王國。這樣才不容易被駐守在巴梵莎王國邊界的軍隊發現。』

佛多注意到巴梵莎王國境內的這片沙漠有一片很大的綠洲，而且綠洲旁邊有一個非常大的圓形建築物。他指著這個建築物的位置說：『這裡是 I.C.E. 嗎？』

派森爺爺回答說：『沒錯，不過你們不要太靠近 I.C.E.，那裡是國家研究機構，周圍的戒備非常的森嚴，所有訪客都必須要通過申請才能進入。』

派森爺爺接著說：『還有一件事你們要特別小心。』他指著巴梵莎王國和摩爾共和國邊界的沙漠地區說：『這個地區被稱為死亡沙漠，你們千萬不要降落在那附近。那個區域有非常多的流沙，很多人陷進流沙裡就出不來了。』佛多和波特點點頭。

此時，小房間裡傳出派森爺爺熟悉的曲子，這是錫芬尼克斯所流傳許久的一首民謠。派森爺爺跟著小提琴的旋律哼唱了起來，樂曲結束後，派森爺爺說：『這首曲子是阿萊莎奶奶最喜歡的曲子，在阿萊莎小時候，她時常哼唱這首曲子給阿萊莎聽。』過了五分鐘，阿萊莎提著小提琴盒從小房間走了出來說：『派森爺爺，您來了。』派森爺爺點點頭說：『早啊，阿萊莎，沒想到妳這麼多年沒拉琴，琴聲還是這麼好聽。』

阿萊莎將琴盒放下，拿出一條藍色的髮帶將她烏黑的長髮綁了一個馬尾，一邊對著派森爺爺微笑的說：『這把小提琴保存的很好。』

派森爺爺看了一下時鐘說：『時間差不多了，我們出發吧。』

阿萊莎拿著小提琴，一行人坐上昨天那輛自動駕駛車。車子往西北方駛去，大約經過十分鐘，車子來到了一個墓園門口。他們下車往大門走去，派森爺爺手上拿著三束白色的玫瑰花。大門自動打開，佛多和波特一進去就看到有三個和大衛很像的機器人正在打掃墓園，整個墓園散發出一種寧靜而樸素的氣息。他們來到兩個白色的長形墓碑前面，派森爺爺在其中一個墓碑前放了一束玫瑰花，而在旁邊的墓碑放了兩束玫瑰花。阿萊莎和派森爺爺站在墓碑前靜默了五分鐘，佛多和波特則是靜靜的站在他們的後方，接著阿萊莎從琴盒裡拿出小提琴，派森爺爺則是走到佛多身邊說：『我們讓阿萊莎獨處一下。』說完，他們就一起往大門的方向走去。

來到大門口前，派森爺爺回憶著說：『馬克是我從小看著長大的，他小時候就是一個很特別的孩子，總是喜歡把家裡的各種機械裝置拆開來看。他的父親是一位晶片設計工程師，由於工作非常忙碌，主要都是由母親在照顧他。馬克從小就獨來獨往，他喜歡的東西和其他小孩很不一樣，所以也沒有小孩想跟他玩。父親在他十二歲時就生病去世了，家中的經濟重擔立刻落在他母親身上，為了減輕母親的壓力，他開始自己設計機械玩具，並且將這些玩具賣給別人。我時常帶著他去城裡買材料，他總是可以製作出很受歡迎的玩具。後來他考取了時空學院，他曾經跟我說過，那是他求學最快樂的時光，因為在那裡他遇到了好幾位可以一起討論科學的同學。當然，還有他最深愛的溫特絲。』

派森爺爺強忍著悲傷說：『我只要一想到馬克被那隻飛天獅子的導彈炸的連屍骨都找不到，我心中的憤怒就無法平息下來。』

佛多和波特在旁邊默默地聽著，這時阿萊莎提著琴盒走了過來，平靜的說：『我們走吧。』

車子再度來到了荒廢的溫特絲研究機構，佛多和波特先上去文藝復興號，阿萊莎對派森爺爺說：『請您繼續幫我保管小提琴，我一定會抓到飛天獅子的。』派森爺爺緊握著阿萊莎的手說：

『妳一定要小心！』阿萊莎微笑的點點頭，便上了飛機。

前往殖晶生物研究中心

阿萊莎發動了引擎，佛多和波特揮著手向派森爺爺道別。飛機起飛後，便朝著西北的方向飛去，不久後他們經過了一座「恐龍新樂園」，這裡有著各式各樣十分逼真的智能機械恐龍。他們繼續飛行了大約一小時後，前方出現了一大片金黃色的沙漠，這片一望無際的金色沙漠與蔚藍的天空相連著，而且沙漠上分佈著許多高低起伏的沙丘。在陽光的照射下，沙丘上出現各種不同形狀的陰影，這些陰影和明亮的交界處是如此的銳利，不容許一點灰色的空間。在這裏，黑暗和光明的同時存在是顯得如此的自然，如此的像一幅美麗的畫。或許，在大自然的眼中，黑暗與光明從來就不是對立的，而是必須共同存在的。又或許，黑暗與光明之間的對立，是人心所造成的。

文藝復興號飛行在塔爾加沙漠的上空，當快抵達巴梵莎王國和錫芬尼克斯的邊界時，阿萊莎對佛多和波特說：『坐穩了！』接著，阿萊莎將飛行的高度降低，讓文藝復興號保持低空飛行。

波特問：『阿萊莎，你為什麼要飛的這麼低？』

阿萊莎回答說：『在地面附近飛行比較不容易被發現，而且雷達也比較不容易偵測到。』

文藝復興號飛過了邊界，來到巴梵沙王國的領土。他們在這片沙漠搜尋著飛天獅子的蹤跡。不知不覺已經過了兩個小時，當他們飛行到 I.C.E. 附近的沙漠時，波特忽然指著地面上大聲的說：『你們看！那裡好像有動物的腳印，不知道是不是獅子的腳印？』阿萊莎飛到腳印的上方說：『看起來很像。』她沿著這個足跡的方向飛行，跟著腳印來到 I.C.E. 前方大約十公里的地方，腳印到這裡就突然消失了。阿萊莎看到前面不遠處有一大塊堅硬的水泥地，她對佛多說：『我想要在這裡調查一下。』說完，就將文藝復興號降落在那片水泥地上。

阿萊莎和佛多先下了飛機，跑到腳印旁邊仔細查看，阿萊莎對佛多說：『從腳印的形狀和深度來看，應該是幾個小時前所遺留下來的。』這時好幾輛吉普車朝著他們快速的行駛過來，很快就來到他們面前。波特趕緊跑到佛多身邊，佛多看到車身上面印著 I.C.E. 的符號，這和在火星攻擊他的太空船船殼上面的符號是一樣的，中間的那輛吉普車走下來一位身高大約一百六十公分，身材微胖的年輕男子。這位男子身穿白色的長袍，頭上包著白色頭巾，臉上露出燦爛的微笑說：『歡迎來到殖晶生物研究中心，我已經等候各位多時了。』男子接著走到佛多前面伸出雙手擁抱了一下佛多說：『你一定就是佛多吧？』然後他看著波特笑著說：『你好，波特。』佛多好奇的問說：『你怎麼知道我們的名字？』男子笑了一下說：『我不只知道你們的名字，我還知道你們是從外星球來的。』他看向阿萊莎說：『想必妳就是時空學院裡非常優秀的學生阿萊莎吧。』阿萊莎皺著眉頭說：『你是怎麼知道我們的？』男子得意的笑說：『我可是萬事通，只要是我想知道的事，我都有辦法獲得訊息，所以你們不用太驚訝。』男子接著說：『我想邀請你們去我的中心參觀。對了！還沒自我介紹，我叫斯邁爾，是殖晶生物中心的執行長。』阿萊莎不高興的說：『我們還有重要的事情要辦，沒辦法去你們中心。』斯邁爾聽到後嘴角抽動了一下。佛多趕緊說：『你讓我們討論一下。』接著佛多將阿萊莎拉到旁邊小聲地說：『我覺得 I.C.E. 跟飛天獅子的出現應該有很大的關係，或許我們應該跟他去 I.C.E. 看看。』阿萊莎想了一下後點了點頭。佛多對斯邁爾說：『我們決定跟你去參觀殖晶研究中心。』斯邁爾再度露出燦爛的微笑說：『太好了，那請上車吧。你們的飛機我會派人把它運到中心裡面。』

他們跟著斯邁爾坐上了吉普車的後座，駕駛座上坐著一隻紅毛猩猩，頭上戴著一頂帽子。猩猩轉頭說：『大家好，我叫彭哥。個性開朗活潑，喜歡和人聊天。』說完，牠的嘴唇掀起，露出兩排雪白的牙齒。

波特興奮的看著牠說：『你好，我叫波特。』

彭哥看著波特說：『波特，你看起來好可愛，我們應該要找時間好好認識一下。』接著牠嘟著嘴巴，做出親吻的動作，佛多和波特都笑了起來。

彭哥戴上帽子，轉頭回去說：『車子即將開動，請大家繫好安全帶，十分鐘就會抵達目的地。』說完就發動車子。

車子往殖晶生物研究中心的方向行駛，斯邁爾笑著說：『彭哥是我們殖晶中心的司機，牠可以了解人類的語言，和人類溝通，重點是牠還很幽默。』

佛多說：『牠是殖晶動物吧？』

斯邁爾說：『當然，等一下你到殖晶生物研究中心時，會看到更多的殖晶動物。我們中心基本上不會使用智能機械動物，只有殖晶動物才是人類最好的幫手。』

車子很快的來到殖晶生物研究中心的門口，門口的兩側各有一隻老虎正在來回走動著，牠們身穿著盔甲，頭上戴著頭盔。彭哥和兩隻老虎打了個招呼後，大門便打開了，車子快速的穿過圓形廣場，阿萊莎注意到廣場上的左邊停著十幾台最新款式的戰鬥機，右邊則是放著二十幾輛坦克車。斯邁爾露出他招牌的笑容說：『這裡是巴梵莎王國最安全的地方，我們所有的防衛武器都是這個國家裡最先進的。』

車子仍舊快速地行駛著，就在快撞到前方的階梯時，彭哥一個緊急煞車，同時快速的將方向盤往右轉，整個車身做了九十度的旋轉後，剛好停在階梯前面的白色格子裡。波特被嚇了一跳說：『好危險喔！』彭哥轉頭對波特說：『不好意思，忍不住要展現一下我的停車技術。波特，等一下要不要我帶你去兜兜風？』波特緊張的說：『謝謝，我想還是不用了。』斯邁爾笑了一下對彭哥說：『你停好車後，到會議中心來找我們。』彭哥做了一個敬禮的手勢說：『遵命。』

佛多一行人下了車，跟著斯邁爾走上一個大約三十層的階梯。就在他們快到達階梯上方的平臺時，兩隻白鴿從他們後方的天空飛了過來，牠們的爪子抓著一條繩子，而繩子的下方有一個包裹。白鴿來到斯邁爾身邊，將包裹放在他手裡後便停在他的肩膀上說：『亞德里亞國王要給你的包裹。』斯邁爾點了點頭後，兩隻白鴿就飛走了。來到平臺後，前方有一個黑色的大門，大門旁邊有一個銀色金屬的長方形立牌，第一行寫著「殖晶生物研究中心」，第二行則是寫著「Intellectual Cyborg Enterprise（I.C.E.）」。

斯邁爾開心的說：『進去後我先帶你們到會議中心，等我跟你們介紹我們中心過去所做的許多貢獻後，相信你們一定會非常欣賞我們的殖晶技術。』

殖晶的世界

他們進入黑色大門後，波特看到大廳有兩隻和彭哥長得很像的紅毛猩猩正在掃地和整理垃圾，而大廳上方的空中有許多正在飛行的鴿子，這些鴿子的腳下都吊著包裹。斯邁爾帶著佛多他們往大廳右邊的一個通道進去，通道盡頭有一個玻璃的大門，而在大門的旁邊躺著一隻看起來懶洋洋的雄獅。獅子看到斯邁爾後立刻站了起來，用低沈的聲音說：『午安，斯邁爾執行長。』斯邁爾笑著說：『嗨，賈哥。』他走到獅子的身邊，撫摸著牠的鬃毛說：『今天我有重要的訪客，不希望任何人打擾。』賈哥點點頭後又趴了下去。當波特經過賈哥身邊時，對賈哥說：『可以摸一下你的鬃毛嗎？看起來好好摸的樣子。』賈哥懶洋洋的抬起頭，露出牠尖銳的犬齒，面露兇狠的表情說：『可以，不過你要答應我一件事。』波特嚇得全身發抖說：『什麼事？』賈哥張開嘴巴，用舌頭舔了波特一下後說：『好了，你現在可以摸了。』波特用他還在顫抖的手摸著賈哥的鬃毛，賈哥說：『怎麼樣？很好摸吧。』波特勉強的笑了一下後，便趕緊進入會議中心。

會議中心的牆壁上有一個非常大的螢幕，螢幕前面有一個長方形的桌子，斯邁爾說：『大家請坐。』這時彭哥進來了，斯邁爾對彭哥說：『彭哥，麻煩你幫我們準備一些點心。』彭哥點點頭後就往房間的右邊走去。

斯邁爾脫下頭巾，整理了一下他稀疏的頭髮後說：『你們剛剛經過大廳時應該有看到鴿子和猩猩吧？』佛多和波特點點頭，斯邁爾微笑的說：『牠們是我們中心最熱賣的殖晶動物，現在幾乎巴梵莎王國裡的每戶人家都有殖晶鴿子和殖晶猩猩。』波特說：『大家都這麼喜歡鴿子和猩猩啊。』

斯邁爾大笑說：『沒錯！因為牠們是人類居家的好幫手。殖晶鴿子可以幫助人類寄送包裹，而殖晶猩猩則是每個家庭裡非常稱職的管家，牠們不只會包辦所有的家事，還可以照顧老人與生病的人。』

佛多好奇地說：『我從書上了解動物之間都有各自屬於自己的語言，所以人類是無法用自己的語言和其他動物溝通的。我很好奇你們是如何讓鴿子和猩猩可以理解人類所說的話，並且也可以說人類的語言？』

斯邁爾拍了一下手後，開心的說：『佛多，你問了一個很棒的問題。讓我來好好的跟你解釋。基本上，動物本來就可以透過訓練來聽從人類的指令。早在二千年前，人類就在利用鴿子寄送書信。猩猩在經過特別的訓練後，也可以表現出比一般小孩優越的智力，但是這些訓練需要花費許多時間，而且不管人類再怎麼訓練，也無法讓牠們和人類對話，所以我們殖晶中心剛成立時，就專注在研究如何透過植入人工晶片到動物的腦中來提升動物的智力，讓牠們可以和人類對話。』

佛多思考了一下後說：『先讓我理解一個問題，人工晶片所處理的訊號是0和1的數位訊號，而動物的大腦所處理的是類比的訊號，人工晶片要如何處理大腦的類比訊號？』

斯邁爾對佛多說：『你所說的正是我們當時所要克服的問題，其實數位訊號和類比訊號之間的轉換是大家都知道的技術。在通訊或是音響的技術中都有所謂的數位類比訊號轉換器，但是困難的地方是如何將神經細胞的電流訊號完整的傳遞到半導體材料的人工晶片上，畢竟細胞傳遞電流的方式和半導體傳遞電流的方式根本上是不一樣的。在經歷非常多次的實驗失敗後，終於……』[15]

此時，斯邁爾露出了得意地微笑說：『在殖晶中心成立的第三年，我們有了突破性的進展。我們在一次火星探險任務中發現了一種地球上所沒有的物質，我們稱這種物質為「火麒麟」，利用火麒麟當作媒介，竟然可以讓神經細胞和半導體材料之間的電流傳遞相容。』佛多突然想起那些在火星上工作的太空人，此時斯邁爾按了一下手中的遙控鈕，螢幕上出現了鴿子和猩猩的大腦。

斯邁爾興奮的接著說：『鴿子之所以可以感知方向是因為牠的大腦可以感應到地球的磁場，這是一種生物的導航定位系統。我們利用火麒麟順利的將人工智能晶片連接到大腦中，當鴿子從眼睛和耳朵接受到訊號時，這些訊號就會傳遞到人工智能晶片，經過晶片中神經元深度學習程式的處理後，再將訊號輸入到大腦中。所以人工晶片提升了鴿子的智力，讓鴿子可以理解人類的語言，並且可以說出人類的語言，當然還有幫助人類運送包裹。』

波特說：『照這樣說，猩猩可以變成人類的管家也是因為植入晶片囉？』

斯邁爾開心的說：『沒錯！不過因為猩猩的大腦更像人類，所以我們會幫牠植入有更多功能的晶片，讓牠的智能可以和人類一樣，幫助人類處理日常生活的事情，這聽起來是不是很棒？』

阿萊莎不高興的說：『哼！我一點都不覺得。剛才聽到你說經歷過非常多次的失敗，在我看來，這意味著你們不知道已經犧牲掉多少隻動物在這些失敗的實驗上。』

15 參見**科學筆記I**：當機械遇上生物 P362

斯邁爾依舊保持著微笑說：『阿萊莎，妳要明白，為了可以造福更多的人，有時候適當的犧牲是不可避免的。』

阿萊莎生氣的說：『造福人類卻犧牲了這麼多動物的生命，這我無法認同。再者，難道動物的存在意義就是為了服務人類嗎？』

斯邁爾忽然大笑了起來，然後說：『阿萊莎，別這麼生氣嘛。事實上，許多動物存在的意義的確就是在服務人類啊！人類圈養牛羊豬並且將牠們宰殺成為食物，這些牛羊豬的存在意義不就是在服務人類嗎？還有在馬戲團和海洋公園裡的動物表演，這些動物的存在意義不也是在服務人類，娛樂人類嗎？』這時彭哥端著點心和飲料走了過來，放在了阿萊莎和佛多的前面。斯邁爾說：『阿萊莎，先吃點點心消消氣。』阿萊莎將臉撇到一邊，而佛多則是對彭哥說了聲謝謝。

斯邁爾接著說：『妳要知道我們的殖晶技術不只讓人類與動物之間的關係更加親近，而且也讓動物有更大的生存空間。』

斯邁爾拿起一塊餅乾，咬了一口後接著說：『當動物可以幫助人類做更多的事情時，牠們的生存空間自然就會越大，因為我們殖晶猩猩的成功，讓許多地方都開始培育猩猩，所以地球上猩猩的數量在短短的幾年內增加了十幾倍。讓我再跟你們說一個例子，三百多年前發生第一次工業革命後，人類開始大量的使用機械，機械的力量取代了動物的力量，所以馬匹的數量從那之後就快速的減少。不論是物品或是動物，當它們不再被人類社會所需要時，就會很快地被淘汰。』

阿萊莎反駁的說：『你的說法是不對的，地球上有許多動物之所以瀕臨絕種，是因為人類的濫殺。為什麼人類要去獵殺犀牛？不就是因為許多人想要犀牛角。為什麼人類要獵殺大象？是因為許多人想要把大象的象牙拿來當成裝飾品，而那些漂亮的貂皮大衣，不就是殘忍的殺害動物取其皮毛的最佳證據嗎？許多動物會瀕臨絕種，正是因為人類對這些動物的身體或器官有所需求。』

斯邁爾微笑的拍著手說：『阿萊莎，說得太好了。我完全同意妳的觀點，而這也是為什麼我們中心要積極的研發殖晶技術。當動物的智力可以因為植入人工晶片而提升時，這些殖晶動物就可以有更好的自我保護能力，例如鯨魚可以更聰明的躲避捕鯨船，海龜可以更懂得分辨塑膠製品，我們甚至可以讓殖晶海洋生物幫我們回收海洋中的垃圾。目前我們殖晶技術只有針對某些動物，在不久的將來，我們希望殖晶技術可以進展到所有動物，讓所有動物不只可以提升自我保護的能力，也可以找到服務人類的存在價值。』

斯邁爾看著阿萊莎繼續說：『所有販售出去的殖晶動物，我們都會持續的關心這些動物的健康與生活情況。任何要購買殖晶動物的用戶，都必須經過我們中心的調查與評估，一旦發現有不當使用殖晶動物的情形，我們會立刻將動物回收。我們是絕對不容許虐待動物的情況發生。』

阿萊莎壓抑著憤怒的情緒說：『在我看來，你們的這種做法就像是宣稱為了動物福利而讓牛隻在自由的環境下長大，讓牠們聽著古典音樂，讓牠們愉快的成長，但其實最後的目的就是為了將來宰殺牠們時，可以享用到更美味的肉質。』

斯邁爾哈哈大笑的說：『阿萊莎妳真聰明，我說過這一切都是為了人類的需要。這是自然的方向，我們只是順應自然而已！』

佛多皺了一下眉頭說：『你們有將殖晶技術應用到人類的大腦中嗎？』

斯邁爾看著佛多說：『當然有，這可是我們中心另外一個重要的工作。』這時螢幕上變成了人類大腦的構造圖，斯邁爾指著大腦皮質下方的地方說：『這個地方稱為邊緣系統，裡面包含了海馬迴和杏仁體。大腦的邊緣系統掌管著人類的情緒、學習、行為和記憶。我們就是使用火麒麟從這個地方來植入智能晶片。目前我們中心已經研發出兩款晶片，分別是「記憶學習晶片」與「情感晶片」。』

佛多平靜地說：『植入這兩種晶片對人類的影響是什麼？』

斯邁爾笑著說：『當人類植入「記憶學習晶片」後，可以輕鬆的獲得各種知識。他們可以透過閱讀或是訊號傳輸的方式將知識儲存在晶片中。此外，這種晶片也會讓人類的理解力和運算能力獲得很大的提升。簡單的說就是，植入晶片的人可以馬上變聰明，所以這款「記憶學習晶片」非常受到學生和家長的喜愛。』

波特開心的說：『聽起來好像很不錯。』

斯邁爾對波特鞠了個躬說：『謝謝波特的認同。記憶學習晶片的確幫助了許多孩子，你知道這些孩子在植入晶片前，學習成績和能力都非常的不理想，甚至有些是被老師所放棄的孩子。但是殖晶之後，他們立刻成為班上最優秀的學生，甚至還連跳好幾級。我們有好幾個十歲不到的殖晶小孩都已經上大學了。這些殖晶孩子不再需要花許多時間在記憶課本上的知識，或是熬夜準備考試。學習知識對他們來說是在輕而易舉不過的事了，而且這些孩子的家長都對我們滿懷感激。』

波特驚訝的說：『哇！這樣聽起來，大部分的孩子應該都已經植入晶片了。』

斯邁爾說：『我們也希望如此，但是目前巴梵沙王國裡，殖晶孩子的數量大約只有佔百分之十。』

波特好奇地說：『為什麼會這樣？我以為所有的小孩都會想植入「記憶學習晶片」。』

斯邁爾點點頭說：『沒錯，有超過百分之九十以上的家長都來拜託我們，讓他們的孩子可以植入記憶學習晶片，但不是每個孩子都能接受殖晶手術。任何想要接受殖晶手術的孩子，我們都必須要先仔細分析孩子的大腦結構，並且做基因檢測，因為有些孩子先天的基因和火麒麟會產生排斥。通過基因檢測後，我們會根據孩子的大腦結構，評估殖晶手術的成功率。如果我們評估出來的手術成功率低於百分之八十，我們就不會執行殖晶手術。』

佛多嚴肅的說：『殖晶手術失敗的孩子會發生什麼事？』

斯邁爾收起笑容說：『殖晶手術失敗的孩子，輕微的可能會失去記憶，嚴重的話可能會變成腦死，也就是所謂的植物人。對於可以接受殖晶手術的孩子，手術前，我們會要求家長簽一份切結書，他們必須要自行承擔手術的風險。』

阿萊莎站起來生氣的說：『真是太不可思議了，在這種的情況下，竟然還有這麼多家長想要他們的孩子接受殖晶手術。學習成績好真的對家長、老師還有孩子本身來說有那麼重要嗎？他們難道沒有發現植入晶片所帶來的快速記憶和學習能力只會扼殺我們的好奇心和創造力嗎？』

斯邁爾再度露出他那兩排潔白的牙齒，笑著說：『阿萊莎，妳真的是在時空學院待太久了，思想變得如此不切實際，學習最重要的是效率和成果。如果有一個方法可以讓學生以最短的學習時間獲得最高的成績，相信我，這個方法會立刻被大眾市場所接受。妳應該不會天真的認為學習成績不重要吧？一個學生，如果他的學習成績表現不佳，必定會影響到他的自信心、人際關係以及將來是否能考進好的大學。這代表什麼？這代表學習成績的好壞，決定了這個孩子將來是否能出人頭地，是否可以找到一個社會地位高的工作。有哪個家長沒有望子成龍、望女成鳳的心態呢？阿萊莎，醒醒吧！興趣是無法當飯吃的，只有學習的能力才是決定你在社會上生存時所能獲得的地位。』

阿萊莎反駁說：『我記得源教授曾經說過，教育最重要的是保持孩子的好奇心和求知的慾望，然後才是培養他們的知識與能力。一個正確的教育環境，應該是在培養學生能力的過程中，讓學生喜歡上學習，並且引導他們去做更深入的思考，讓學生有充分的時間去消化吸收這些知識。像你們這樣利用植入晶片來快速獲得知識的方式，是無法培養出真正優秀的學生。』

斯邁爾大笑的說：『天啊！阿萊莎，妳真的被源洛書教授洗腦的很嚴重耶！快速地獲得知識不是從殖晶才開始的，妳去看一下許多國家的中小學教育，不都是在提倡著超前學習和有效率的快速學習，某種程度來說，這種反覆填鴨知識的學習方式和植入晶片有什麼不同。這樣學習的方式會去在乎學生學習的樂趣或是好奇心嗎？妳一定知道答案是否定的。』阿萊莎的表情露出一絲的落寞。

斯邁爾接著說：『像妳天生就這麼聰明的學生是無法理解有多少學生因為考試表現差而承受來自父母、老師以及同儕之間的壓力。在這種環境下，妳認為他們還能享受學習的樂趣，別鬧了，阿萊莎。在人類社會的競爭體制下，從學生在學校學習一直到將來出社會工作，有沒有興趣從來就不重要，重要的是有沒有能力。考試的評分標準中有興趣這一項嗎？企業面試時，興趣是決定你能不能錄取的主要因素嗎？很明顯的，並不是。能力才是重點。妳要知道，接受我們殖晶手術的這些孩子中，有許多都已經在大企業或是研究單位中擔任重要的職位。』這時螢幕上出現一位看起來年紀約九歲的小女孩，留著一頭金黃色的長髮和藍色的眼睛，身上穿著黑色的西裝。

斯邁爾指著螢幕上的小女孩說：『她的名字叫做伊莉莎白，是我們 I.C.E. 引以為傲的殖晶孩子。伊莉莎白原本只是一個平庸而且愛玩耍的小女孩。然而，在她六歲時接受了殖晶手術，短短的兩年內，就已經大學畢業。現在才九歲的她已經是巴梵沙國王貼身的機要秘書，非常受到國王的賞識。』

佛多這時開口說：『斯邁爾執行長，我從小就喜歡探險，想要去探索宇宙中未知的事情。在探險的過程中，有沒有發現有趣的事物對我而言不是最重要的，重要的是這個探險過程本身所帶給我的樂趣。我記得小時候父親教我許多科學知識時，總是會讓我有自己摸索的空間。我知道學習的樂趣是無法被量化，或許樂趣在你們人類社會的評量準則上也沒有任何實質的幫助，但是沒有任何現實面上的幫助就代表它不重要嗎？至少對我而言，探險所帶來的樂趣是最重要的，我是不會接受直接給我知識卻沒有學習與思考摸索的過程。』

斯邁爾皺了一下眉頭後，又恢復笑容的說：『佛多，我想你對殖晶技術還不夠瞭解，所以你一定要在這裡多待一陣子。』

佛多微笑了一下說：『事實上，我們有一件事想請問你。』

斯邁爾微笑的說：『請說，別客氣。』

佛多詢問說：『我們正在尋找飛天獅子，不知道它這兩天有在這附近出沒嗎？』

斯邁爾露出疑惑的表情說：『飛天獅子？我們並沒有發現。如果它在我們附近出沒，我們一定會把它擊落，讓它不能再去攻擊巴梵莎的人民。』佛多和阿萊莎互相看了一眼。

阿萊莎接著說：『如果是這樣，那我們要先離開去尋找飛天獅子了。』

斯邁爾突然露出一種皮笑肉不笑的詭異笑容說：『阿萊莎，妳要離開沒有問題，但是佛多和波特必須要留下。』

佛多感覺到危險的氣息，他說：『我們已經答應和阿萊莎去尋找飛天獅子了，可能無法留下來。』

斯邁爾拍了一下手，賈哥從門口走了進來，擋住了出口。斯邁爾笑著說：『佛多，老實跟你說，我需要你和波特的幫忙。我們目前正在研發如何讓殖晶手術可以不受基因的限制，並且將手術的成功率提高到百分之九十五以上，這樣在不久的將來，地球上所有人都可以成為殖晶人，這該是多美好的一件事。為了要達到這個目的，我們必須發展出量子的殖晶晶片，這個部分需要你和波特的協助。』

佛多手握著阿特拉斯說：『你要我們怎麼幫忙？』

斯邁爾笑著說：『不要緊張，我們需要你父親給你的白色小球裡面的資料，還有了解波特內部的機械構造和晶片。』佛多心裡思考著為什麼他會知道白色小球的事。

波特有點緊張的說：『要怎麼了解我的內部構造？』

斯邁爾笑著說：『波特，就是把你全身拆開來研究，你不要擔心，我們會小心的拆，不會傷害到你身體的零件。等我們研究好了，就會把你組裝回去，你不會有事的。』波特聽完嚇得全身發抖，跳到佛多的肩膀上。

阿萊莎生氣的說：『你休想這麼做。』說完，阿萊莎舉起雙手對準斯邁爾的臉，突然從她的左右兩邊的手臂各射出一隻飛箭。就在飛箭來到斯邁爾眼前時，斯邁爾的手非常迅速的接住了飛箭，然後大笑的說：『哈哈哈，阿萊莎，這種雕蟲小技就不要在這裡獻醜了。』突然，賈哥張大嘴巴朝佛多和波特飛撲過來，佛多趕緊將波特抱在懷裡，往旁邊跳開。同一時間，斯邁爾縱身一跳，腳蹬了一下桌子後，往阿萊莎的方向飛過來，阿萊莎也跳了起來，朝斯邁爾的肚子飛踢過去。斯邁爾不慌不忙地用左手接住了阿萊沙的腳，然後側身用右手勾住阿萊莎的脖子後，兩人同時落地。佛多舉起阿特拉斯對準賈哥的腳，準備發射雷射光。斯邁爾緊緊的勒著阿萊莎的脖子說：『佛多，我勸你還是放下你手邊的武器，不然阿萊莎會發生什麼事，我也不敢保證。』佛多將手放了下來，斯邁爾對著躲在旁邊觀看的彭哥說：『彭哥，去把佛多的武器拿走。』彭哥小心地走了過去，把佛多手中的阿特拉斯拿走。斯邁爾按了桌上的一個紅色按鈕，不到一分鐘就進來五隻和彭哥長的一樣的紅毛猩猩，手上都拿著一隻機關槍。斯邁爾對著彭哥說：『把阿萊莎、佛多和波特先關到地牢裡，等候我下一步指令。』彭哥點點頭，接著就將他們帶往地牢。

逃出地牢

佛多一行人被帶走後，斯邁爾打了一通視訊電話，突然牆壁前面投影出兩個立體影像，一位男子坐在一張鑲滿紅寶石的金色椅子上，椅子旁邊站著一位小女孩。男子留著一頭褐色的長捲髮，在他面無血色的臉上沒有任何的皺紋。他有著深邃的五官和高聳的鼻子，重點是還有美得令人不敢直視的臉龐。他身穿淡藍色的華麗長袍，長袍上繡著金色的花朵，手裡拿著鮮紅色的權杖，權杖頂端鑲著好幾顆藍色的寶石，全身上下散發出一種王者的氣息。斯邁爾尊敬的說：『您好，亞德里亞國王。』

亞德里亞國王用低沈且充滿磁性的聲音說：『你好，斯邁爾執行長。我給你的包裹收到了嗎？』

斯邁爾恭敬的點點頭說：『收到了，但是還沒打開來看。』

亞德里亞國王說：『裡面有戰略金鑰，是用來打開伊莉莎白花了兩天時間所完成的戰略計畫，還有詳細的軍隊部署位置圖。再過六天就要開戰了，你趁這段時間好好研讀這些資料，有什麼問題的話可以問伊莉莎白。』說完後看了一下旁邊的小女孩。
斯邁爾說：『是。對了，我要向您報告一件事，我已經抓到佛多和波特了。』
亞德里亞國王面無表情地說：『很好。你先將他們看管好，等我們佔領錫芬尼克斯後，我再通知齊醫師，請他將佛多和波特帶到北極的殖晶量子研究中心。』
斯邁爾回答說：『遵命。那阿萊莎要如何處置？』
亞德里亞國王說：『誰是阿萊莎？』
斯邁爾戰戰兢兢的說：『阿萊莎是時空學院的學生，源洛書非常看重她。佛多和波特跟著她來到這附近尋找飛天獅子，所以我才有機會可以輕易地抓到他們。』
亞德里亞國王依舊用他低沈的聲音說：『既然源洛書這麼看重她，代表她應該是很優秀的學生。那你就想辦法說服她加入殖晶中心，如果她不肯，就把晶片植入她的腦中，並且修改她的記憶，讓她聽命於我們。』
斯邁爾微笑的點點頭說：『沒問題，這件事就交給我來辦。』
這時，旁邊的小女孩忽然開口說：『斯邁爾執行長，佛多的飛船已經抵達北極了嗎？』
斯邁爾笑著說：『是的，伊莉莎白。兩天前才剛抵達北極的量子中心，嚴凝心教授正在分析飛船裡的資料。為了防止其他國家發現，我們只能利用潛水艇從深海底下來運送飛船，所以才會花費這麼久的運送時間。』

亞德里亞國王用嚴肅的語氣說：『這幾天仔細的做好備戰的工作。這次的戰爭只准成功，不准失敗，聽到了嗎？』斯邁爾做了一個敬禮的動作說：『遵命，國王。』接著，影像就消失了。

佛多、波特和阿萊莎被彭哥帶到位於地下五樓的地牢裡關著。這裡的燈光明亮，環境也打掃得非常乾淨，每間牢房裡看起來都很舒適卻也非常的堅固，外面還有好幾隻配備著機關槍的猩猩看守著，想要逃離這裡似乎是比登天還難。彭哥對他們說：『好好在裡面待著，這裡的食物都非常好吃。有任何需要跟我說一聲，我就在外面。』說完後就走了。

波特緊張的問佛多：『怎麼辦？看起來很難從這裡逃出去。』佛多觀察了一下牢房，欄杆看起來非常堅固，四周的水泥牆壁連一點縫隙都沒有。佛多從欄杆看出去，彭哥正在一張桌子前看書，而阿特拉斯就掛在牠的腰間。還有三隻紅毛猩猩正在聊天，其中一隻紅毛猩猩說：『再過幾天就要開戰了，到時候你們兩個負責駕駛「神龍號」戰鬥機。』另外兩隻猩猩點點頭。

佛多仔細的研究了一下欄杆上的門鎖，然後轉頭回來對著波特和阿萊莎小聲地說：『我有辦法出去。』接著波特和阿萊莎湊到佛多身邊，佛多小聲地說著他的計畫，兩人一邊聽一邊點著頭。說完，佛多從腰間的工具袋裡拿出一支形狀看起來很像筆的藍色小棒子。這隻藍色的棒子上面有好幾個不同顏色的圓形小按鈕，佛多按下了白色的按鈕後，這隻筆的尖端伸出了一根非常細的黑色小刀片。佛多小聲對著波特說：『波特，你幫我注意一下彭哥牠們的動靜。』波特點點頭後，小心地注視著外面。

佛多蹲在門鎖前面，舉起藍色的小棒子，手指按著白色按鈕，用棒子前面的刀片切割著門鎖。阿萊莎發現只要是黑色刀片所劃過的地方，那個地方的金屬就好像被融化一樣，很快的門鎖的殼被佛多切出一塊正方形。佛多將正方形的外殼取下，裡面出現密密麻麻的電路，佛多小聲的說：『這個鎖的原理是利用電磁鐵所產生的磁力來上鎖的，所以只要將電磁鐵的電流切斷，門鎖就可以解開了。』佛多說完後，阿萊莎很快的蹲下來，從這些複雜的電線中抽出一條藍色的電線說：『這條就是電磁鐵的電流。等一下，這條線也連接著警報器，如果你切斷它，警報器也會響起來。』說完，阿萊莎從口袋裡拿出一根很細的金屬電線和小刀，用小刀劃開藍色電線的塑膠皮後，非常熟練的將金屬線的一端連接到藍色電線，而另一端則是連接到緊報器那裡。

阿萊莎小聲地說：『好了，現在可以切斷藍色電線了。』佛多對著阿萊莎笑了一下後，就將電線切斷，門鎖果然被解開。這時佛多對波特說：『接下來就看你表演了。』

波特走到欄杆前面，用非常溫柔的聲音說：『彭哥哥，可以請你過來一下嗎？有事想請你幫忙。』阿萊莎在旁邊憋著笑容。彭哥聽到聲音後，開心地走了過來說：『波特，有什麼事嗎？』波特將一隻手放在嘴巴旁邊，身體擺出性感的姿勢，旁邊的阿萊莎趕緊用手摀著嘴巴，以免笑出來。波特慢慢地轉頭看著彭哥，眼睛對牠眨了好幾下後，用非常撒嬌的聲音說：『彭哥哥，你不是說要帶我去兜風，我現在很想去。』彭哥興奮的高舉著雙手，身體不斷跳動著說：『我也很想帶你去，但是斯邁爾執行長命令我要好好看管你們。』

波特用可憐的語氣，嘟著嘴說：『人家之後就要被拆開來了，你都不心疼嗎？』

彭哥嘆了口氣說：『我當然心疼，但是也沒辦法，我不能違背命令。』

波特接著說：『那你現在可以抱抱人家嗎？』

彭哥走到波特前面說：『我們只能隔著欄杆擁抱了。』說完就伸出牠長長的雙手抱著欄杆後面的波特。波特趁這個機會，伸手將牠腰間的阿特拉斯偷了過來，然後說：『好舒服喔，彭哥哥。』抱完後，波特將阿特拉斯丟給了佛多，佛多接住後，立刻將牢門拉開。彭哥驚叫著說：『哎呀！糟糕了。』桌子旁的那三隻猩猩聽到彭哥的叫聲後，馬上拿起機關槍跑了過來。佛多舉起阿特拉斯，瞄準機關槍後，很快的射出三道雷射光，三隻機關槍立刻被射穿一個洞。其中一隻猩猩舉起機關槍朝佛多揮了過來，阿萊莎瞄準猩猩的身體射出一隻飛箭，佛多趕緊撲向那隻猩猩，飛箭擦過了佛多的肩膀，射到了牆壁上。佛多站起來對阿萊莎說：『不要傷害動物。』佛多對彭哥說：『麻煩你帶我們到文藝復興號停放的地方，我們必須要離開這裡。』彭哥無奈的說：『好吧。』阿萊莎將其他三隻猩猩關進旁邊空著的牢房裡。

彭哥帶著他們來到外面的廣場，此時廣場上的路燈已經亮起，天空中高掛著滿天的星斗。他們往廣場的右邊走去，來到了停放許多飛機的停機坪。停機坪前面站著兩隻獵豹，彭哥對著獵豹說：『傑哥，傑弟，晚安。』其中一隻體型比較大的獵豹說：『喔，是彭哥啊，這麼晚了有什麼事嗎？』彭哥笑著回答說：『沒有啦，斯邁爾執行長要我帶這三位訪客去他們的飛機上拿東西。』彭哥說完後，不斷的對傑哥使眼色，但是傑哥完全不了解彭哥的意思，懶洋洋地說：『好，他們的飛機在那裡。』傑哥提起牠的前腳指著前方不遠處的地方。傑哥接著說：『彭哥，你是不是最近太累了，臉部的肌肉怎麼一直在抽動。』此時，阿萊莎瞪了一下彭哥。彭哥無奈的說：『沒有啦，那我帶他們過去拿東西了。』他們來到了文藝復興號下面，這時忽然傳出警報聲，斯邁爾從中心裡面跑出來，來到了廣場上，他大喊著說：『抓住他們！』而斯邁爾旁邊的賈哥已經朝佛多的方向衝去。阿萊莎趕緊爬上了駕駛座，啟動了文藝復興號，而波特也趕緊用彈跳鞋跳上去。佛多對著彭哥說：『謝謝你的幫助，後會有期了。』正當佛多準備跳上飛機時，阿萊莎對著佛多大喊說：『文藝復興號的輪子被鐵鍊綁住了。』佛多看了一下後，趕緊用阿特拉斯將鐵鍊燒斷，這時傑哥已經非常接近佛多。佛多很快地跳上正在離開停機坪的文藝復興號，阿萊莎立刻按下了飛機的噴射鈕，飛機在廣場上開始加速起來，然而傑哥和傑弟以非常快的速度在後面追趕著。傑哥大幅度的伸展著牠的四肢，每一步跑動的步伐都非常的大，沒想到竟然已經來到文藝復興號的機翼後面，斯邁爾在旁邊大喊著說：『傑哥，幹得好！把他們抓回來。』就在傑哥準備跳到機翼上時，佛多拿起阿特拉斯，按下了藍色的按鈕，這時從阿特拉斯的尖端射出了一張巨大的白色蜘蛛網包住了傑哥，傑哥在地上翻滾了幾圈，而此時文藝復興號已經離開廣場的地面，飛向了一望無際的夜空。斯邁爾看著逐漸遠離的文藝復興號，他對著來到身邊的賈哥說：『趕緊出動「塞格恩」。』

第八章：飛天獅子的秘密

生死關頭

文藝復興號逐漸的遠離殖晶生物研究中心，夜晚的沙漠非常的寒冷，佛多看著黑暗的天空中所出現的星星和銀河，不自覺地說出：『好美喔！』阿萊莎對佛多說：『斯邁爾一定在說謊，他肯定知道飛天獅子在哪裡。』

佛多回答說：『嗯，I.C.E. 裡面似乎隱藏著一些奇怪的事情，離開地牢時，在樓梯間我隱約聽到有小孩尖叫的聲音，我認為應該要再回去調查。』

波特嚇了一跳說：『佛多，我們好不容易才從那裡逃出來，怎麼可以再回去呢？我可不想被拆開來研究。』

阿萊莎說：『最好的方式是偷偷溜進去調查，我相信 I.C.E. 裡面一定有飛天獅子的線索。必須要盡快找到它，只剩不到六天的時間就要開戰了。』

佛多對波特說：『波特，我想你還是不要跟我們一起去。』說完，他轉頭對阿萊莎說：『我們先找個地方休息一下，明天晚上再偷偷潛進去。』阿萊莎點點頭後，便開始尋找可以休憩的地方。

文藝復興號持續的飛行在塔爾加沙漠的上空，夜晚寂靜無聲的沙漠突然出現了翅膀拍動的聲音，而聲音是來自文藝復興號的後方。佛多和波特回頭一看，一隻獅子出現在他們右後方的空中，距離文藝復興號大約兩百公尺左右。獅子背上的那對巨大的黑色翅膀正不斷的拍動著。波特大喊著說：『飛天獅子在那裡！』佛多說：『它飛過來了。』說完後就轉身站起來，左手裡拿著阿特拉斯。

飛天獅子正持續地接近他們，就在距離文藝復興號大約五十公尺時，飛天獅子突然迴轉一百八十度，往後飛走。波特對阿萊莎說：『它要逃走了！』阿萊莎趕緊將文藝復興號掉頭，追趕著飛天獅子。佛多注意到飛天獅子身上穿著盔甲，身體後面靠近屁股附近的盔甲有兩個噴射器，而前腿上方的身體兩側有類似導彈的發射裝置。飛天獅子似乎刻意地和他們保持一定的距離，阿萊莎發現他們正在往 I.C.E. 的方向前進，她對佛多說：『它似乎故意要把我們引誘回去殖晶研究中心。』佛多回答說：『嗯，我也有注意到。』

阿萊莎按下噴射鈕，文藝復興號瞬間加速到最大速度，很快地將距離拉近到只剩二十公尺左右。飛天獅子忽然往上飛，文藝復興號也立刻拉高飛行高度，緊追在後。阿萊莎看準時機，按下機關槍的發射鈕，文藝復興號機翼下方的機關槍連續射出十幾發子彈。飛天獅子靈巧的躲開了一些子彈，而另外一些子彈則是直接打在它的盔甲上。阿萊莎心裡說著：『可惡！』然後轉頭對佛多和波特說：『繫好安全帶。』接著她駕駛文藝復興號衝到飛天獅子的上方後，一個快速俯衝，超越了飛天獅子，然後突然一個急速的一百八十度迴旋，將文藝復興號面向著飛天獅子飛行，而飛天獅子似乎對這突如其來的舉動感到詫異。

飛天獅子和文藝復興號之間的距離越來越接近，阿萊莎注意到獅子的頭上也帶著頭盔，不過頭盔並沒有覆蓋到它的嘴巴，她聚精會神，瞄準飛天獅子的嘴巴，在只剩十公尺左右的距離，阿萊莎按下了按鈕，子彈飛出，好幾顆子彈打在頭盔上，但是有一顆子彈劃破了飛天獅子的嘴巴，佛多看到飛天獅子的嘴巴流出了鮮血。就在快要撞上時，阿萊莎緊急的拉高文藝復興號，被子彈射中的飛天獅子突然發出一聲巨大的吼聲，然後快速的拍動著翅膀朝文藝復興號飛去。

它開始緊追在文藝復興號的後面，它前腳附近的盔甲突然射出子彈，阿萊莎趕緊閃躲著，仍然有幾顆子彈射中了機身，冒出了白煙。波特說：『我們還是先離開這裡，它似乎生氣了。』阿萊莎看到飛機的油量一直在減少，心想應該是油箱被擊中了，她只好駕駛著文藝復興號遠離這裡，往北方飛去。沒想到飛天獅子卻緊追著他們，阿萊莎心想：『糟了，以這樣的速度飛行，這些油量是到不了錫芬尼克斯的，只能先去北方的摩爾共和國，再做打算。』

文藝復興號持續保持著全速飛行，而飛天獅子仍然在他們後方大約五十公尺左右。佛多問阿萊莎說：『為什麼機械做的飛天獅子會流血？』阿萊莎驚訝的說：『有嗎？佛多，你什麼時候看到它流血的。』佛多說：『就在妳開槍射到它的嘴巴時。』阿萊莎想了一下說：『那它就不是我父母所製作的智能機械飛天獅。我們必須要將這件事通知錫芬尼克斯總統和巴梵莎國王。不過，我們還需要有更確切的證據。』突然，一陣巨大的獅吼聲後，一顆導彈射出，朝著文藝復興號飛來，雖然阿萊莎一直嘗試想要擺脫導彈，但是導彈始終緊追在後面。阿萊莎說：『這個導彈真是煩人。』她突然開始往下俯衝，刻意減低速度讓導彈接近他們，就在快撞到地面時，她迅速的拉平機身，讓文藝復興號緊貼著地面飛行，後面的導彈反應不及，撞進地面的沙漠中。趁著導彈剛爆炸時，她趕緊拉高文藝復興號的飛行高度。波特驚嘆的說：『阿萊莎，妳真的是太厲害了！』

此時儀表板的油量表出現了警示燈，阿萊莎說：『飛機的油快不夠了，我們必須盡快找個地方降落。』話才剛說完，一顆導彈又朝他們發射過來，緊跟在文藝復興號的後面。文藝復興號在空中連續做了好幾個翻滾，還是甩不掉導彈。阿萊莎心想：『再這樣下去，油就快用光了。』佛多從座位上站了起來，拿起阿特拉斯對準飛彈發射了雷射光，飛彈立刻被雷射光射穿，掉了下去。但是沒想到，這時的飛天獅子已經偷偷地飛到文藝復興號的下面，阿萊莎大喊：『糟了！』同一時間，飛天獅子從下方用頭撞擊了機身的底部，巨大的衝擊力讓佛多彈出文藝復興號。波特嘗試抓住佛多卻沒有抓到。

佛多開始往下墜，波特大喊著：『佛多！』阿萊莎想要操控文藝復興號去接住佛多，但是受到劇烈撞擊的文藝復興號卻失去了控制。此時佛多的下方突然出現了一隻全身白色的小飛天獅子，這隻白色的小飛天獅背上有一對七彩的老鷹翅膀。它穩穩的接住了佛多，並且將他載到了地面上。它對佛多說：『你要保護好阿萊莎，我去引開飛天獅子。』佛多說：『請問你是？』小飛天獅說：『現在沒有時間解釋，相信我，我們會再見面的。』小飛天獅說完就往飛天獅子的方向飛去。此時文藝復興號已經開始往下墜，就在飛天獅子準備進一步攻擊文藝復興號時，小飛天獅已經飛到了飛天獅子的旁邊，它的前腳腳趾射出了子彈，其中一顆子彈擊中了飛天獅子後腳的關節處，飛天獅子哀號了一聲，擊中的地方又再度流出鮮血。飛天獅子朝著小飛天獅的方向瘋狂的發射子彈，小飛天獅非常靈巧的閃躲著這些子彈，然後開始往東方飛去。飛天獅子似乎完全失去了理智，牠對著小飛天獅大吼一聲後，便朝著小飛天獅的方向追去。

阿萊莎嘗試將下墜的文藝復興號往上拉，但是似乎沒有辦法，她對波特說：『我們要準備跳機了。』說完，她按下逃生按鈕，她和波特的座位立刻彈離了文藝復興號。波特大叫：『救命啊！』過了三秒後，座位後方的降落傘自動的打開，巨大的圓形降落傘出現在座位上方，阿萊莎先掉到了沙漠。

佛多趕緊朝著他們降落的方向跑去，就在佛多離阿萊莎不到五公尺時，阿萊莎忽然對佛多大喊：『不要過來！』但是已經來不及了，佛多發現他的腳已經開始陷進沙子裡。佛多掙扎著想要離開沙子，沒想到他的身體卻下沉得越快，很快的腰部以下都已經陷進去了。

阿萊莎說：『佛多，不要動，這是流沙，你越掙扎就會陷進去的越快。』佛多看到阿萊莎的雙腳也陷進流沙裡。波特正從佛多的右邊跑過來，佛多對波特說：『波特，小心，不要靠近這裡，這個地方有流沙。』波特停下腳步，看到佛多的身體已經陷進沙子裡，他著急地說：『我現在就去找繩子把你拉出來。』

阿萊莎趕緊說：『波特，憑你的力量是沒辦法救我們出來，而且到時候連你也陷進流沙裡就糟糕了。』波特驚慌地說：『那怎麼辦？』阿萊莎回答說：『你去附近找找看有沒有人可以幫忙。』波特擔心的說：『可是我怕到時候你們整個身體都會陷進流沙裡。』

阿萊莎說：『不要擔心，流沙是一種非牛頓流體[16]，只要我們不亂動，它就會像固體一樣撐住我們的身體。許多人會死於流沙，並不是因為沉入到流沙中，而是因為無法離開流沙，被風吹日曬好幾天後脫水而死。你要盡快找到救兵來幫助我們。』

波特點點頭後，佛多對波特說：『波特，你走在這個區域要非常小心，這裡就是派森爺爺所說的死亡沙漠，到處都是流沙。摩爾共和國應該就在北方不遠的地方，你往那裡去找找看。』佛多指著天空的北極星方向。

波特回答說：『好，你們等我，我會盡快找人來幫忙。』說完，波特就往北方出發。

佛多和阿萊莎一同靜靜的看著天空中美麗的銀河，過了好一陣子，阿萊莎突然溫柔的說：『好奇怪，自從我父母死後，我的心從來沒有像此刻這麼平靜。』說完，她看著佛多露出淡淡的微笑。

佛多微笑的看著阿萊莎說：『是嗎？我倒是覺得自從來到地球後，我的心就越來越不平靜。』

16請參見**科學筆記I**：什麼是非牛頓流體？P360

阿萊莎好奇的問：『波姆斯是一個什麼樣的地方？』佛多詳細的描述了波姆斯村莊的風景和居民的生活給阿萊莎聽。

阿萊莎聽完後，看著天空的星星說：『波姆斯好像我夢中的天堂，那個天堂好美，我夢到我爸媽在天堂張開雙臂緊緊地將我擁抱在懷裡。』阿萊莎此時拿出她掛在脖子上的玉佩，靜靜的看著它。

佛多平靜地說：『那個東西是什麼？』阿萊莎看著玉佩說：『那是我父母親留給我的遺物，我一直帶在身上。』阿萊莎緊握著玉珮，沈默了一下說：『我在想，如果我在這裡死去，是不是就可以馬上見到父母親了。』佛多回答說：『不行，我們還必須去阻止巴梵沙和錫芬尼克斯之間的戰爭。』

此時，東方的地平線已經出現曙光，他們困在流沙裡已經超過四個小時，阿萊莎經過寒冷的夜晚，身體開始出現失溫的狀態，她的肌肉開始不自主的顫抖著。佛多想要往阿萊莎的方向移動，但是他卻因此越陷越深，流沙已經淹到他的胸部。時間一點一滴地流逝，此時無情的太陽已經高掛在天空中，阿萊莎已經意識不清，而佛多也開始出現了頭暈的情況。

突然不遠處出現一群騎著駱駝，臉上蒙著面紗的人，駱駝上的波特大喊著：『佛多，我找到人來幫忙了！』佛多高興地向波特揮著手。這群人來到流沙旁邊，他們在阿萊莎和佛多的旁邊放置了好幾塊木板，兩個人分別站到阿萊莎旁邊的木板上，將手裡的細長木棒伸進阿萊莎腳邊的流沙裡不斷的攪動著，同時另一隻手抓著阿萊莎的肩膀，慢慢的將已經失去意識的她拉出流沙。他們以同樣的方法把佛多也救出來，其中一位戴著眼鏡的蒙面人立刻命令旁邊的人拿水將他們身體浸到流沙的部分沖洗乾淨。

阿萊莎此時仍然意識不清，戴眼鏡的蒙面人看了一下阿萊莎後說：『馬上回集會所，這位少女需要接受治療。』一行人騎著駱駝往摩爾共和國的方向前進。

量子類神經元晶片

自從阿萊莎一行人離開時空學院後，源洛書院長幾乎所有時間都待在他的秘密實驗室裡。此時他正坐在電腦前，做著最後的測試以及程式安裝的工作。大約過了一個小時，門口的顯示器出現了曼妮芙教授的臉孔，並且同時傳出一個聲音：『曼妮芙教授來訪。』源教授專心的看著電腦螢幕，說了一聲：『開門。』山壁的門緩緩的打開，曼教授優雅的走到了源教授的身邊，這時電腦螢幕上出現了「安裝完成」四個字，源教授高興的說：『太好了，完成了』。

曼教授看了一下螢幕，開心的說：『洛書，你已經完成「桑密特」最後的測試工作了。』

源洛書看著曼妮芙，笑著說：『嗯。妮芙，多虧妳所研發的量子平行運算法，讓「桑密特」晶片的訊號處理速度比之前快了好幾萬倍。』

曼教授微笑的說：『洛書，不用客氣。「桑密特」是非常特殊的晶片，它是模仿人類大腦神經元的結構所設計的晶片，完全不需要電腦的中央處理器來運算資料，它這種類神經元的晶片構造非常適合平行運算，我還記得馬克和溫特絲當初花了好幾年的時間才設計出「桑密特」晶片。』[17]

源洛書說：『是啊，他們將「桑密特」晶片裝到了萊恩身上。現在再加上我們兩個所研發的量子控制與量子平行運算，我認為萊恩是目前地球上最先進的智能機械動物。』

說完，他起身走到旁邊的桌子，桌子上放著一個白色圓筒型狀的盒子，圓形頂部的中央有一個圖案—「☯」，源洛書將左手大拇指按在圖案上，接著圓筒頂部緩緩地打開，裡面升起一個小平臺，臺上放著一個正十二面體的透明物體，可以看到裡面有非常多密密麻麻的金屬細線。這些小到連肉眼都很難看清楚的細線互相纏繞著，而且正中央還有一個黑色的小圓球。

源洛書拿起這個透明的正十二面體說：『走，我們去喚醒萊恩吧。』說完後，他們就一起穿過左邊的一個通道，來到一扇白色的金屬門前面，源洛書在門旁邊的數字按鈕按下密碼後，門立刻打開。他們一走進去後，燈光自動亮起，房間的正中央站著一隻雙眼緊閉的白色小獅子，而且小獅子的背上有一對七彩的老鷹翅膀。源洛書走到小獅子旁邊，打開獅子頭頂的蓋子，將「桑密特」晶片放進去後，蓋子立刻自動關上，小獅子慢慢張開眼睛開始動了起來。它看著源教授，發出一個小男孩的聲音說：『好久不見啊！源教授。』源教授摸了摸它的頭說：『是啊。』這時它邊跑邊跳的來到曼妮芙旁邊說：『妳好，曼教授。』曼妮芙笑著說：『你好，萊恩。』接著小飛天獅跑到房間門口，轉頭對他們兩位說：『我要去看看我的恐龍朋友們。』說完後就跑了出去。

源洛書說：『我打算今晚就讓萊恩從秘密通道離開去找阿萊莎。』

曼妮芙用憂心的語氣對源洛書說：『洛書，萊恩絕不可以落在 I.C.E. 手裡，如果他們知道「桑密特」晶片和火麒麟的結合可以提升殖晶的成功率，那就糟了！』

源洛書停下腳步，看著曼妮芙說：『妮芙，這我知道。但是當初馬克和溫特絲有交代我，如

---

17 請參見**科學筆記I**：神經元演算法與生物機械的結合 P380

果阿萊莎將來離開學院時，他們希望萊恩可以陪伴著她，我必須信守對他們的承諾。』曼妮芙默默地點著頭。

源洛書用安慰的語氣說：『妮芙，不用太擔心，萊恩的飛行靈敏度以及閃避危險的判斷力都是最好的，我相信它有足夠的能力可以保護阿萊莎。』

曼妮芙回憶的說：『我還記得阿萊莎剛滿週歲時，溫特絲和馬克特地帶著阿萊莎和萊恩來學院訪問，當時我還很好奇為什麼要在白色小獅子背上裝上七彩翅膀。我記得溫特絲跟我說她從小就很喜歡獅子，她認為獅子象徵著勇氣。她小時候總是幻想著有一隻可以像老鷹一樣翱翔在天空的獅子，飛往世界各地，為許多小孩子帶來勇氣。』

源洛書點點頭說：『那是我人生中非常愉快的一段回憶，他們來訪問的那段時間我們聊了好多。他們請我們幫萊恩做最後的測試，等阿萊莎六歲來學院唸書時，萊恩就可以陪著她。』

曼教授皺著眉頭說：『那隻攻擊溫特絲研究機構的智能飛天獅子就是以萊恩為原型所製作的。洛書，這十年來，你有調查出為什麼智能飛天獅子會攻擊溫特絲研究機構嗎？』

源教授說：『妮芙，相信我，事情總有一天會水落石出的。』源洛書看了一下牆上的時鐘後，他走到門口呼喚著萊恩，萊恩很快的跑回到了源教授身邊。源教授對萊恩說：『你可以幫我定位一下阿萊莎的位置嗎？』

萊恩的眼睛立刻發出光芒，牆上投影出一張地圖，源洛書看著地圖上的紅點位置說：『看來阿萊莎已經回到她奶奶的家裡了，』接著他對萊恩說：『萊恩，要好好保護阿萊莎。』萊恩點點頭後，源教授和曼教授帶著萊恩來到房間後方一個很大的門，源教授說：『從這個門出去，你會進入一個秘密通道，這個通道會直接通往學院的外面。記住，有發生任何事，立刻跟我聯絡。』說完後，門就打開了。萊恩拍動著它的七彩翅膀，快速的飛進了秘密通道。

曼妮芙看著遠離的萊恩，她說：『洛書，萊恩是怎麼知道阿萊莎的位置？』

源洛書微笑的說：『阿萊莎身上的玉佩裡面有加密的通訊晶片，只有萊恩有密碼可以定位阿萊莎的位置。』

摩爾共和國

阿萊莎慢慢的睜開了眼睛，看到了天花板上佈滿著密密麻麻的幾何圖形，這些看似複雜的圖形所呈現出來的卻是一種充滿秩序的美。她虛弱的說：『好美麗的地方，我已經來到了天堂嗎？』站在她身邊的波特笑著說：『這裡當然不是天堂，這裡是慕醫師的家。』

這時一位體格高大魁武，身上穿著白色長袍，頭上戴著白色頭巾的男子走了過來，這個男子有著堅挺鼻子和立體的五官輪廓以及黝黑色的皮膚。

男子開口說：『妳好，我是慕若希醫生，這裡是我的家，我和同伴們騎駱駝到死亡沙漠附近勘查地形時遇到了波特，他說你們被困在流沙裡，所以我們趕緊跟著他將妳和佛多從流沙中救出來。妳現在在這裡很安全，我家是沙漠星辰行者的集會地以及摩爾共和國的農業與草藥研究中心。我先幫妳把脈一下，請妳把手伸出來。』阿萊莎伸出右手說：『我昏睡多久了？』

慕醫生將手指按在阿萊莎的右手手腕附近，然後說：『妳已經睡了一天。』說完，他又將手指按在阿萊莎的左手手腕，然後微笑的說：『妳的脈象已經漸漸穩定下來了，應該在休息一個禮拜就可以痊癒了。卡西姆，藥煎好了嗎？』慕若希轉頭對著站在後方的機器人管家卡西姆說。

卡西姆回答：『請再等等，主人，再五分鐘就好了。』

阿萊莎四周環顧了一下說：『佛多呢？』

波特笑著說：『妳不用擔心他啦！他正在外面和其他人聊天。』

阿萊莎忽然努力撐起她虛弱的身體說：『我才不是擔心他，我現在就要出發去抓飛天獅子，再四天巴梵莎就要攻打錫芬尼克斯了。』阿萊莎已經想要下床，但是腳卻使不上力。

慕若希趕緊阻止她說：『妳現在還不能下床。』這時卡西姆將煎好的藥端到慕若希旁邊，慕若希將藥拿過來後說：『妳先將這碗藥喝下，等一下吃午餐時我們再來好好聊聊，看看有什麼我可以幫得上忙的。』阿萊莎將藥喝下後，又躺回床上休息。

佛多此時正在外面和兩位年輕人聊天。他們是慕若希醫生的學生，男子名叫米撒，年紀大約十八歲，身材不高，有著黑色的短髮和古銅色的肌膚，臉上洋溢著青春的氣息。女子名叫諾拉，年紀大約十六歲，和米撒的身高差不多，有著一頭金黃色的長髮和雪白的皮膚。

米撒說：『佛多，你好像對這裡的建築很感興趣，讓我和諾拉帶你四處參觀一下吧。』佛多點點頭說：『謝謝。』他們一起走在迴廊上，佛多看到迴廊的牆壁壁磚上都是美麗的幾何圖案。穿過迴廊後，他們來到了一個圓形的花園，而花園的正中央有一個很大的噴水池，花圃裡種植著許多不同種類的花。

米撒說：『我們這裡的建築是承襲著伊斯蘭的建築風格，這個地方是五百年前由法蒂雅家族所建立，一開始是提供給沙漠的旅行者歇腳和聚會的場所，三百多年前，法蒂雅家族在這個地區的底下發現了珍貴的天然礦物與地下水後，就開始越來越富有。他們將所賺到的錢都用在建設摩爾共和國以及幫助人民的生活。摩爾共和國現在可以發展得這麼好，主要要歸功於法蒂雅家族。』

米撒指著前面一個巨大的玻璃屋說：『現在這裡除了是沙漠行者聚會的場所外，也是摩爾共和國的農業與草藥研究中心。前面那座溫室是我們培育和改良植物與草藥的地方，我帶你過去看看。』

他們走進了這座巨大的溫室裡，裡面種植著不同種類的植物。佛多看到許多智能甲蟲正忙碌的在採集植物，右邊有三個研究人員拿著試管與玻璃瓶在討論著，還有幾個機器人在來回搬運著物品。

佛多說：『這些機械甲蟲我在時空學院有看過。』

諾拉說：『哦，是嗎？這些甲蟲是我們十幾年前向溫特絲研究機構所購買的。』

佛多看到前方有一大片淡紫色的花海，許多甲蟲在那片花海裡來回穿梭，腳上還勾著許多根紅色的細線。佛多好奇的問：『那些紫色的花是什麼花啊？』

諾拉說：『那些花叫做番紅花，是經濟價值非常高的農作物。在過去這種花是很難被大量生產，因為它們依賴人工的栽培以及採收，而且還必須趁花苞還沒完全張開時趕緊採收它的雌蕊柱頭，這樣柱頭的香氣才不會消失。現在我們都是藉由智能甲蟲和機器人來幫忙栽種、採收以及之後的烘乾，你看，那些甲蟲腳上的紅色細線就是番紅花的雌蕊柱頭，經過烘乾後可以做成香料或是醫療上的用途。藉由智能機械的幫助，我們已經可以全自動化的量產番紅花。現在我們國家許多地方都有種植番紅花，並且外銷到世界各地，這可是一筆不小的收入呢！』

米撒跟那三個研究員打了一下招呼後說：『佛多，我想午餐應該已經準備好了，走吧，我帶你去餐廳。』

他們穿過一個牆上都是鏡子的長廊，來到了餐廳。這是一個長型的餐廳，兩邊的牆壁都是古老的灰色石磚牆，每一邊都有五個拱形的大門，而門與門之間的牆壁上都吊著一幅人物的畫像。餐廳的天花板大約有三層樓高，而且正中央的地方垂吊下來一個非常華麗的水晶燈。

房間裡有一張很長的桌子，非常有趣的是這張長桌的形狀看起來很像蜿蜒的河道，桌子的其中一端延伸到餐聽後方的廚房，而且每個椅子前面都擺放著餐具。佛多看到阿萊莎和波特已經坐在位子上，慕洛希則是坐在他們對面。米撒笑著說：『慕醫師，你們來了。』慕若希轉頭向米撒招著手。諾拉帶著佛多從桌子另一端來到了波特旁邊。佛多看到桌面上有一條小河道，河道裡面還有小魚。佛多好奇的問說：『為什麼桌面上會有一個河道？』諾拉笑著說：『等一下你就知道了。』

這時，從右邊的第一個拱門走進來一位深褐色皮膚的女子，她戴著鑲鑽流蘇的長耳環並且身著華麗的服飾，頭上戴著金色的髮飾，上面鑲著許多寶石。女子露出淡淡的微笑，走到了慕若希旁邊坐了下來。佛多坐到了波特旁邊，而諾拉則是坐在阿萊莎旁邊。

慕若希說：『各位，容我為你們介紹一下，這位是法蒂雅公主，她是摩爾共和國的總理，同時也是我的妻子。』說完，他用手拍了兩下。

突然，桌面上靠近廚房的河道出現了六隻機械小船，它們沿著河道往佛多他們的方向行駛過來，上面載著開胃菜烤薄餅、前菜番茄橄欖乳酪莎拉與椰棗。這六隻機械小船分別停靠在法蒂雅公主、慕若希、米撒、諾拉、佛多與阿萊莎的位置前，船身兩邊的機械小手臂將餐盤一一放置就位後，就自動返回到廚房。波特嘴巴張得大大的，露出非常驚訝的表情說：『哇！這樣的送餐方式真特別。』

慕若希說：『你們可以在桌面的螢幕上選擇你們所要的主餐，待會兒機械小船會將主餐送來。』

法蒂雅公主優雅的拿起餐具，然後看著阿萊莎和佛多說：『我聽若希說你們被困在死亡沙漠的流沙裡，你們為什麼要到死亡沙漠呢？』

佛多將他們與飛天獅子戰鬥的過程告訴了法蒂雅公主，法蒂雅公主說：『幾個月前我和亞德里亞國王視訊會議時，他有告訴我「溫特絲研究機構」所製造的智能飛天獅子又出現了，並且會不定時的攻擊巴梵莎王國的人民。他還提醒我要特別注意這隻飛天獅子，說不定這隻獅子也會去攻擊我們的國家。』

法蒂雅公主對慕若希說：『等一下去通知國防部長最近要嚴加戒備，防止飛天獅子來偷襲我們國家。』

佛多對法蒂雅公主說：『但是我們所遇到的飛天獅子不是機械做的。』他將飛天獅子受傷流血的事告訴了法蒂雅公主。

慕若希皺著眉頭，思考了一下後說：『看來這整件事背後也許有什麼陰謀。』

法蒂雅公主懷疑的說：『我無法單憑你的一面之詞就相信你說的話。你有更充分的證據嗎？』

佛多回答說：『我們本來想要將飛天獅子流血的畫面拍下來，但是飛天獅子的攻擊非常猛烈，所以一直找不到機會。』

阿萊莎用虛弱的聲音說：『我馬上就要離開去抓飛天獅子。』

法蒂雅公主看著阿萊莎說：『妳是？』

『我叫阿萊莎，我來自錫芬尼克斯共和國。』

『阿萊莎？這個名字好耳熟。』

慕若希在旁邊想了一下說：『妳是馬克博士和溫特絲博士的孩子？』阿萊莎看著桌面點點頭。

法蒂雅公主看著阿萊莎說：『妳都已經長這麼大了。妳還是嬰兒時，我還有抱過妳呢。』

波特說：『原來你們認識啊。』

法蒂雅公主說：『我跟馬克與溫特絲已經認識很久了。我們國家以前時常跟他們的機構購買智能機械，我和若希是因為這樣跟他們熟識的。』

法蒂雅吃著沙拉，然後對著阿萊莎說：『我聽說妳不是一直在時空學院唸書，怎麼會去巴梵莎王國？』

阿萊莎咳嗽了幾聲說：『這不重要。重要的是我要趕快抓到飛天獅子，證明牠不是智能機械，而是一隻被人改造的真獅子，我懷疑牠是一隻殖晶獅子。』

慕醫師操作了餐桌上的按鈕，四艘機械小船幫法蒂雅公主、慕醫師、米撒、諾拉送來了熱咖啡，而另外兩艘小船則是幫佛多與阿萊莎送來了熱迷迭香蘋果茶。

『來，先喝點迷迭香蘋果茶吧！』慕若希說，『我們大人需要先來點咖啡幫助我們思考這些嚴肅的問題。』

慕若希喝了一口咖啡後說：『如果飛天獅子真的是一隻殖晶的獅子，那最有可能改造這隻獅子的機構就是I.C.E.了。所以妳的意思是I.C.E.將真獅子改造成飛天獅子，然後派牠去攻擊自己國家的人民？』

阿萊莎皺著眉頭說：『我是這麼認為的。我想他們的目的是要挑起巴梵莎王國和錫芬尼克斯共和國之間的戰爭。』

法蒂雅公主放下叉子嚴肅的說：『阿萊莎，就像我剛剛說的，單憑妳現在的臆測是無法改變任何事，想要阻止這場戰爭，妳唯一的辦法就是抓到飛天獅子，親自將牠帶到亞德里亞國王和肯特總理的面前，證實飛天獅子是一隻殖晶獅子，現在妳只剩下四天的時間。』

這時，六隻機械小船又從廚房送來了主餐—迷迭香烤雞腿、菲力牛排、烤羊排、檸檬烤香鮭魚、番紅花海鮮燉飯、焗烤蘑菇菠菜。這些小船分別將主餐送到每個人的座位後，就將前菜的餐盤收走，然而阿萊莎完全沒有吃。

佛多對法蒂雅公主說：『公主也知道戰爭的事。』

法蒂雅公主平靜的說：『當然，我和亞德里亞國王一直有聯繫。我們摩爾共和國裡許多的天然資源和農產品都是外銷到巴梵莎王國，所以我和亞德里亞國王有定期的貿易協定會議。他早在兩個禮拜前就有告知我要攻打錫芬尼克斯共和國的日期。』

法蒂雅公主一邊吃著番紅花海鮮燉飯，一邊對佛多說：『在我們這三個相鄰的國家中，巴梵莎王國的領土是最大的，但是他們那裡的土地卻非常的貧瘠，幾乎沒有天然資源，要不是因為I.C.E. 的殖晶技術為他們國家帶來豐厚的財富，他們的人民可能還是像以前一樣過得非常貧窮的生活。但是反觀錫芬尼克斯，它曾經是一個非常富裕的高科技國家，擁有全世界智能機械製造最先進的機構之一——「溫特絲研究機構」。我們百分之九十五以上的智能機械都是跟錫芬尼克斯共和國所購買。但是自從肯特總理將溫特絲研究機構關閉後，錫芬尼克斯的人民就越來越貧窮，甚至有不少科學家和工程師都移民到巴梵莎王國裡。』

佛多說：『我去錫芬尼克斯時，的確有感覺到這個國家的沒落。』

法蒂雅公主放下湯匙，嚴肅的對佛多說：『你無法想像錫芬尼克斯以前是多麼的繁榮。那時候，它所製造的智能機械外銷到全世界許多的國家，墨士達總理除了讓他的人民不再需要繳稅之外，還實施了非常好的社會福利政策。然而後來因為少數民眾的抗爭與溫特絲機構的關閉，它現在已經變成我們三個國家中最貧窮的。如果你們無法阻止這場戰爭，我想四天之後，地球上不會再有錫芬尼克斯這個國家。』

阿萊莎撐著虛弱的身體，站了起來說：『我想馬上去尋找飛天獅子。』突然她雙腿一軟，坐回了椅子上。

慕若希說：『如果妳希望可以趕快去尋找飛天獅子，就要吃點東西，讓自己的身體盡快恢復體力。』阿萊莎聽完後，拿起桌上的湯匙，低頭吃著東西，而淚水也從她蒼白的臉龐滴落到盤子中。

波特在旁邊說：『這隻飛天獅子真是太可惡了，佛多，你一定要幫阿萊莎抓到牠。』佛多點點頭後，對慕洛希說：『慕醫師，摩爾共和國裡有使用殖晶動物嗎？』

『摩爾共和國大多數的人民都是沙漠行者。沙漠行者是非常恪守自然規律的族群，他們或許有不同的信仰，像是伊斯蘭教、基督教或是佛教，但是他們懂得尊重彼此的信仰。我們沙漠行者是不允許在生物體內植入人工晶片的，因為殖晶手術違反了我們尊重生命自然演化的精神。我們深信人類不可以為了增加智能而任意改造大腦，或是為了追求外貌而任意改造外表。』

慕若希接著說：『我們摩爾共和國只發展特殊需求的農產品，這樣我們才不會因為過量生產而導致農產品的價格崩跌，而且我們農民還協助種植草藥，這些草藥可以讓我們發展藥物，我們研究中心才不會因為進口他國的草藥而被剝削，也因此我們的農民都非常的富有，而我們的草藥研究中心都有足夠的經費與植物可以做研究與萃取藥劑。』

法蒂雅公主微笑著看了一下米撒與慕醫師，然後說：『在我們摩爾共和國有貴族、有平民、有窮困的人也有富有的人，是許多不同階級的大融合。米撒與若希都是來自家裡窮困的藍領階級，不過我們摩爾共和國不同於巴梵莎與錫芬尼克斯，我們的國家擁有豐沛的天然資源，而且我們發展精緻農業，我們能夠量產番紅花、培育特殊品種葡萄、咖啡、培育草藥並製作藥劑輸出到其他國家，這些農作物都貢獻了龐大的經濟產值給我們國家，對於優秀的菁英人才我們政府會全額補助教育與研究經費，而如今米撒與若希是沙漠星辰行者中優秀的醫學研究學者。』米撒一邊吃著東西一邊點著頭。

諾拉看著默默吃飯的阿萊莎，她對法蒂雅公主說：『公主，如果真的發生戰爭，我們摩爾共和國可以出兵幫助錫芬尼克斯嗎？』

法蒂雅公主搖搖頭說：『這是不可能的。以我跟馬克和溫特絲的交情，我個人是很願意幫助錫芬尼克斯，但是要摩爾共和國出兵去協助錫芬尼克斯，需要經過國會的同意，我想大部分的議員不會希望得罪巴梵莎王國，畢竟他們是我們農產品的主要輸出國之一，而且他們的軍備武力也跟我們不相上下。不過如果阿萊莎真的有這隻飛天獅子是殖晶獅子的證據，我可以透過視訊會議告知亞德里亞國王和肯特總理這件事。』

『那我可以跟他們去尋找殖晶獅子的證據嗎？』

法蒂雅公主嚴肅的看著諾拉說：『我不允許我國家的人民介入他們兩國之間的事。我希望摩爾共和國是保持在一個中立的地位。』

『可是…』諾拉不放棄的說。

法蒂雅拍了一下桌子說：『好了，我已經決定的事任何人都無法更改。』說完後，就起身離開了。

三方會議

阿萊莎吃完飯後，回到房間休息一下，準備離開去尋找飛天獅子。她對佛多說：『文藝復興號還在死亡沙漠那裡嗎？』佛多點點頭說：『他們無法將它運到這裡，所以還在昨天墜落的地方。』阿萊莎說：『那我們先去取回文藝復興號，再去找飛天獅子。』波特說：『可是文藝復興號損害的很嚴重，而且也沒有油了。』佛多對阿萊莎說：『我有把握可以修好文藝復興號，至於油的話，可以問問看慕若希醫生願不願意提供給我們。不過，我比較擔心妳的身體情況。』阿萊莎堅強的說：『不用擔心，我還撐得住。』說完後，他們走出了門口，準備去找慕若希醫生，這時諾拉從前面走了過來說：『佛多，你有訪客。』佛多納悶地問：『我嗎？』諾拉點點頭說：『跟我來。』

諾拉帶他們來到花園裡，花園中央的噴水池旁邊站著一隻白色小獅子，背上有著七彩的翅膀。佛多看到小獅子後，開心的說：『謝謝你昨天救了我。』小獅子點點頭說：『不用客氣。』佛多將昨天小獅子出現救他的情況跟阿萊莎、波特和諾拉說。佛多接著問說：『還不知道你的名字？』

小獅子說：『我叫萊恩，從時空學院過來的。』

佛多說：『是源教授派你出來找我們的？』萊恩點點頭。

波特跑到小獅子旁邊仔細觀察，小獅子發出笑聲說：『波特，你在看什麼？』

波特說：『你身上的毛做得好逼真喔！』小獅子張開背上的翅膀拍了波特一下說：『我不只

身體做得很逼真，連翅膀也很像老鷹的翅膀。』

佛多笑著對萊恩說：『自從你將飛天獅子引開後，我一直很擔心你，現在看到你平安無事，我就放心了。』

萊恩說：『那隻飛天獅子真的非常難纏，牠一直緊追著我不放，並且不斷地對我發動攻擊。我們大約追逐了兩個多小時，還好前方出現許多座山，我後來躲進了一個隱密的山洞裡，才逃過牠的追趕。』

佛多好奇的說：『你是怎麼找到我們的？』

小獅子看了一下阿萊莎後，調皮的對佛多說：『我自有我的辦法。』

阿萊莎不耐煩的說：『佛多，我們應該要出發了。』

佛多點點頭後，對萊恩說：『我們現在要去抓飛天獅子，你要跟我們去嗎？』

萊恩好奇的問：『你們知道飛天獅子在哪裡嗎？』

佛多說：『我們猜應該在 I.C.E. 裡面，所以我們打算先去取回文藝復興號，然後再偷偷地溜進去 I.C.E.。』

萊恩說：『你們為什麼要這麼急著抓到飛天獅子？』

佛多將他們要證明飛天獅子是殖晶獅子的事告訴了萊恩。

萊恩發出笑聲說：『我有證據啊！』佛多、阿萊莎和諾拉驚訝地看著彼此。

阿萊莎激動的說：『你真的有證據嗎？』

萊恩說：『有啊，我的眼睛有錄影的功能。昨天和飛天獅子戰鬥的過程我都有錄下來，飛天獅子流血的畫面也儲存在我頭部的記憶體裡。』阿萊莎高興地抱住了小獅子，而波特則是跳起來歡呼。佛多站在旁邊，臉上露出了微笑。諾拉拍著佛多的肩，笑著說：『太好了，我立刻去通知法蒂雅公主，請她召開國際的視訊會議。』佛多點點頭。

諾拉來到法蒂雅公主處理國事的辦公室，告知她小飛天獅萊恩有錄影的事。法蒂雅公主平靜的說：『諾拉，妳去帶萊恩過來。我想先看一下錄影的內容再做決定。』諾拉點點頭後，便急忙帶萊恩還有阿萊莎一行人來到辦公室。法蒂雅公主請萊恩顯示它所錄到的內容，萊恩來到一面白色的牆壁前面，眼睛投射出光芒，牆壁上頓時出現昨晚的戰鬥畫面。飛天獅子受傷流血的畫面被清楚的記錄下來。

法蒂雅邊看邊皺著眉頭，畫面結束後，她沈默了一下後說：『等一下我請秘書打電話通知巴梵莎王國和錫芬尼克斯共和國的外交部，明天早上我要召開臨時的元首會議。』諾拉握緊阿萊莎的手說：『太好了。』

時間很快的來到了隔天早上，法蒂雅公主穿著淡綠色的連身長裙，頭上戴著鑲滿寶石的金色皇冠，耳朵上穿戴著長長的翠綠色耳環，手裡還拿著黃金做成的權杖，優雅的走進了摩爾共和國的國際會議室裡，慕若希和米撒則是跟在她後面進入會議室。五分鐘後，諾拉帶著阿萊莎、佛多、波特還有萊恩來到會議室裡。這個會議室裡有一張正三角形桌子。桌子的邊長大約二公尺，其中一邊放著一張鑲著金邊的紅色椅子，椅子的兩邊扶手上還雕著金色的老鷹。

法蒂雅公主坐到了椅子上說：『時間到了，會議開始吧。』此時，桌子的另外兩邊分別出現亞德里亞國王和肯特總理坐在椅子上的立體影像。肯特總理是一位年紀大約五十歲的中年人，他穿著西裝留著兩撇黑色的鬍子，另一邊年輕俊美的亞德里亞國王則是面無表情的坐在椅子上。

法蒂雅公主開口說：『早安，兩位領袖。』

亞德里亞國王慢條斯理的說：『早安，美麗的法蒂雅公主，好久不見。』

肯特總理說：『早安，兩位。』

法蒂雅公主說：『今天找兩位過來是希望兩位可以重新考慮停止三天後的戰爭。』

亞德里亞國王依舊是面無表情地說：『我想我以前就已經說得很清楚了，除非肯特總理交出飛天獅子，並且賠償飛天獅子對我們國家人民所造成的傷害。不然我是不可能停止這場戰爭。』

肯特總理不高興的說：『飛天獅子不可能是我們國家派去的。十年前馬克和溫特絲所製作的智能機械飛天獅早已經被當時墨士達總理所派出的戰鬥機給擊落了，只剩下一堆金屬碎片，怎麼可能會再出現。』

法蒂雅公主說：『請等一下，亞德里亞國王。我有證據證明最近這隻飛天獅子不是十年前的智能飛天獅子。』

亞德里亞國王皺了一下眉頭說：『哦？我倒想看一看你所說的證據。』

法蒂雅公主對萊恩招手，阿萊莎帶著萊恩來到三角形的會議桌前，亞德里亞國王看了一下阿萊莎和萊恩，心臟忽然劇烈的跳動了好幾下。萊恩將昨天的戰鬥用立體成像的方式，投影到會議桌的桌面中間。當肯特總統看到飛天獅子流血的畫面時，露出了驚訝的表情。亞德里亞國王仍然面無表情，但是心裡正在盤算著什麼。

看完後，肯特總理對亞德里亞國王說：『這個影片足以證明這隻飛天獅子並不是當年「溫特絲研究機構」所做的智能機械飛天獅。我想你已經沒有理由再說是我們派去攻擊你們人民的。』

亞德里亞國王露出嚴肅的表情說：『這個影片只說明這隻飛天獅子不是十年前的智能機械飛

天獅，但是影片無法證明它不是錫芬尼克斯所派來攻擊我們的。』

肯特總理生氣的說：『亞德里亞國王，你不要太過分了！』

阿萊莎這時忽然開口說：『請容我說句話，我懷疑這隻飛天獅子是植入晶片的獅子。』

亞德里亞國王轉頭看向阿萊莎說：『請問妳的名字？』

『我叫阿萊莎，來自錫芬尼克斯共和國。』

亞德里亞國王目不轉睛地看著阿萊莎說：『所以妳的意思是說，這隻殖晶獅子是我們國家的 I.C.E. 所製作的，然後是我們自己派牠去攻擊我們的人民囉。』

阿萊莎沒有回答，亞德里亞國王忽然提高音量說：『荒唐！我們怎麼可能去做這種事。更況且肯特總理，你不是向來都反對智能機械嗎？我們怎麼能確定錫芬尼克斯這幾年來是不是有偷偷學習我們巴梵莎的殖晶技術。這隻飛天獅子的長相和體型與當初溫特絲研究機構所製造的那隻智能飛天獅子一模一樣，所以就算牠是殖晶的獅子，你們的嫌疑也是最大的。』

『目前我們三個國家中，最熱衷於殖晶技術的國家就是巴梵莎了，我看這些攻擊事件一定是你們自導自演的。』肯特總理說。

亞德里亞國王冷笑了三聲後說：『肯特總理，你這種隨意栽贓別人的行為，更讓我懷疑這隻飛天獅子根本是你們所製造的殖晶飛天獅，想讓其他人認為是我們自導自演的。既然這樣，我一定要親自去錫芬尼克斯，把這隻飛天獅子抓出來，證明牠所植入的晶片不是 I.C.E. 公司所製作的。』

法蒂雅公主對亞德里亞國王說：『我想肯特總理應該不是這個意思。不過你是否考慮先停止戰爭，等事情調查清楚了，再決定要不要攻打錫芬尼克斯。』

亞得里亞國王冷冷的說：『法蒂雅公主，我已經說得很清楚，要我停止戰爭唯一的一條路就是將飛天獅子抓到我面前，我倒想看看這隻獅子的腦袋是否裝了我們 I.C.E. 的晶片。如果妳不滿意我的做法，我也歡迎摩爾共和國加入這場戰爭。不過妳最好想清楚，值不值得為了錫芬尼克斯讓自己國家的人民陷入危險之中。』

法蒂雅公主握緊著雙手，但是立刻又恢復平靜地說：『要不要加入這場戰爭，我們自己會評估，不需要亞德里亞國王您來操心。』

亞德里亞國王說：『很好，我想今天的會議就到這裡，再見了，兩位。』說完後影像就消失了。

肯特總理拉了一下他的襯衫領帶後，對法蒂雅公主說：『看來這場戰爭是無法避免了，我現在必須去部署我們國家的軍隊，再見了。』說完後，肯特總理的影像也消失了。

時間來到了夜晚，法蒂雅公主和慕若希站在房間窗外的陽台上。慕若希說：『法蒂雅，妳打算要出兵幫助錫芬尼克斯嗎？』

法蒂雅公主嘆了口氣說：『很抱歉，身為一個總理，我必須考慮到人民的安全。我不想得罪巴梵莎王國，讓他們有藉口攻打我們國家。你應該也知道，亞德里亞國王一直虎視眈眈我們國家的天然資源。雖然以我們現有的兵力以及我們國家的天然地形，如果巴梵莎王國真的攻打過來，我們也不一定會輸，但是我不希望我的人民陷於戰爭的痛苦之中。』

慕若希看著滿天的星斗說：『我知道，但是我擔心的是一旦錫芬尼克斯被巴梵莎攻佔下來，亞德里亞國王下一個要攻佔的國家就是摩爾共和國了。到時候我們不一定有能力可以和他們對抗。』

慕若希握住了法蒂雅公主的手說：『如果國會不允許妳派軍隊幫助錫芬尼克斯，那我想用自己的名義出兵相助。』

法蒂雅公主想了一下後，點點頭說：『不過你要向我保證，一定會平安回來。』慕若希看著法蒂雅公主，將她擁入懷中。

亞德里亞的革命

西元二〇九七年，在齊云生創辦 I.C.E. 公司的第六年，巴梵莎王國發生了一場顛覆性的革命運動。當時的國王雅里安一世長期的靠攏財團和貴族，他降低了地主與大企業的課稅，並且跟錫芬尼克斯共和國買進大量的智能機械，讓國內最大的三家製造業能夠實現全自動化並且完全依靠智能機器人來製造各種產品。這種二十四小時不斷電的生產模式，為這三家企業賺進了大把的鈔票，但是卻也導致許多人失業。不只如此，智能機械也逐漸取代其他的工作，像是智能空拍飛鷹取代了原本的物流以及運送包裹與信件，所以許多貨運司機因此而失業。短短的幾年內，國內的失業率超過了百分之三十，許多的青壯年只能靠領著極微薄的失業救濟金以及四處打零工維生。絕大多數的財富都集中到了少數的地主、貴族以及大企業家的手裡。大部份的中小型企業不是被大企業所併購，不然就是面臨倒閉的命運，整個國家的自殺率和犯罪率也逐年增加。

除了貧富差異的問題，教育資源分配不均也成為另一個嚴重的問題。教育資源只掌握在貴族和有錢人的手裡，學習知識對平民和窮人來說，已經變成是太奢侈的事。然而國王雅里安一世在面對這些問題上，絲毫沒有任何作為，他不願意像錫芬尼克斯共和國的總理墨士達一樣，提高社會福利與補助金，反而是將國家的錢都據為己有，過著極為奢華的生活。

超過百分之七十以上的人民都開始對智能機械產生反感，有些人甚至對製造這些智能機械的錫芬尼克斯共和國感到痛恨。二〇九六年亞德里亞開始在各地發表演說，煽動民眾對國王雅里安一世的不滿情緒，挑起了資本家與勞工的對立，貴族與平民的階級對立，以及智能機械與人類的對立。仇恨和不滿的情緒迅速的在城市和村落裡蔓延開來，亞德里亞祕密的策動了許多抗爭活動。國王雅里安一世派出大量的智能機械軍隊去鎮壓這些抗爭，層出不窮的流血衝突事件，加深了人民對智能機械的仇恨。在短短一年半的時間內，亞德里亞號召了上百萬志願加入這場革命的青年軍，攻進了巴梵莎王國的首都，與國王雅里安一世展開最後的殊死之戰。雅里安一世派出了所有智能機械軍隊應戰，不過由於 I.C.E. 公司私下不斷的資助許多武器給這群青年革命軍，最後亞德里亞終於順利的攻進雅里安一世的皇宮，將雅里安一世以及許多貴族通通處死，正式成為巴梵莎的新任國王。

在雅里安一世被處死後的第十天，各地仍然有零星的流血衝突事件，亞德里亞國王選在這天發表他的登基演說，這是一場全國的實況轉播，全國人民都守在電視螢幕前觀看這場演講。亞德里亞國王身穿樸素的灰色西裝，站在講台上說：『我親愛的子民們，今天這場革命的勝利是屬於你們每個人的。你們英勇的革命行為，為巴梵莎王國帶來了希望，為這裡的每一個人帶來了希望，更為這裡的下一代帶來了希望。從今天開始，巴梵莎王國將會完全的不一樣，首先，我會立刻禁止智能機械進口到我們國家，確保每個人都能享有工作的權利。我會開始支持生物的殖晶技術，透過植入人工晶片來提高所有動物的智商。我們將不再需要智能機械來幫我們做事，以後殖晶動物將會成為我們最佳的助手。我會在三個月內訂定好所有和殖晶技術有關的法令，讓殖晶動物除了為人類工作之外，也可以享有牠們應有的權利。

在智能機械如此普及的時代裡，要重新找回動物與人類的生存價值與尊嚴，只能透過殖晶手術。我保證在一年的時間內，天空中運送包裹的將不再是智能空拍飛鷹，而是殖晶鴿子。我保證在兩年內，從事居家打掃和看護的不再是管家機器人，而是殖晶猩猩。

我親愛的子民們，人類是萬物之靈，是擁有最高智商的動物。但是自從智能機械不斷的進步，我們的地位就岌岌可危了。殖晶將可以讓我們恢復昔日的榮景，透過殖晶，我們國家的每一位孩子都可以成為天才兒童，我們國家的每一個子民都可以成為其他國家亟欲延攬的人才。

我們必須承認人類是不完美的動物，你們看，雅里安一世和這些貴族們內在那顆貪婪的心，讓多少家庭支離破碎，讓多少年紀輕輕的孩子走上自殺一途。雖然這場革命的成功為我們帶來了希望，但是革命過程中每個人所經歷的痛苦與仇恨仍然在我們內心的深處。有些人因為這場革命而失去親人，我知道這樣的傷痛是很難撫平的。情感是造就人類痛苦的根源，也是人類無法成為完美動物的原因。要淨化這些不完美，只有透過殖晶手術。現在 I.C.E. 公司已經研發出第一代的情感晶片，植入這個晶片將可以阻斷你的情感，讓你成為一個完全理性的人。我希望巴梵莎王國裡的每一位子民都能夠從非理性的痛苦中解脫出來，我相信在不久的未來，巴梵莎王國將會成為地球上最偉大的國家。』此時，各地響起了熱烈的鼓掌，民眾熱烈的叫好並且歡迎他們的新領導者——亞德里亞國王。

第九章：塔爾加之戰

清晨，派森爺爺的家裡聚集著好幾個人，除了阿萊莎、佛多以及波特之外，還有米撒和諾拉。自從昨天的元首會議結束後，慕若希醫生就派米撒和諾拉護送阿萊莎一行人回到錫芬尼克斯。一大早，他們已經在派森爺爺的家中討論著後天要如何對抗巴梵莎王國的進攻。派森爺爺問米撒說：『摩爾共和國會參加後天的戰爭嗎？』米撒無奈的說：『我聽若希老師說，國會要通過參加戰爭的可能性很小，不過他會以個人名義號召一些沙漠行者來幫助我們。』

派森爺爺轉頭對阿萊莎說：『阿萊莎，妳還是跟佛多和波特以及萊恩趕緊離開錫芬尼克斯。』

『派森爺爺，你不用擔心，我有辦法可以贏得這場戰爭。』

派森爺爺高興的說：『哦，是什麼辦法？』

『現在還不能告訴你，後天你就知道了。』

阿萊莎轉頭看著佛多和波特說：『很感謝你們跟著我去尋找飛天獅子，不過我想你們也應該要出發去尋找太空船了。我不希望你們介入這場戰爭。』

阿萊莎停頓了一下，看著佛多說：『你們可以試試看往摩爾共和國的北方去尋找，或許會有一些線索。』

佛多思考了一下後說：『嗯，我們的確是應該離開，波特，後天一大早我們就出發去尋找哥白尼太空號。』波特開心的點點頭。

突如其來的演講

時空學院的演講廳此時正在進行一場精彩的演講，演講者是源洛書認識多年的合作者—紐特曼博士。他年紀輕輕就在量子電腦[18]的研究上有非常出色的貢獻，而今天他所演講的主題是—「量子演算法與智能機械的學習」。源洛書院長和學院裡的研究員都專注地看著講台上紐特曼博士的立體影像，但是當演講進行到一半時，紐特曼博士的影像開始出現閃爍，似乎是受到其他訊號的干擾。幾秒過後，影像忽然消失不見，緊接著出現一位男子的立體影像。這位男子有著白淨帥氣的臉龐與一頭棕色的短髮。他以非常紳士的舉止對著坐在台下的源洛書點個頭，然後笑著

18 請參見**科學筆記Ⅰ**：量子電腦 P372

說：『洛書，好久不見，近來可好？』這位男子的年紀看起來和源洛書差不多，身穿灰色的西裝。源洛書說：『云生，我們正在聆聽演講，你的出現打斷了這場精彩的演講。有什麼事可以等演講後再說嗎？』

齊云生笑著說：『洛書，那種不符合時代潮流的演講何必浪費時間聆聽呢？兩天過後整個世界即將發生巨大的改變，我們現在正站在這個劇烈變化的洪流上，你是要待在原地被洪水淹沒，還是要跟著這股洪流快速的往前呢？』

源洛書站起來，平靜地說著：『這是什麼意思？』

齊云生將雙手大拇指插進褲子的口袋內，自信的說：『我親愛的洛書好友，我說的洪流就是殖晶生物的發展。兩天之後，錫芬尼克斯共和國即將變成巴梵莎王國的一部分，到時 I.C.E. 會在已經關閉的溫特斯研究機構成立一個新的分部。沒有人可以阻擋殖晶的趨勢，就像當初電腦的發明一直到智慧型手機和互聯網的普及，科技演化的趨勢是沒有人可以阻擋的。不願意接受殖晶趨勢的人，只有面臨被淘汰的命運。』

源洛書將雙手交叉環抱於胸前接著說：『你這麼確定殖晶技術會被人類社會所接受？』

齊云生看著源洛書笑著說：『當然，而且你知道這全都要歸功於智能機械嗎？自從人工智能的不斷進步，智能機械已經普及到人類社會中，然而這個情況所導致的結果就是人類的工作不斷被智能機械所取代。讓我們回顧一下歷史發展，在早期的工業革命，機械只有取代獸力，但是到了人工智能的時代，智能機械所取代的卻是號稱萬物之靈的人類。我們人類所引以為傲的智能，如今竟然會被人工智能所取代，這是多麼可悲的事。你難道沒有看到智能機械對人類社會所造成的衝擊嗎？失業率和貧富不均已經是許多國家所面臨的問題。但是自從我們殖晶技術的成功，動物和人類都可以因此而獲得更高的智能，他們不用再害怕被人工智能所取代，可以重新找回自身的價值。』

源洛書將雙手插入口袋中聽著齊云生的談話，然後接著說：『你所提出的觀點是智能機械對於人類社會在現階段所造成的負面衝擊，你並沒有看到長遠的發展。智能機械的存在不是為了取代人類，而是去幫助人類。長遠來看，智能機械和人類必定可以共同建立一個互助和諧的社會結構，這就是為什麼我們必須持續研究與開發智能機械的原因。』

齊云生搖搖頭說：『洛書，你依然是一個無可救藥的樂天派。智能機械和人類所組成的社會肯定是更加混亂的，你知道為什麼嗎？人類是一種不完美的物種，有著非理性的複雜情感以及強烈的慾望。你怎麼能期望這樣一種非理性的物種可以製造出理性的智能機械呢？而當這些強大的智能機械被人類所使用時，你又怎麼能期望不會發生更可怕的非理性攻擊呢？』

齊云生停頓了一下接著說：『與其讓這一切變成矽與碳的戰爭，不如讓它演變成矽與碳的合作。你知道近年來我們的殖晶技術幫助了多少窮困的孩子，讓他們獲得了良好的社會地位？你知道我們幫助了多少腦部受損的人可以恢復到正常人的狀態？就像我剛剛說的，人類是一種不完美的物種，所以這樣一種不完美的動物所組成的社會才會存在著這麼多的痛苦、戰爭和仇恨。只有透過殖晶，人類與機械的結合才能夠產生出完美的新物種。當越來越多人成為殖晶人後，人類的社會才能真正地獲得和平。』

源洛書直視著齊云生說：『云生，既然這樣，這些孩子仍然會保有好奇心嗎？既然這樣，這些人仍然會保有他們原本的靈魂嗎？』

齊云生激動的說：『洛書，這一切都是為了我們的下一代。電腦與機械的世界是由矽、鍺等半導體元素所構成，而生物細胞主要卻是由碳氫氧化合物所組成，電腦的世界是由0和1所構成的，而在生物工程裡的合成生物學，都是嘗試去改造細胞或是人類的基因，藉由基因的改造來提升我們下一代，讓下一代變得能夠對抗疾病與環境，但是這樣的效率實在不符合我們目前的需求，如果能夠結合矽與碳來改造人類，那麼將是一件極度美好的事。』

源洛書平靜的看著齊云生說：『云生，你知道我是不會允許這樣的情況發生的。』

齊云生笑著說：『你還是先擔心自己的處境吧。』

說完他看著坐在台下的研究員說：『在座許多優秀的研究員，你們或許不知道，時空學院已經出現經費短缺的問題，你們應該要開始思考自己未來可能面臨的失業問題。我今天出現在這裡的主要目的就是要告訴你們一個好消息，I.C.E. 即將要招募兩百名研究員，我非常期待在座各位的加入。希望你們能夠把握這次千載難逢的機會，想加入 I.C.E. 的，請盡快跟斯邁爾執行長聯絡，我們會優先錄取。』說完後，他看著源洛書說：『後會有期了，好友。』

源洛書忽然叫住他說：『等一下，云生。凝心過得還好嗎？』齊云生紳士的對著源洛書點頭示意後，影像就消失了。此時坐在台下的樂芙蕾思已經拿著手機在寫電子郵件給斯邁爾。

解開真相

兩天後一場殖晶與智能機械的戰爭就要展開，上弦月高掛在黑暗的天空中，此時的 I.C.E. 內部顯得異常的冷清，中心內部絕大多數的兵力都已經部署在巴梵莎王國邊境的塔爾加沙漠上。在寂靜無聲的 I.C.E. 內部裡，出現了一個清脆的腳步聲，齊云生若有所思地在長廊上走著，他進入一個房間，房間的中央擺放著一座平台鋼琴。這間琴房是他平時彈琴的地方，也是他思考重大決策的地方。琴房裡的水晶燈照耀著齊云生乾淨帥氣的臉龐，他在鋼琴前坐了下來，琴房響起了一陣優美的樂音，齊云生專心的彈奏著貝多芬的月光鋼琴奏鳴曲，突然，平台鋼琴上響起一段鈴聲，齊云生用指紋按了一下，伊凡的立體影像出現在平台鋼琴上，齊云生一邊彈著鋼琴一邊對伊凡說：『貝多芬的鋼琴奏鳴曲裡，我最喜歡這首曲子，聽著那黑夜的來臨，但遠方仍有一盞明月照亮你我，哪怕那只是微弱的月光。』

伊凡將右手靠著桌面說：『黑夜來臨的時候我們只能面對。』

齊云生一邊彈著鋼琴一邊說：『伊凡，黑暗與光明是相對的，我所追尋的是一種理念與對整個世界的改變。貝多芬的人生是場悲劇，耳朵聾了，他只在腦中創造他的音樂與理念，卻無法體驗，無法用他的耳朵去感知自己所創造出來的音樂。』

此時伊凡拉了一下西裝領口，推了一下臉上的金色眼鏡說：『我知道，從我認識你的那天起，你一直沒有改變要讓巴梵莎成為強國的想法。』

『伊凡，我所追尋的是一個理想世界，那是一個純粹理性的世界，一個沒有快樂與痛苦，沒有愛與恨的世界。人類如果想要創造一個和平穩定的社會，一定要將人類原始的慾望與非理性的情感根除。你看那些在人類眼中微不足道的螞蟻所建立的社會卻是如此的和諧，每隻螞蟻都各司其職，為了群體的繁榮而努力。然而反觀人類的社會卻到處都充滿著仇恨和對立，恐怖攻擊的事件層出不窮。只有透過殖晶手術改造人類，才能創造出純粹理性的人類。』

『是的，云生。不過我們現在眼前最大的阻礙就是源洛書。』

齊云生專心地彈奏著熱情激昂的第三樂章，樂曲結束後，他闔上了琴蓋，對伊凡說：『源洛書最近有什麼動靜嗎？』

伊凡回答說：『我一直都有偷偷的派殖晶蝗蟲監視他的一舉一動，自從阿萊莎離開學院後，他就時常待在學院後面的山洞實驗室裡，有時一待就是好幾天。』

『你知道他在裡面做什麼嗎？』

伊凡搖搖頭說：『不知道，實驗室門口的山壁平時都是緊閉著，無法進入。有一次我利用源洛書進入山洞的時候，派殖晶蝗蟲偷偷跟進去，但是那隻蝗蟲從此就下落不明。』

齊云生想了一下說：『時空學院有打算派智能機械動物參與後天的戰爭嗎？』

伊凡說：『我目前沒有看到任何動靜，學院裡的機械動物都沒有離開。』

齊云生走到琴房右邊的櫃子裡拿出一瓶白蘭地和酒杯，他邊倒著白蘭地邊說：『自從我們剷除掉「溫特絲研究機構」後，源洛書對我們的威脅就大不如從前。伊凡，這都要歸功於你，要不是你偷偷地修改了智能飛天獅子的程式，讓飛天獅子在發表會那天瘋狂攻擊在場的人，我們也無法順利地讓「溫特絲研究機構」關閉。』

伊凡微笑的說：『這個千載難逢的機會我是不會輕易放過的。我從二〇九一年加入「溫特絲研究機構」後，就一直很認真的工作，經過了三年，才真正取得馬克和溫特絲的信任，讓我可以進入智能晶片研發製造的核心小組。那時他們還特別對智能飛天獅的晶片程式做了量子加密的裝置，還好我利用您給我的殖晶松鼠潛入到溫特絲的辦公室破解了飛天獅子的晶片密碼，不然我無法對飛天獅子的晶片程式做任何的修改。』

齊云生喝了一口白蘭地接著說：『我知道你是我最可以信任的人。我那時就看出你有過人的資質，所以才會費心的栽培你，並且向卜森院長推薦你進入時空學院學習。你果然沒有辜負我的期望。』

伊凡帶著恨意的說：『我永遠都忘不掉父母親因為失業而一起自殺的場景。那時候錫芬尼克斯所研發的智能機械大量的引進到我們巴梵莎，導致我父母先後被公司裁員。之後，他們不管再怎麼努力都找不到工作，在他們決定離開世上的前一天，他們用絕望的眼神看著我，交代我要好好念書，好好地聽爺爺奶奶的話。』

齊云生平靜地說：『伊凡，除了復仇之外，這一切最重要的就是要能夠改變這個世界，讓貧困的人能有崛起的機會。我十三歲起就在時空學院學習神經元計算與智能機械製造，不斷思考如何將這些技術應用到殖晶手術，一開始我只能利用低等生物來做殖晶實驗，如甲蟲、蝗蟲、壁虎、蜜蜂等等，利用植入晶片來控制這些低等生物的腦袋，再利用電腦遠端操控這些殖晶動物，二〇八五年我成為智能機械製造中心的執行長之後，我透過鳥類能夠快速地分辨地球磁場與方位的能力，第一次成功的利用殖晶麻雀偷偷溜進時空學院的禁地裡，這個禁地長期以來被卜森院長所封閉，裡面門禁森嚴，有多道雷射防護裝置保護著秘密資料，要溜進去而不被發現並不容易，這個禁地裡藏著當時最為先進的殖晶手術資料與書籍。』

齊云生將雙手按壓在鋼琴蓋上，抬起頭來看著伊凡說：『本來我一直以為那個老頭會讓凝心接管時空學院，畢竟凝心是他的孫女，而且我跟凝心從小一起在學院長大，我比她年長五歲，從小她總是聽從我的意見，我除了在時空學院學習智能機械製造之外，我還到華佗醫學院拿到外科醫師的資格，但我卻完全沒有想到他居然讓一個做理論的源洛書接管了學院，他死後我當然也急著離開時空學院，經過幾年的探索下來，才想到利用飛天獅子的事件好讓凝心可以加入我的行列，要不然你又怎麼可能再度回到時空學院接替凝心的位置呢？』

伊凡滿懷感激的說：『云生，您真是考慮的十分周到啊！巴梵莎王國今日可以脫離貧窮，變成如此強大的國家，都是因為您的關係。像斯邁爾這樣原本有學習障礙的窮困孩子，在學校倍受老師與同學排斥，然而在植入晶片後，很快就變成天才。我從小就天資聰穎，但卻很難改善家裡貧困的狀況，斯邁爾裝了你開發的晶片之後學習能力突飛猛進，而我也是因為你的關係才有辦法去時空學院學習並竊取他們智能製造的技術。』

齊云生嚴肅的說：『伊凡，這樣是不夠的。』他喝了一口白蘭地後繼續說：『當初我將所有家產拿出來成立殖晶生物研究中心時，一開始只能用腦死或是患有重症的病人做殖晶實驗，但是卻一直失敗。後來我開始嘗試用智能不足的孤兒做殖晶實驗，仍然無法有所突破。那一年我參加了「溫特絲研究機構」所舉辦的火星探險之旅，沒想到卻因此意外地發現了火麒麟。之後我立刻回 I.C.E. 組織了探勘團隊前往火星採礦，當我在實驗室裡看到火麒麟成功的將半導體晶片和生物細胞完美的結合在一起時，那是我人生中最快樂的一天。』

『斯邁爾是我第一位利用火麒麟成功植入晶片的人。你們兩個是我最得力的助手。伊凡，你要持續幫我監視源洛書的一舉一動，有任何事要立刻回報給斯邁爾。還有，想辦法獲得源洛書的筆記，上面有製作量子晶片的關鍵資料，我相信那些資料可以讓我們的殖晶技術有更突破的進展。』

伊凡點點頭說：『云生，還有一件事。我之前有通知斯邁爾執行長關於佛多和波特的事，不知道後來他有成功抓到他們嗎？』

齊云生微笑的說：『沒有，被他們溜掉了。不過不用擔心，他們的太空船在我們手裡，他們是逃不出我的手掌心的。我已經吩咐斯邁爾後天在戰場上務必要活捉他們回來。』

伊凡突然問說：『嚴凝心教授還在北極的殖晶量子研究中心嗎？』

齊云生若有所思的說：『嗯，她向來都是獨來獨往，只有興趣做研究，而我向來能夠提供她最有意思的研究題材。』說完後他拿起酒杯將剩餘的白蘭地一飲而盡，然後對伊凡說：『時候不早了，你早點休息，這兩天如果時空學院有派出智能機械，要立刻通知我。』

伊凡點點頭後，影像就消失了。齊云生再度打開了琴蓋，閉上眼睛，優雅的彈奏起蕭邦的第二號降E大調夜曲，眼前浮現出許多過去的回憶。

卡麗布魯婆婆的實驗室

在巴梵莎王國的西南方有一片翠綠的人造森林，在人造森林深處有一間石頭做的小屋，那是卡麗布魯婆婆的私人實驗室。卡麗布魯婆婆曾經是巴梵莎藥學院的教授，同時也是齊云生的醫藥啟蒙老師。自從三年前退休後，她時常待在這裡繼續從事各種醫藥的實驗。小屋外有一個木製的鳥屋，這個鳥屋裡住著一隻斯皮克斯金剛鸚鵡，牠是一隻藍色的殖晶鸚鵡，名字叫做小皮。

小屋裡充滿了各式各樣的玻璃瓶、燒杯、藥瓶、化學藥劑以及許多的藥學書籍，實驗室裡養著許多的實驗動物：蟾蜍、毒蛇、蚯蚓、蠍子等，而櫃子裡擺放著各種化學藥劑的罐子，以及上百種的藥草。清晨的陽光灑落在卡麗布魯婆婆的實驗室，卡麗布魯婆婆正在用蟾蜍皮萃取藥物。小皮看到齊云生來到便對齊云生說：『云生哥，好久不見啊！有沒有帶點好吃的東西給我呢？』齊云生看著小皮，微笑著說：『我帶來你最愛吃的種子與堅果。』接著小皮便開心地吃著堅果與種子。

齊云生微笑的走進了卡麗布魯婆婆的小屋，卡麗布魯婆婆此時正彎著腰在忙著做實驗。

『婆婆，我來看您了。』齊云生將雙手插在他的白袍口袋裡，脖子上掛著聽診器。

『云生，你來啦。我每次在解剖動物時，總是會想起你那雙靈巧的雙手。你從四歲起就在我身邊跟著我一起做生物解剖實驗，從最簡單的魚、青蛙、蜥蜴開始，一直到你十三歲離開前往時空學院學習智能機械製造為止，你是我教過最優秀的學生。』卡麗布魯婆婆抬頭看著齊云生說。

齊云生好奇的看著實驗，一邊說：『從小您就教我怎麼利用動物與植物做成藥物，我想您現在正在利用萃取蟾蜍毒液來治療心力衰歇對嗎？』

『是啊，藥物的製作老早已經自動化，但是我還是喜歡待在這個實驗室研究與開發新的藥物，藥學有太多化學式，太多的名詞，還好我向來都是過目不忘，也慶幸你在殖晶手術上面的成功，我不需要花太多力氣教導這些學生。被植入晶片的蟾蜍總是可以控制牠們分泌毒液的效率，動物是我們人類最好的夥伴！』卡麗布魯婆婆笑著說。

『在珍稀動物上做殖晶手術，一方面便於控制牠們，二方面可免於這些動物被強迫威脅，這幾年來我們提升這些瀕危動物的智能，也因此牠們才能躲避人類的威脅與環境變遷的迫害，那些不懂我們殖晶手術的人們哪裡知道我們為這個世界所付出的努力呢？』齊云生說。

『是的，云生，這是個虛偽的世界，那些優雅的用著刀叉切肉的人們，哪裡會認為他們正在殘殺動物呢？文藝復興時代的人們從墳墓裡挖出屍體研究人體解剖，現今的我們才能夠擁有這些知識，人類才是最危險的動物。在紊亂的價值觀裡互相殘殺。』卡麗布魯婆婆說。

齊云生點著頭說：『工業革命雖然帶來經濟上的成長，卻也因為濫砍濫筏導致棲息地的破壞，許多物種都有瀕臨絕種的危機，現在物種的滅絕幾乎是人類一手造成，人類耗去了大部分的電力發展半導體與智能機械，造成嚴重的空氣汙染、棲息地的破壞、水汙染，再加上濫捕濫殺，要實現人造生命目前是無法辦到的，但是我們殖晶生物研究中心，可以透過晶片去追蹤與控制瀕臨絕種的物種，而且還提升了這些物種的智力讓牠們對環境風險有判斷力，降低牠們滅絕的危機，也增加牠們繁衍的機會。』

接著幾隻殖晶錦鯉從外面的小河游到了卡麗布魯婆婆小屋內的池塘裡，牠們整理了許多塑膠垃圾並堆放在池塘旁邊，牠們抬頭看了一下齊云生，齊云生拿起實驗桌上的飼料餵食著池塘裡的殖晶錦鯉，享用完美好的食物後這群錦鯉游出一個心的形狀，之後又游出一個箭頭的形狀，這個箭頭指著齊云生。齊云生開心的向錦鯉揮揮手，接著牠們就游到外面的小河中了。

『我們巴梵莎沒有獨特的天然資源，必須進口水、天然氣等等，不像摩爾共和國還能夠發展精緻農業，也無法像錫芬尼克斯這樣靠開發智能機械去發展國家經濟，我們連武器都必須跟錫芬尼克斯購買，而他們卻不斷賣給我們次等的產品。我研究藥物，更重要的是同時我也製造病毒，我們散播民眾對於疾病與病毒的恐懼。我們製造出特殊的疾病，散播疾病之後我們再製造出解藥，這樣我們在這兩個國家之間才有生存的空間。幾年前我們利用殖晶蝗蟲去誘發我們自己巴梵莎的糧食危機，之後再散播我製作的新型病毒，幫我去掉一些不能抵抗疾病的基因，留下可以抵抗變異的基因。糧食危機加劇了人民對國王雅里安一世的不滿，讓更多民眾參與了革命，這樣你跟亞德里亞才有改變世界的機會啊！而我們也才能持續改造巴梵莎人民。』卡麗布魯婆婆說。

『這世界充滿著無知，恐懼就是最好的病毒！發展殖晶生物遠比製作智能機械來的便宜，它不需要耗費大量的能源，只要孩子殖入晶片便能變成超級天才，雖然這個開發期很長，也因此我必須從小就到時空學院學習智能機械製造，但既然生物體是碳水化合物的組成，那麼生物體與半導體元素的結合勢必可以創造出一種全新的物種，這將是物種演化的重大突破。』齊云生說。

此時亞德里亞國王穿著軍裝快步的走進了卡麗布魯婆婆的實驗室，他說：『卡麗布魯婆婆，現在事情變的有點棘手。』亞德里亞國王將兩天前的元首會議所發生的事一五一十地告訴了卡麗布魯婆婆和齊云生。他接著說：『我擔心明天摩爾共和國會出兵協助錫芬尼克斯。』

卡麗布魯婆婆放下她手裡的藥瓶，看著亞德里亞說：『亞德里亞，比起已經沒落的錫芬尼克斯，富裕的摩爾共和國才更是我們的目標，但我們一定要讓大家都以為我們的目的是要攻打錫芬尼克斯，等摩爾共和國派出武力協助錫芬尼克斯後，我們再偷偷派兵去攻擊法蒂雅公主的沙漠行者集會所，將法蒂雅活捉回來，想辦法讓她聽命於我們。』

亞德里亞國王微笑的說：『是的，婆婆，這樣的策略真是太高竿了！』

『我想這次我們的殖晶蝗蟲終於可以派上用場了，動物的遷徙是沒有國界的。』齊云生冷漠的說。

『哈哈哈！這件事就辛苦你們兩位了！』卡麗布魯婆婆邪惡的笑著，小皮此時飛到卡麗布魯婆婆的肩上得意地看著齊云生與亞德里亞。

開戰前夕

斯邁爾執行長正在會議室裡和亞德里亞國王以及伊莉莎白做最後的戰前視訊會議。亞德里亞國王面無表情的說：『斯邁爾，你怎麼會讓佛多他們逃走的？他們甚至還知道了塞格恩是真的獅子所改造的。』

斯邁爾恭敬地說：『是我太小看佛多了，他手上的武器非常的先進。能夠從這麼小一根棒子中發射出威力這麼強大的雷射光，這裡面的科技技術是我們人類目前還無法辦到的。』

亞德里亞國王面無表情的說：『我們當初在改造賽格恩時，可是完全按照溫特絲機構所製作的那隻智能飛天獅的外觀來進行改造的。在轟炸兒童醫院的前一天我秘密的派殖晶猩猩將那些殖晶失敗的孩子全放進兒童醫院的C棟和D棟，還好目前他們沒有確切的證據能證明塞格恩就是我們所改造的殖晶飛天獅子，萬一被他們發現賽格恩去攻擊巴梵莎人民的舉動其實是我們在背後自導自演，那我們就沒有正當的理由發動戰爭了。』

斯邁爾微笑的說：『陛下請放心，我已經想到一個將計就計的計謀。如果順利的話，我們說不定連摩爾共和國都可以一併佔領。』

此時站在國王身邊的伊莉莎白平靜的說：『斯邁爾執行長，我相信你所想到的計謀和我所想到的是一樣的。』

斯邁爾看著伊莉莎白大笑了幾聲說：『不愧是我們中心引以為傲的天才殖晶小女孩。』

國王對伊莉莎白說：『什麼樣的計謀？』

伊莉莎白將嘴巴湊到國王的耳邊竊竊私語著。說完後，國王拍著手，臉上仍然沒有顯露任何的表情，他說：『這是個一石二鳥的好計謀，跟卡麗布魯婆婆一樣的策略。斯邁爾，明天我會親自負責指揮與錫芬尼克斯的戰爭，摩爾共和國的部分就交給你處理了。』

斯邁爾做了一個敬禮的手勢說：『是的，尊敬的亞德里亞國王。』

斯邁爾忽然想起了什麼，他說：『對了，國王。齊醫師有交代要活捉佛多和波特，這個部分就麻煩您了。』亞德里亞國王點點頭後，影像就消失了。

塔爾加之戰

清晨的陽光灑落在這片廣大的塔爾加沙漠，今天，在這片金黃色的沙漠上，將發生改變三個國家未來命運的戰爭，然而這片沙漠只是默默的接受這場戰爭對它所造成的摧殘。在大自然眼裡，戰爭本身並沒有對錯，戰爭中也沒有所謂正義的一方或是邪惡的一方，它是不會去做任何評論或是支持所謂正義的一方，因為對它而言，這所有一切的發生都只是一種自然的規律。戰爭中所出現的各種是非對錯是人類去劃分的，大自然只是靜靜地接受這一切。

此時，佛多正坐在阿萊莎家裡的書桌前寫著筆記，他想將在地球上所發生的事記錄下來。他忽然停下筆來，抬頭看著窗外的藍天和幾縷淡淡的白雲絲，回憶著波姆斯村莊平靜和樂的生活。自從來到地球後，他就一直在思考一個問題：『戰爭在人類的歷史洪流中從來不曾消失過，是因為人類向來就學不會記取歷史的教訓，或者這只是人類天性所必然存在的自然現象？』

阿萊莎從房間走出來說：『佛多，你們應該要離開了。』佛多將筆記收到口袋裡，對著正在餐廳和機器人大衛聊天的波特說：『波特，我們要出發了。』波特對大衛揮揮手後，就跟著佛多和阿萊莎走到門外。早晨屋外的空氣特別清新，前方不遠處的草坪上停放著一輛車子，而萊恩則是站在車子旁邊。

這輛車子是派森爺爺年輕時所經常駕駛的子彈飛車，飛行的速度最快可以到達時速三百公里。派森爺爺昨天下午就將車子停放到這裡，並且教導佛多如何駕駛這輛飛車。他們來到了車子旁邊，此時阿萊莎看著佛多伸出了右手，佛多也伸出手，兩人握著手的同時，阿萊莎露出難得的微笑說：『預祝你們順利找到哥白尼太空號，等這場戰爭結束後，我再去找你們。』

佛多微笑的說：『嗯。』說完後，佛多和波特坐上了車，車子兩側的機翼緩緩地張開，車子在地面上加速了幾秒後，便離開了地面，往北方摩爾共和國的方向飛去，而阿萊莎則是騎上萊恩，往戰場的方向飛去。

車子飛行了一陣子後，佛多對波特說：『昨天米撒說文藝復興號已經放在摩爾共和國裡，我想先到摩爾共和國將文藝復興號修好後，再駕駛它前往 I.C.E.，這樣才能誘出飛天獅子。』

波特聽到 I.C.E. 三個字，嘴巴張得大大的說：『什麼！要去 I.C.E.？』

佛多笑著說：『沒錯，我想再回去 I.C.E. 抓飛天獅子，這是結束戰爭唯一的方式。』

波特搖搖頭說：『不行啦，那裡太危險了。』

佛多說：『波特，你不用擔心，等一下到摩爾共和國後，你就待在慕若希醫生那裡等我，我自己去 I.C.E.。』

波特擔心的說：『好啦，不過你一定要回來找我。』佛多看著波特點了點頭。

車子持續飛行了一個多小時，時間來到了早上八點，距離交出飛天獅子的時間只剩下二個小時。佛多和波特將車子停在農業與草藥研究中心的草坪上，此時中心裡面顯得非常冷清。佛多詢問了其中一位正在花園檢查葉子的研究員，研究員說：『中心大部分的人都跟著慕若希醫生前往援助錫芬尼克斯。』從研究員的口中，佛多得知了文藝復興號停放在玻璃屋溫室旁邊的廣場上。

他和波特跑到了廣場上，文藝復興號的機身有好幾個地方都已經裂開。佛多拿出工具袋，開始修理損壞的部分，這時波特注意到自己周圍的花草上面出現好幾隻蝗蟲。波特正好奇地想靠過去看時，忽然，旁邊的長廊上傳出喊叫聲：『天啊！有好多蝗蟲飛過來了！』佛多抬頭一看，天空中出現了成千上萬隻的蝗蟲，密密麻麻的蝗蟲籠罩著整個天空，整個地方彷彿黑夜降臨。

接著一聲響亮的獅吼聲劃破了天際，佛多和波特互相看了一下，然後異口同聲的說：『飛天獅子！』佛多和波特立刻跑到中心的門口，在那群黑壓壓的蝗蟲大軍後面跟著一隻飛天獅子和一群戰鬥機。這些蝗蟲無情地吃著農作物，牠們也飛進了溫室大肆地破壞。法蒂雅公主站在溫室外面，鎮定的指揮著中心留守的人員。

『克里斯，你快點帶三個人去把所有正在培育的種子搬到地下室。還有，立刻出動中心所有的機械甲蟲和機械人去撲殺蝗蟲。』法蒂雅公主對著站在身旁的一位研究員說。這時一位在門口的士兵匆忙地跑來說：『公主，不好了！蝗蟲後面跟著好多台戰鬥機，還有一隻飛天獅子。』

法蒂雅公主轉頭對一位身穿西裝的男生說：『萊德，你立刻拿著我親筆寫的軍令去通知國防部，要他們馬上派三支飛行中隊前來支援。』接著，法蒂雅公主對著士兵說：『菲爾斯，你馬上去將中心裡所有小孩和婦女都帶到地下室去。』

菲爾斯緊張的說：『那公主妳呢？妳也一起先到地下室避難吧。』

法蒂雅公主說：『你不用擔心我，快去！』

菲爾斯猶豫的說：『可是…』

法蒂雅公主嚴肅的說：『菲爾斯，你要知道，我一定是最後一位進入地下室的人。保護所有人民的生命是我的責任，你快點去。』菲爾斯點頭後便離開了。

天空中忽然出現廣播的聲音，斯邁爾坐在其中一架戰鬥機裡用廣播說：『法蒂雅公主，我今天特別帶這麼多殖晶蝗蟲和戰鬥機來邀請妳到我們殖晶中心作客，妳開不開心呢？』說完就大笑起來。這時，許多殖晶的猩猩士兵紛紛從戰鬥機上跳傘下來。

佛多對波特說：『波特你先去旁邊躲起來，這裡交給我就好。』波特聽完後，馬上跑到旁邊的角落躲藏起來。降落到地面的殖晶猩猩脫掉降落傘後，立刻拿著機關槍往中心的門口衝過來。佛多迅速地拿起阿特拉斯瞄準著機關槍連續發射了雷射紫光，好幾隻機關槍的槍身瞬間被燒出一個洞，無法發射子彈。此時斯邁爾從空中看到了佛多，他對塞格恩說：『去將佛多和波特給我活捉過來。』飛天獅子立刻往佛多的方向飛去。

數以萬計的殖晶蝗蟲持續的在破壞整個中心的農作物和草藥，雖然中心裡的機械甲蟲和機器人都已經全部出動去撲殺這些蝗蟲，然而蝗蟲的數量實在太多，機械甲蟲和機器人根本無法應付，中心裡幾乎所有的植物都已經被咬爛了。這些大批的殖晶蝗蟲開始往北方飛行，準備去破壞摩爾共和國其他地方的農作物。突然東方的天空中出現十幾隻巨大的翼手龍，它們伸展著長長的翅膀翱翔在蔚藍的天空，往佛多的方向飛來，快到中心上方時，這些翼手龍張大了嘴巴，成千上萬的機械甲蟲從嘴巴裡飛了出來，這些機械甲蟲立刻飛向殖晶蝗蟲大軍，用它頭上的大顎將這些蝗蟲夾成兩段。斯邁爾一看到這個情況，心想：『糟了！』

塞格恩已經來到了佛多前面，牠用低沈的聲音說：『臭小子，我們又見面了。要不是斯邁爾執行長要我活捉你，我真是恨不得立刻殺死你。』

佛多不慌不忙的笑著說：『我才正想要請你跟我去一趟錫芬尼克斯。』塞格恩突然收起翅膀，邁開步伐，加速的衝向佛多。佛多趕緊向後跑。前方是一座三公尺的高牆，而塞格恩緊追在後面，佛多奮力一躍，左腳蹬了一下牆壁後就爬上了高牆，沒想到塞格恩直接用身體衝撞高牆，佛多站的地方整個崩塌下來，佛多直接摔到了地面上，手中的阿特拉斯掉到了旁邊。

佛多叫了一聲：『好痛！』塞格恩甩了一下身體，慢慢地走向佛多。此時躲在一旁的波特想要跑出去救佛多，但是當初阿格瑞爺爺為他輸入的自我保護程式使得他的雙腳無法動彈。就在危急之際，兩隻翼手龍快速的俯衝，朝塞格恩的方向飛來，其中一隻用身體直接撞擊塞格恩，一陣巨大的碰撞聲後，塞格恩被撞到了旁邊，翼手龍和牠同時都倒在地上。

另外一隻翼手龍飛到佛多旁邊說：『快點上來。』佛多撿起了阿特拉斯，坐上了翼手龍，飛到了空中。塞格恩從地上站了起來，拍動著背上的翅膀，往佛多的方向追去，而此時天空中其他的翼手龍正在和戰鬥機互相對戰。

在錫芬尼克斯共和國邊境的塔爾加沙漠，兩國的兵力都已經聚集在這裡，早上十點一到，沙漠的上方出現一隻巨大的哈斯特鷹，這是一種已經絕跡幾百年以上的巨鷹，牠的身長超過四公尺，展開的雙翼長度有超過五公尺。哈斯特鷹伸展著它巨大的翅膀，在兩軍對峙的上空來回的盤旋著，牠的背上坐著一位身穿軍裝，手裡拿著一根鑲著藍寶石權杖的美男子—亞德里亞國王，他對著胸前的微型麥克風，用一種不疾不徐的冷酷語氣說：『肯特總理，時間已經到了，你仍然不願意交出飛天獅子，那我就只有親自到你們國家把這隻獅子抓出來。』接著，他提高音量，對著巴梵莎王國的殖晶動物們說：『各位英勇的士兵們，出發吧！』說完，殖晶猩猩部隊與殖晶老虎部隊開始快速的前進，同一時間有許多「神龍號」戰鬥機從空中呼嘯而過。肯特總理也立刻下令軍隊全員出動，阿萊莎戴上了護目鏡，坐在萊恩的背上，飛了出去。

兩國的戰鬥機在空中互相追逐著，派森爺爺也駕駛著其中一台戰鬥機，導彈無情地摧殘著這片沙漠，到處都可以聽到機關槍、坦克車和戰鬥機發射砲彈的聲音。裝置著導彈防禦預測系統的萊恩靈巧地躲避著許多飛彈的攻擊，而阿萊莎則是俯身貼在萊恩身上，腰間插著一把手槍，她目標只有一個，就是亞德里亞國王。萊恩持續快速地接近著亞德里亞國王，風聲在阿萊莎的耳邊不斷的呼嘯著，她認為只要殺死亞德里亞國王就可以立刻平息這場戰爭。

有兩架戰鬥機在背後一直追逐著她，然而它們所發射的導彈都被萊恩輕鬆地躲過。派森爺爺看到阿萊莎正衝向亞德里亞國王的方向，他趕緊操控著戰鬥機跟了過去，他從旁邊將萊恩後面的兩架戰鬥機都擊落，然後飛到萊恩身邊透過飛機的廣播說：『阿萊莎，快回來，妳不能直接去和亞德里亞對戰。』阿萊莎不理會派森爺爺的勸告，依舊朝著亞德里亞國王的方向飛去。

此時的亞德里亞國王正站在一輛坦克車上欣賞著這場美麗的戰爭，每一顆砲彈的爆炸或是每一架戰鬥機的墜落對他而言，就像是絢麗的煙火。他身旁的三輛坦克車持續的對著萊恩發射砲彈，萊恩靈巧的在這些砲彈之間來回穿梭。派森爺爺趕緊瞄準其中一輛坦克車發射飛彈，亞德里亞國王旁邊的一輛坦克車瞬間被炸毀。亞德里亞國王神情若定，不慌不忙的指揮著坦克車朝派森爺爺的戰鬥機連續發射好幾顆砲彈，其中一顆砲彈直接命中了戰鬥機，戰鬥機很快地發生爆炸，派森爺爺整個身體被炸到飛機外，阿萊莎看到後，趕緊說：『萊恩，快去救派森爺爺。』萊恩隨即衝向派森爺爺，在空中接住了他，然後緩緩地降落到地面上。阿萊莎抱著奄奄一息的派森爺爺，眼淚從臉龐滑落下來。

派森爺爺虛弱的說：『阿萊莎，妳母親交代我要好好照顧妳，我卻連這一點都做不到。我真的是老了，不中用了。』阿萊莎輕輕的撫摸著派森爺爺的臉，一邊搖著頭一邊哭泣著。派森爺爺用最後一口氣說：『妳一定要平安的離開這裡，我會和妳的父母親在天上看顧著妳。』說完後就闔上了雙眼，離開了人世。阿萊莎抱著派森爺爺的頭啜泣著，然而這個時候，她的周圍已經有好幾隻猩猩士兵拿著槍圍繞著她。

同一時間，摩爾共和國的戰鬥仍然在持續著，佛多坐在翼手龍上和飛天獅子追逐著，佛多在翼手龍旁邊說了一些話，翼手龍點點頭後，便往上方飛行，將飛天獅子引誘到更高的地方。飛天獅子果然跟在後面，到達某一個高度後，翼手龍忽然往下飛，做了一個垂直的三百六十度飛行，來到飛天獅子的下方，佛多站在翼手龍背上，手舉著阿特拉斯朝著飛天獅子的兩隻翅膀發射一道非常強烈的雷射光，雷射光立刻將背上的翅膀燒出很大的洞，飛天獅子瞬間失去飛行的能力，從高空中垂直的摔落到地面上，失去了意識。

地面上的猩猩士兵持續的在中心裡面尋找法蒂雅公主，此時的法蒂雅公主正拿著手槍和幾位士兵一起守在通往地下室的一樓門口。好幾隻猩猩士兵正一步一步的接近著通道，法蒂雅公主對準其中一隻猩猩開槍，一場激烈的槍戰頓時展開，英勇的法蒂雅公主和她的士兵們拼命的保護著通道。但是猩猩士兵的數量卻越來越多，將法蒂雅公主一群人團團包圍著，『停止掙扎吧！法蒂雅公主，只要妳乖乖跟我們走，我們就放過其他的人。』其中一隻個頭特別大的猩猩說。法蒂雅公主身旁的菲爾斯以及好幾個士兵都舉著槍，準備和這些猩猩士兵決一死戰，突然法蒂雅公主大聲的說：『通通把槍放下！』然後轉頭對菲爾斯說：『不要做無謂的犧牲，你還要幫我好好照顧受傷的人民。』

菲爾斯搖著頭說：『不行，公主，我不能眼睜睜看妳被帶走。』法蒂雅用非常嚴厲的語氣說：『菲爾斯，這是命令！』說完後，就被這些猩猩士兵帶上了巴梵莎的飛船。

佛多來到昏迷的塞格恩旁邊查看，這時他注意到獅子的脖子上有個 I.C.E. 的編碼，他說：『阿萊莎猜對了，這隻獅子的確是 I.C.E. 所改造的殖晶獅子。』

斯邁爾此時正偷偷地站在佛多旁邊的牆壁觀看著這一切，他臉上露出非常氣憤的表情。他舉起手槍，小心的瞄準佛多的身體。躲在另一邊牆角的波特注意到斯邁爾正拿著手槍對著佛多，這時他的頭部開始發熱，身體也不停的顫抖著，突然間，他勇敢的衝了出去，大喊：『佛多，小心！』佛多驚訝地望向波特，就在這個時候，斯邁爾扣下了板機，子彈瞬間飛出，波特將佛多推開，子彈不偏不倚的擊中波特的頭部。

波特的頭部冒出了白煙，斯邁爾趁這個機會跳出去，抱起波特就往戰鬥機的方向跑去。佛多站起來追了過去，好幾隻猩猩士兵從旁邊跑過來阻止佛多，佛多一邊跑一邊用阿特拉斯擊退士兵，但是此刻斯邁爾已經坐上戰鬥機，飛上了天空。他用廣播對佛多說：『佛多，不要再追過來，不然我立刻將波特破壞掉。想要救波特的話，就帶著你的白色小球到北極的量子殖晶研究中心。』說完後就哈哈大笑的飛走了。

佛多緊握著阿特拉斯，內心出現了一種以前從來沒有感覺過的憤怒。翼手龍來到佛多身邊說：『佛多，我們還是先將飛天獅子送到戰場上吧！』佛多看著翼手龍，點了點頭，壓抑下心中的憤怒。

佛多坐上了翼手龍，其他幾隻翼手龍合力將飛天獅子放在一張巨大的網子上，四隻翼手龍分別抓著網子的一角，開始拍動著翅膀，帶著飛天獅子飛向了天空。

亞德里亞國王命令猩猩士兵將阿萊莎和萊恩帶到他的面前。亞德里亞國王面無表情地說：『阿萊莎，妳的勇氣真是可嘉，要不要加入我的王國，我會給妳非常優渥的生活。』阿萊莎帶著恨意的眼神看著他，突然她從腰間拔出手槍對準亞德里亞國王，沒想到亞德里亞國王以更快的速上，哈斯特鷹拍動牠巨大的翅膀載著亞德里亞國王往空中飛去。亞德里亞國王將鑲滿藍寶石的權杖高高舉起，寶石中閃耀出淡淡的綠色光芒，他用低沉的聲音對著哈斯特鷹說：『菲尼克斯，召喚你的同伴吧。』說完後，哈斯特鷹張開牠的嘴巴，發出了非常尖銳的叫聲，位於戰場後方的肯特總統，被這個令人膽戰心驚的叫聲嚇得從椅子上跳了起來。在空中的亞德里亞國王低頭看著佛多說：『佛多，你真是太天真了。這從來就不是一場戰爭，而是一場侵略。』三十秒過後，西方的天空中出現了大批的殖晶哈比鷹，牠們飛進了錫芬尼克斯的首都，利用牠們的利嘴到處咬壞許多電纜與重要的通訊配備，肯特總理一看到這個情況，馬上對國防部長說：『立刻出動小型無人戰機，將這些怪物掃射下來！』二十幾架和殖晶哈比鷹體型差不多大的無人戰機從錫芬尼克斯的行政大樓樓頂飛了出來，開始用機關槍掃射這些殖晶哈比鷹，但是聰明的殖晶哈比鷹卻巧妙的利用屋簷來躲避這些子彈的攻擊，導致無人戰機多次誤射到民宅的屋頂。一些殖晶哈比鷹甚至直接從窗戶飛進屋內，利用牠們的利爪攻擊著躲在屋內的婦女和小孩，並且抓著小孩的胳臂飛出了窗戶外面，許多房子裡都出現了小孩的尖叫聲和母親大聲呼喊的求救聲。這些抓著小孩的哈比鷹往菲尼克斯的方向飛去，受到驚嚇的小孩們流著淚，不斷地在空中哭喊著，然而緊追在後面的無人戰機，卻不敢發射子彈，深怕會傷害到孩子們。在亞德里亞國王所在位置的附近，放著好幾個鐵籠，每個鐵籠的大小至少都可以容納十幾位小孩，殖晶哈比鷹將抓到的小孩們都關進了其中一個鐵籠裡。

『肯特，別白費力氣了，我們的殖晶兵團都特別的聰明。』亞德里亞國王微笑的說，然而話才剛一說完，錫芬尼克斯首都的街道上開始竄出幾千隻的殖晶老鼠，牠們很快地鑽進到屋內，將各種傢俱、書籍、食物、電線都咬得支離破碎，許多民眾們趕緊將所有出口都關閉起來，但是這些殖晶老鼠仍然會從門縫或是牆角的小洞鑽進去。

『錫芬尼克斯的人民，歡迎你們歸順我們巴梵莎王國，否則就只有死路一條。』亞德里亞國王提高音量的說，同時揮舞著他手中的藍寶石權杖，權杖向四面八方射出了強烈的藍色的光芒，空中傳來了嗡嗡嗡的聲音，從四面八方出現了大批的殖晶胡蜂，這些胡蜂將錫芬尼克斯共和國的行政大樓團團圍住，戰場上的肯特總統以及好幾位重要的政府官員也都被胡蜂所包圍著。

『親愛的肯特總統，請你帶著你的官員乖乖地坐上我特別為你們訂做，非常舒適的豪華鐵籠。哈哈哈！』一陣大笑之後，亞德里亞國王看著佛多和阿萊莎說：『你們如果還想要鐵籠裡的這些小孩活命的話，就請和肯特總統一起進入鐵籠裡吧。』

就在這個危急的時刻，北方的沙漠塵土飛揚，原來是慕若希醫生騎著智能飛天駱駝，帶領著大批的沙漠行者朝戰場的方向快速地飛行過來，慕若希對著亞德里亞國王大喊說：『想要統治這片沙漠，還得要經過我們沙漠行者的同意才行！』說完，他和米撒以及諾拉分別騎著智能飛天駱駝來到胡蜂兵團的附近，打開了智能飛天駱駝的腹部，裡面放著摩爾共和國所培育的一種特殊品種的花蜜，出於貪吃天性的殖晶胡蜂立刻被這些花蜜的香氣所吸引，紛紛地都飛進了腹部裡，很快地所有的殖晶胡蜂都被關進了智能駱駝的身體裡。同一時間，慕若希的沙漠行者部隊也釋放出許多的智能機械甲蟲和智能機械蜻蜓，這些機械昆蟲身上都帶著一小塊摩爾共和國所特製的天然發酵麵包，它們刻意的飛到這些殖晶老鼠的附近，這些殖晶老鼠立刻被機械昆蟲身上的麵包香味所吸引，幾千隻的老鼠都跟在機械昆蟲的後面，往沙漠行者的方向跑去，十幾位駕駛著智能飛天駱駝的沙漠行者圍成了一個很大的圓形空地，當所有的殖晶老鼠都被聚集到這個圓形空地的裡面後，這些智能駱駝便開始往天空飛，每隻駱駝身上都綁著一條非常粗的金屬線，原來空地的下方埋著一張巨大的金屬網子，當智能駱駝將這些網子的線拉起後，所有的殖晶老鼠都被困在了網子內。

坐在菲尼克斯身上的亞德里亞國王看到這些景象後，皺著眉頭思考著。這時，慕若希和幾位沙漠行者騎著智能飛天駱駝，朝著鐵籠的方向衝過來，手裡拿著長鞭往空中揮舞三圈，大聲的裡。源洛書正靜悄悄的在房間裡閱讀一本泛黃的書籍，書籍的旁邊放著佛多的白色小球，他手上帶著透明的手套，小心地翻閱著，當翻到某一頁時，他突然眼睛一亮，上面寫著「失落的古文明：消失在沙漠裡的科技古國」，他仔細閱讀著裡面的內容，嘴裡不自覺地說出：『獲得永生的方法與人類意識的起源，關鍵在於松果體的殖晶量子傳輸。』他繼續往下閱讀，書頁下方最後一段的開頭寫著：『宇宙中所有熵的總合會隨時間一直增加並不是一個定律，而是一種幻覺。封閉系統中的熵是可以變小的，只要……』接著後面的內容所出現的都是一些奇怪的符號，看起來就像是一種古老而神秘的文字。源洛書打開了白色小球的薄膜，手指不斷在薄膜上滑動，似乎在尋找著裡面的某個內容，突然他的手指停了下來，薄膜上出現和書籍下方一模一樣的奇怪符號。他心想：『原來書籍上這些奇怪的文字是科斯摩斯星球上的語言。』他看著書上所出現的這段科斯摩斯文字，發現有三個符號一直不斷的出現，他猜想這應該是某件物品或是某個人名，忽然，源洛書的手錶開始震動起來，手錶螢幕上顯示了萊恩所傳送過來的訊息，是關於波特與法蒂雅公主被帶到北極量子殖晶中心的消息。源洛書小心的闔上了書本，匆忙的帶著白色小球離開了禁地。

塔爾加沙漠的戰爭是停止了，但是人類的仇恨卻從不曾停止。摩爾共和國和錫芬尼克斯共和國此刻又再度恢復平靜，然而所遺留下來的卻是被啃食殆盡的農作物，被轟炸嚴重的錫芬尼克斯，被亞德里亞國王所擄走的小孩們，以及兩國人民之間更深的對立與仇恨。被擄走的波特與法蒂雅公主接下來會發生什麼可怕的事呢？消失的科技古國裡到底隱藏著甚麼樣的秘密？佛多可以順利救出波特嗎？北極的量子殖晶研究中心裡面又隱藏著哪些秘密呢？

下一集佛多與波特的奇幻冒險二部曲：「雪之城堡的詭計」。

科學筆記Ⅰ：飛天獅子的秘密

目錄

這個科學筆記主要是將《佛多與波特的奇幻冒險》首部曲【飛天獅子的秘密】裡面所提到的科學觀念做深入淺出的解釋，內容分為三個章節。

（二）科學小常識

（三）當機械遇上生物

（一）宇宙冒險之旅

科學革命先驅伽利略曾經說過這麼一段話：

『科學的真理不應在古代聖人蒙著灰塵的書上去找，而應該在實驗中和以實驗為基礎的理論中去找。真正的哲學是寫在那本經常在我們眼前打開著最偉大的書裡面。這本書就是宇宙，就是自然本身，人們必須去讀它。』

(1)宇宙中璀璨絢麗的煙火：星雲

星雲是由星際之間所存在的分子雲所組成，這些分子雲裡包含許多溫度很高的氣體，主要是氫氣和氦氣。溫度很高的氣體會發出不同顏色的光，所以哈伯太空望遠鏡所拍到的星雲照片，才會如此得多彩多姿，令人不得不讚嘆大自然的美。

為什麼星際之間會存在這麼多的氫氣和氦氣呢？這些氣體大部分是從宇宙大爆炸之後就形成的。在宇宙大爆炸之後，隨著宇宙溫度的降低，宇宙會經歷不同的時期，其中有一個時期稱為原子核的生成，這個時期宇宙中會生成大量的氫原子核和氦原子核，以及少量的鋰原子核。所以星際間的氫氣與氦氣主要就是來自於原子核的生成時期。

星雲有可能是恆星形成的場所，也可能是超新星爆炸後所遺留下來的殘骸。這意味著星雲是恆星誕生與死亡的場所。怎麼說呢？恆星的誕生是因為冷卻的分子雲受到重力的吸引而聚集在一起，這個聚集的過程中會釋放出許多能量，將周圍的分子雲加熱，使得分子雲裡的氣體因為溫度變高而輻射出美麗的光。另一個星雲形成的原因是當質量很大的恆星裡面的核能要燃燒殆盡時，會產生超新星爆炸，爆炸所產生的巨大能量會讓周圍的分子雲加熱而輻射出光。

(2) 恆星的一生

『世界上只有兩樣東西是值得我們深深景仰的，一個是我們頭頂上的燦爛星空，另一個是我們內心的崇高道德法則。』

伊曼努爾・康德

恆星是由於冷卻的分子雲經過重力的互相吸引而形成的，恆星之所以會發光是因為恆星的內部存在著非常巨大的壓力，在這樣的環境下，原子核會開始融合，而融合的過程中會釋放出巨大的能量，你可以想像原子核的融合就像是一種燃燒現象，會輻射出你所看到的光。但是正在燃燒的恆星為什麼不會因為本身重力的關係而繼續塌縮下去呢？這是因為恆星內部的燃燒會產生出抵抗星球重力的排斥力，所以只有當恆星裡面的核融合反應結束後，恆星才會因為重力的吸引力而繼續塌縮。

恆星最後的命運是什麼呢？這跟恆星的質量有密切的關係，質量大小不同的恆星會有不同的命運。若恆星的質量小於大約一點四四倍的太陽質量時（這個估計稱為錢德拉賽卡極限，是由印度裔英國科學家蘇布拉馬尼安・錢德拉賽卡在二十歲時所計算出來的。），恆星會演化成白矮星。白矮星之所以可以抵抗重力的塌縮是因為其內部的電子與電子之間所存在的簡併壓。質量比錢德拉賽卡極限再大一些的恆星最後會形成中子星，而中子星之所以可以抵抗重力的塌縮是因為其內部的中子與中子之間所存在的簡併壓。當恆星質量大到某個程度時，沒有任何壓力可以抵抗重力巨大的吸引力時，恆星最後的命運就是形成黑洞。

我們現在來介紹一下被自己老師排擠的天才科學家：蘇布拉馬尼安・錢德拉賽卡（Subrahmanyan Chandrasekhar）。

錢德拉賽卡是一位印度裔的美國天文物理學家，他同時也是知名諾貝爾物理獎得主錢德拉賽卡・拉曼爵士的姪子。在他十九歲從印度搭船前往劍橋求學的途中，他便計算出質量超過一點四四倍太陽質量的恆星將會塌縮到中子星或是黑洞。當年他發表這篇讓他可以獲得諾貝爾物理學獎的論文時，他還沒有拿到博士學位。然而這篇論文卻惹惱了他的指導老師亞瑟·愛丁頓爵士（Sir Arthur Eddington），因為愛丁頓爵士一直認為自然界中不可能存在黑洞，所以存在錢德拉賽卡極限是非常可笑的事。他公開的反對錢德拉賽卡的研究工作，這促使錢德拉賽卡離開了英國學術界，並且轉往美國發展。愛丁頓爵士對他的打壓使得他放棄了追逐名利的想法，努力成為一個真誠、純粹的科學家。

西元一九八三年錢德拉賽卡因研究恆星演化與結構而得到了諾貝爾物理學獎。早在十九歲還未上大學前就已經計算出錢德拉賽卡極限的他並沒有因此而過的舒逸安逸，他中年的時候開始研究起廣義相對論，所有計算均親力親為，如廣義相對論中星體運動的軌跡、中子星的準正交態（quasi-normal mode）以及克爾黑洞的重力微擾等複雜的計算。

(3)時間空間的統一：閔可夫斯基時空

西元一九〇五年被稱為奇蹟的一年，因為艾伯特·愛因斯坦在這一年發表了五篇震撼世人的論文。其中一篇論文徹底的改變了人類對於時間空間的想法，這篇論文所建立的理論就是我們所熟知的狹義相對論。從伽利略一直到牛頓，人們所認為的時間和空間是兩個獨立的概念。這是什麼意思呢？讓我們舉個例子。想像有兩個人，一位叫做露西，而另一位叫做約翰。露西帶著一顆球和一個鐘坐在火車上，而約翰則是帶著一樣的鐘坐在月台的座位上。火車等速的行駛過月台時，露西會認為球是不動的，而約翰則是認為球是等速度的往前動，這代表他們所處在的空間狀態不一樣。但是從伽利略或是牛頓的觀點，整台火車通過月台所經歷的時間，對於露西和約翰來說都是一樣的。換句話說，時間的流逝不會因為他們兩個的空間狀態不同而有任何的改變。牛頓認為時間的流動是絕對的，無法被改變。

愛因斯坦深入思考了時間的性質，他認為真正不會改變的不是時間，而是物理定律。讓我們回到露西和約翰的例子。從愛因斯坦的觀點，露西和約翰不只是空間狀態不一樣，時間狀態也不一樣。約翰會認為露西的時間流逝得比較慢，而露西也會認為約翰的時間流逝得比較慢。雖然他們的時間和空間狀態都不一樣，但是露西和約翰所觀察到的物理定律是一樣的，這代表露西和約翰所觀察到光的速度大小是一樣的。或許你會想光的速度大小和物理定律有什麼關係，這可是有很大的關係。光是一種電磁波，換句話說，也就是一種電磁感應的現象，所以從電磁學的定律我們可以得到光的速度大小跟電磁學裡的物理常數有關。

讓我們再來舉一個同時性的例子，想像露西在車廂的正中央放置了一盞燈，而車廂的前後門都有可以感應光的偵測器，當光抵達門時，門就會自動打開。火車往前行駛到約翰前面時，燈炮突然亮了，露西會發現前後門是同時打開，而約翰則會發現後門先打開（想一想為什麼？）。這個例子告訴我們露西認為同時發生的事情，對於約翰而言並不是同時發生，這是因為他們兩個的時間狀態不一樣。

愛因斯坦對於時間概念的革命，讓我們理解到空間狀態的改變會影響到時間狀態，這代表空間和時間不是兩個獨立的概念。在愛因斯坦發表狹義相對論後的第三年，曾經是愛因斯坦的老師閔可夫斯基從數學上建立了四維的時空，我們稱之為閔可夫斯基時空。這代表所有的物理定律都必須在閔可夫斯基時空底下來描述才是正確的。

這樣故事就結束了嗎？當然還沒，我們上述的露西和約翰的例子有一個限制，就是露西和約翰之間的運動必須限制在等速度運動的情況（我們稱露西或是約翰這樣的觀察者為慣性觀察者），如果露西或是約翰有任何一個人在做加速度運動，則閔可夫斯基時空就無法適用。為了解開這個限制，愛因斯坦進一步去思考時間空間彎曲的情況，並且巧妙的將重力理論結合起來，建立了一個非常美麗的理論——「廣義相對論」。

(4) 雙生子謬論

『宇宙最不能理解的事，在於它是可以理解的。』

艾伯特．愛因斯坦

雙生子謬論的概念是這樣的，假設有一對年紀十歲的雙胞胎兄妹，哥哥叫約翰，妹妹叫露西。今天妹妹乘坐接近光速的太空船飛向宇宙的深處，太空船上有一個時鐘，妹妹旅行了兩年之後，返回到地球上。請問妹妹會發現待在地球上的哥哥的年紀比十二歲大還是小？

先讓我們從狹義相對論來推論一下。狹義相對論告訴我們運動的觀察者相對於靜止的觀察者，時間會過得比較慢。根據露西的觀點，約翰正在以接近光速遠離她，所以約翰的時間會變慢，這代表露西兩年後回到地球後，約翰可能只過了幾個月，所以約翰的年紀會比露西小。但是根據約翰的觀點，露西正在以接近光速遠離他，所以露西的時間會變慢，這代表露西兩年後回到地球時，約翰可能已經過了十幾年，所以約翰的年紀會比露西大。那這樣到底露西回到地球後會發現哥哥的年紀比自己大還是小。這就是所謂的雙生子謬論。

雙生子謬論其實不是謬論，而是有很清楚的答案。不管你是從狹義相對論出發，考慮有加速度運動的觀察者，或是直接從彎曲時空的觀點出發，都可以完整的描述雙生子謬論。先公佈答案，答案是露西返回地球後，會發現哥哥已經老了十幾歲。原因是因為露西要繞一圈回來的旅程中，會經歷加速度的過程，這樣代表露西不再是等速度的觀察者（慣性觀察者），所以從露西的觀點，我們不能再使用狹義相對論來描述她和約翰的時間變化，這時需要使用彎曲的時間空間來計算。從約翰的觀點，因為他是慣性觀察者（忽略約翰周圍的重力影響），所以可以利用狹義相對論來計算。不管你是從露西或是約翰的觀點做計算，最後得到的結果都是一樣的，也就是露西所經歷的時間會比約翰所經歷的時間慢很多。

(5)時間空間的彎曲：廣義相對論

『時間會刺破青春的華麗精緻，會把平行線刻上美人的額角，會吃掉稀世珍寶，天生麗質，什麼都逃不過它橫掃的鐮刀。』

威廉．莎士比亞

愛因斯坦建立了狹義相對論之後，他持續的去思考有加速度的觀察者對於時間空間的影響，因為他深信大自然的定律應該在任何觀察者底下都一樣。他首先提出了等效原理的概念。所謂的等效原理就是任何一個觀察者，在一個局部（很小）的範圍內，無法區別出慣性力或是重力。讓我們舉兩個例子來說明，第一個例子是想像露西被關在地球表面附近的一個電梯裡，不幸的，電梯的纜線斷掉，露西和電梯都在做自由落體。此時，待在電梯裡的露西會飄在空中，處於失重的狀態，完全感受不到地球的重力。她可以愉快的宣稱自己是一個沒有受到重力或是慣性力的慣性觀察者，當然這樣的宣稱只有落地前的短短幾秒。第二個例子是露西被關在一個電梯裡，她在電梯裡有感受到往下的重力，因為她發現她丟出任何物體，物體都會往下掉。根據等效原理，她可以認為電梯是靜止在地球表面附近，所以她所感受到的是地球的重力，或者她也可以認為自己是身處在沒有重力的外太空，有一群外星人正在以固定的加速度向上拉著電梯，所以她在電梯裡所感受到的其實是向下的慣性力。最重要的是，在局部的範圍內，露西無法區別出這個向下的力是重力還是慣性力。

或許你會問無法區別慣性力和重力可以帶來什麼改變？讓我們先告訴你，如果沒有等效原理，重力和時空彎曲之間是無法連結在一起，而廣義相對論也無法建立。愛因斯坦在建立狹義相對論後的幾年，他已經知道有加速度的觀察者所描述的時空不是閔可夫斯基時空，而是一種我們所說的彎曲時空。這表示有出現慣性力的時間和空間必然是彎曲的時空，又因為慣性力和重力在局部的區域無法區別，所以有出現重力的時間空間必然也是彎曲的時空。

透過等效原理，萬有引力（重力）和時間空間的彎曲被完美的結合在一起，所以重力不再是一種力的概念，而是時間空間彎曲的結果。但是故事還沒結束，愛因斯坦在西元一九一五年時寫下了物質如何造成時間空間彎曲的「場方程式」，也就是我們現在所說的「愛因斯坦場方程式」。有了這個場方程式，我們可以去描述物質的運動如何影響時間空間的彎曲，以及時間空間的彎曲如何影響物質的運動。有了這個場方程式，我們得以去研究宇宙大爆炸後整個宇宙的演化過程或是研究黑洞所產生的時空彎曲。愛因斯坦早在西元一九一六年便已經從場方程式中預測了重力波的存在，直到大約一百年後的二〇一五年，地面上的重力波探測器（LIGO）才終於第一次偵測到兩個黑洞融合時所輻射出的重力波。

(6)黑洞的理論與觀測

一提到黑洞，我們通常聽到的解釋是：『黑洞是一個連光都無法逃離的區域。根據目前的科學理論，沒有任何物質的速度可以大於光速，這代表任何掉進黑洞的物質都無法逃出來。』但是你仔細想一想，這樣的解釋並沒有讓你更了解黑洞的性質。怎麼說呢？你並不知道黑洞裡面的世界長什麼樣？你也不知道一個物體從外面掉進黑洞的過程會發生什麼事？你更不知道質量夠大的恆星最後是如何形成黑洞的？想要瞭解這些問題的答案，你必須要去瞭解黑洞的時空結構。

愛因斯坦的廣義相對論並不是第一個預言黑洞存在的理論，早在西元一七八四年英國的自然哲學家馬歇爾（John Michell）與西元一七九五年法國的數學家拉普拉斯（Pierre-Simon Laplace）就曾經提出有一種星球，物體要脫離該星球表面的逃脫速度必須超過光速，他們所描述的這種星球正是黑洞。然而由於那個時代還沒有狹義相對論的存在，所以他們並不知道沒有任何物質或能量的傳遞速度可以超過光速。至於「黑洞」（black hole）這一個名詞則是在一九六八年由美國天體物理學家約翰．惠勒（John Wheeler）所提出來的。

黑洞的無毛定理

黑洞可以說已經是家喻戶曉的名詞，我想這是一個不管大人或小孩都聽過的名詞。它曾經出現在電影（例如星際效應）、科幻小說或是電視 Discovery 節目。而且在二〇一五年九月十四日地面重力波探測器（LIGO）所測到的重力波，也是來自於兩個黑洞融合的過程所產生的。

到底黑洞是什麼？我們要如何認識它？大部份的人似乎都覺得黑洞深奧難懂，卻又對它充滿著無限的想像。其實認識黑洞比認識一個人容易得多。怎麼說呢？舉個例子。當你在填寫基本資料表時，上面需要填寫的空格通常超過十個以上，其中包括有身高、年齡、性別等等。如果我們想像每一個空格是一個參數，我們的基本資料表上面有超過十個以上的參數。當別人看到這些參數後，對你也只有非常初略的認識，他是無法從這些參數知道你的長相、個性等等，所以基本資料表對於我們瞭解這個人是非常有限的。

但是黑洞卻完全不一樣，物理學家已經幫你設計好一張黑洞基本資料表，當你拿到這張空白表格時，你會發現表格上面只有三個空格，旁邊分別寫著質量（M）、自旋量（S）和電荷（Q）。當你填完這張表格拿去給物理學家看，物理學家可以非常清楚地告訴你這顆黑洞的所有性質，包括形狀、大小、黑洞附近所造成的時間變慢以及黑洞裡面與外面的時空彎曲情形，但是有一個地方沒辦法描述，就是黑洞中心處所存在的奇異點（Singularity）。要解決奇異點的問題，我們需要找到更基本的理論。

如果要認識黑洞，其實只需要知道三個參數：M、S、Q就可以清楚的瞭解它，而這就是我們所說的「黑洞無毛理論」（Black hole no hair theorem）。這個理論主要是由幾位非常出色的物理學家：維納．以色列（Werner Israel）、史提芬．霍金（Stephen Hawking）以及布蘭登．卡特（Brandon Carter）所建立的，他們的研究工作裡面包含了許多非歐幾里德（non-Euclidean）的幾何分析，所以要設計出這張黑洞基本資料表其實是非常不容易的。不過從這個角度看起來，認識黑洞好像比認識一個人還要簡單得多。

黑洞的邊界：視界

在進一步探討黑洞之前，先說明一下黑洞最基本的性質。在三維空間中，黑洞有一個封閉的邊界（二維面）。何謂封閉的邊界？簡單地說，就是在封閉的邊界上，你沿著任何一個方向一直走，最後都會回到你原來出發的地方。想像你在一個球面或是橢圓面（例如地球上），你沿著某一個方向一直走，最後會回到你的出發點，所以球面或橢圓面就是封閉的邊界。既然黑洞的二維邊界就是封閉的邊界，那在時間方向的邊界呢？在四維時空下，黑洞沿著時間方向的演化是沒有邊界的，這代表黑洞可以一直存在著（提醒讀者一下，這裡沒有考慮霍金輻射的效應）。

黑洞的三維邊界（二維封閉邊界加上時間）就是我們現在所稱的視界（Horizon）。如果我們畫出黑洞邊界附近每個點的光錐面，你會發現光錐面在黑洞邊界上剛好和時間的方向切齊。這到底代表什麼意思呢？這個意思就是假如一道光從黑洞邊界上往外射出，因為光會沿著光錐面走，所以這道光就會一直待在黑洞的邊界，永遠跑不到外面來。這就是為什麼物理學家約翰．惠勒會稱之為黑洞，因為在黑洞邊界上的光都會一直待在邊界上，跑不出來。當然進入黑洞的光就只能往黑洞的中心去。

從物理上來看，我們可以這樣想，黑洞邊界的重力（吸引力）太大，讓想要往外跑的光跑不出，只能待在邊界上。這時也許你會有一個問題，這樣光的速度不就是零嗎？不對，因為待在黑洞邊界上的時間也靜止了，所以你不能簡單地利用位移除以時間的變化來想。在廣義相對論的架構下，真空下的光速和狹義相對論一樣永遠都是定值。

對於學過勞倫茲轉換（Lorentz transformation）的讀者，有一個方式也許可以幫助你思考這個問題，在做勞倫茲轉換時，如果你考慮兩個慣性坐標系的相對速度是光速，你會發現時間停止，而且長度縮短到零的情況（當然現實生活中，你無法把一個有靜止質量的物體加速到光速）。但是在這個情況下，光速還是維持不變。從坐標圖來看，做了轉換的觀察者的坐標的時間軸和相對運動方向的空間軸在光錐面重合。如果你有注意到，三維的黑洞邊界其實是一個類光超平面（null hypersurface），所謂的類光超平面就是光在四維時空中行走所刻劃出的平面。

我們已經知道描述黑洞只需要三個物理量：質量、自旋量（黑洞的旋轉角動量）、電荷，現在我們可以簡單的將它們分成兩類，沒有旋轉的黑洞（$S = 0$）和旋轉的黑洞（$S \neq 0$）。在這裡我們只介紹沒有旋轉黑洞的時空結構與物理特性，對於有旋轉的黑洞（我們稱之為「克爾黑洞」Kerr black hole），由於其黑洞的時空幾何結構比較複雜，我們會留在以後再詳加敘述。

對於沒有旋轉且不帶電的黑洞（$S = Q = 0$），我們稱之為「史瓦茲黑洞」（Schwarzschild black holes），這是德國物理學家卡爾・史瓦茲（Karl Schwartzschild）於一九一五年從愛因斯坦場方程式所解出的精確解，也是第一個愛因斯坦方程式的精確解。對於有帶電且沒有旋轉的黑洞（$S = 0$，$Q \neq 0$），我們稱之為「萊斯納—諾德斯特洛黑洞」（Reissner-Nordstrom black holes，之後我簡稱 RN 黑洞）。現在來瞭解一下沒有旋轉的黑洞的形狀。要描述一個物體的形狀，主要就是看它的邊界是什麼形狀，例如你要畫一隻大象的形狀，只需要把大象身體的邊界畫出來。不管是史瓦茲黑洞或是 RN 黑洞，它們的二維封閉邊界都是一個完美的球面（要提醒一下，在三維空間中，黑洞並不是像我們日常生活中所看到的完美球體。因為邊界上任何一個一維圓的圓周長都小於 $2\pi \times$ 黑洞的半徑，當然這是因為黑洞的時空幾何是非歐幾里德幾何的原因。）。因為 RN 黑洞有帶電荷，所以空間中會有靜電場存在。一般我們認為在宇宙中所存在的黑洞，其電荷量應該都是很小的。主要的原因是如果有一個帶電量很大的萊斯納—諾德斯特洛黑洞（假設帶正電），它所產生的靜電力很容易將周遭的負電荷粒子吸進來，所以它的淨電量就會越來越小，所以天文中對於黑洞的電量比較少去探討。

黑洞附近時間變慢

現在來瞭解一下無旋轉黑洞的大小（忽略電荷量的影響），只要我們知道黑洞的質量，立刻就可以換算出黑洞的半徑（R = 2M，請注意，我們這裡採用了幾何單位，也就是 c=G=1），舉個例，一顆和地球質量一樣大的黑洞，其半徑只有 0.9 公分，大約是一顆米粒的直徑大小。所以地球如果變成黑洞，半徑大約就只有一顆米粒大。或許你會問地球有可能會變成黑洞嗎？根據目前的物理定律，沒有任何自然的演化過程可以將地球壓縮到像米粒一樣小，所以不用擔心地球會變成黑洞。

從廣義相對論中，我們已經知道重力場越大的地方，時間會變得越慢（這是經過實驗的證實）。在越接近黑洞的地方，由於重力場越大，所以時間流動的也越慢。這就是為什麼在電影「星際效應」中，男主角庫柏從一顆距離「巨人」黑洞很近的星球上回來，對於庫柏來說只過了幾個小時，但是對於距離巨人黑洞較遠的太空船上面的科學家羅米利來說，卻已過了二十幾年。

自然憎恨裸奇異點

時空奇異點（Spacetime Singularity）是一個體積無限小，質量密度無限大的地方，在這個點上所有的物理定律都不適用。對於沒有旋轉的黑洞，奇異點是一個點，而對於旋轉的黑洞，奇異點則是一條線（環狀）。根據廣義相對論，我們是無法描述奇異點。這個部分需要量子理論的幫忙，但是目前還沒有完整的量子重力理論可以解決奇異點的問題。雖然已經有發展出一些理論，例如弦論、迴圈量子重力論（loop quantum gravity），嘗試去解決這個問題，但是這些理論所存在一個很大的問題是目前沒有任何實驗可以去驗證它們的正確性。

時空奇異點的存在會破壞自然界現象的可預測性，讓我們無法透過物理定律和初始條件來預測未來的現象。不過有趣的是，這些愛因斯坦方程式的解中所存在的奇異點通常是隱藏在黑洞邊界（視界）的裡面，這代表著在黑洞裡面的奇異點就無法影響黑洞外面的世界，而在黑洞外面的我們也不會觀察到這些奇異點。英國數學與物理學家潘若斯爵士（Sir Penrose）在一九六九年時提出了宇宙審查假說（cosmic censorship hypotheses），他認為宇宙中除了宇宙大爆炸所存在的奇異點之外，其他的奇異點都會存在一個視界將其包圍著，不過這個假說目前還沒有被證明。所謂的裸奇異點（naked singularity）是指沒有被視界所包圍的奇異點，如果自然界真的存在裸奇異點，那代表我們將無法用已知的物理理論來預測裸奇異點附近的時空演化。

黑洞的直接觀測與二〇一七諾貝爾物理獎

二〇一六年二月十一日美國國家科學基金會（National Science Foundation, NSF）召開了記者會，宣布了在二〇一五年九月十四日，位於美國華盛頓州漢德福區以及路易斯安那州利文斯頓區的兩個雷射干涉重力波探測器（Laser Interferometer Gravitational-Wave Observatory, LIGO）觀測到兩個黑洞融合時所輻射出的重力波。在這個時間點觀測到重力波有著特別的意義，因為它正巧是廣義相對論提出滿百年的時候。

二〇一七年的諾貝爾物理學獎果然是頒給了對LIGO計畫貢獻卓越的萊納．魏斯（Rainer Weiss）、基普．索恩（Kip S. Thorne）以及巴瑞．巴利許（Barry Barish）三位學者。這是百年來第一次頒給了直接驗證廣義相對論的學者，而且第一次有廣義相對論的理論學者獲獎。其中得獎的基普．索恩，他除了是知名的廣義相對論學者之外，也是電影「星際效應」的科學顧問。

然而為什麼科學家要持續的發展重力波的探測計畫？百年以來廣義相對論所預測的如時空彎曲、黑洞、時間延遲、重力波等等就像一場又一場的科幻小說場景，並未受到大眾甚至是傳統學界的認識與理解。百年以來量子力學領域已製造出許許多多的諾貝爾獎得主，然而不要說廣義相對論了，就是連愛因斯坦也不曾因為狹義相對論或廣義相對論而獲得諾貝爾獎，歸根究柢除了廣義相對論本身的數學十分複雜難懂之外，廣義相對論的實驗也非常的困難，所需要的實驗精確度非常高。二〇一一年的重力探測器B（Gravity Probe B）證實了地球的自轉對於陀螺儀造成的兩個廣義相對論所預測的效應，分別是短程線進動（geodesic precession）和蘭茲—瑟芩進動（Lense-Thirring effects）的正確性。這項實驗耗時了將近四十年，除了實驗本身極具難度之外，更困難的是經費，然而可惜的是這樣的實驗並不能重複第二遍，所以當然也跟諾貝爾獎無緣。

捕捉黑洞周遭的影像

觀測上原本就有許多證據顯示著黑洞的存在，例如確認天鵝座X-1是一個雙星的黑洞系統候選者、二〇〇四年加州大學洛杉磯分校進一步的觀測證據，也強烈的支持人馬座A*是一個黑洞。這是由於我們可以利用觀測黑洞附近星體的運動軌道來計算出黑洞的位置與質量，不過要直接捕捉到黑洞周圍的影像還是非常困難的，主要原因是黑洞的直徑通常都不會太大。舉個例，在距離地球兩萬多光年遠的人馬座A*黑洞的質量相當於幾百萬個太陽質量，但是它的直徑卻比太陽到水星的距離還小。如果要直接觀測到它，我們必須要提高望遠鏡的解析度，然而望遠鏡的解析度和望遠鏡的半徑有關，半徑越大的望遠鏡，解析度會越高。

在一個跨國的計畫—事件視界望遠鏡（EHT），科學家將地球各地的望遠鏡串聯起來，組成一個直徑類似地球直徑大小的望遠鏡，利用EHT來嘗試觀測黑洞的影像。隨著二〇一七年事件視界望遠鏡（EHT）對M87超大質量黑洞的觀察、分析與影像重建，終於在二〇一九年四月十日發佈了人類史上第一個黑洞附近的直接觀測影像。或許你會疑惑黑洞不是一個連光都無法逃出的地方，你要如何用光來看到它的長相？其實EHT所觀測到的是圍繞在M87黑洞周圍的物質（吸積盤 accretion disk）所輻射的電磁波，而EHT的黑洞影像所出現不同亮度的區域則是因為旋轉的吸積盤物質所產生的都卜勒效應。但是這樣一個以電磁波為基準的觀測，如何證明這些光是來自黑洞的附近呢？理由是光在黑洞視界附近的行為是可以從廣義相對論中計算出來，所以這些理論計算可以幫助比對觀測的結果。事實上，電影「星際效應」中的黑洞影像就是廣義相對論學者利用電腦所精確模擬出來的，不過他們省略了吸積盤物質所產生的都卜勒效應。由於這次EHT的觀測主要是針對無線電波的波段，並不是人類肉眼可以看見的光波，所以影像上的顏色是後製上去的。

(7) 蟲洞與涅格特

西元一九三五年愛因斯坦和納森．羅森（Nathan Rosen）發表了一篇論文，他們從廣義相對論的場方程式中發現時空可以存在一種「橋」的結構，後來稱之為愛因斯坦—羅森橋（Einstein—Rosen bridge）。這個「橋」也就是我們現在所說的蟲洞（wormhole）。蟲洞是一個時空的通道，而通道的兩端連接著不同時間和空間的位置。所以小說裡的佛多和波特就是利用蟲洞，從距離地球兩百多萬光年的科斯摩斯星球來到了西元二一〇五年的地球。

雖然廣義相對論允許存在有蟲洞，但是約翰．惠勒的計算發現愛因斯坦—羅森橋其實是非常不穩定的，也就是說，一旦出現這樣的蟲洞，也會在非常短的時間內消失，所以要靠愛因斯坦－羅森橋來做時空旅行似乎是不可行的。那要如何製造穩定的蟲洞呢？量子理論或許可以提供解決的方案。在古典理論所描述的自然現象裡，所有能量的形式都是正的，而這些正能量所產生的時空曲率都是正的。要產生穩定的蟲洞，我們必須要有可以製造負曲率的物質，也就是負能量。從量子理論的測不準原理，我們的確能夠產生負能量，其中一個著名的例子就是卡西米爾效應（Casimir effect）。所謂的卡西米爾效應就是將兩塊金屬板靠得非常近，這樣兩塊金屬板中間的真空量子擾動就會被限制住，只允許某些波長的量子擾動，這樣的擾動限制導致兩塊板子中間的能量形式會是負的。

雖然量子理論允許負能量的存在，但是我們仍然不清楚如何利用負能量產生可以讓我們做時空旅行的蟲洞。在小說裡我們想像科斯摩斯上的科學家可以製造一種穩定的負能量物質，也就是「涅格特」，而且他們也已經計算出多少涅格特的量所產生的蟲洞，可以讓蟲洞的另一端連接到地球。如果將來人類可以建立完整的量子重力理論，或許利用蟲洞做時光旅行將不再是科幻小說的場景。

(8) 聆聽宇宙的交響詩：重力波的探測與發展

聽到重力波三個字，我們通常會很直觀的把它和水波或是繩波聯想起來，其實這樣的聯想是非常有用的。你可以把三維空間想像成一個平靜的湖面，而重力波就是湖面上的水波。的確，重力波就像水波一樣，但不同的是水波是水中的漣漪、而重力波則是時空中的漣漪。這個說法會立刻引發一個問題，重力波是在什麼樣的背景時空中傳播呢？從目前的理論，我們已經可以清楚的計算出重力波在平坦時空，也就所謂的閔可夫斯基時空、無旋轉的黑洞時空以及旋轉的黑洞時空下的傳播行為。

當波源（例如兩個黑洞互繞）產生出重力波，重力波會以光速並且是球面波的形式傳播出去。但是我們在地球上所預期觀測到的重力波卻是平面波的形式，這是為什麼呢？其實這不難想像，重力波從波源處以球面波的方式傳播出去，當傳到距離波源很遠的地方（例如地球附近）時，這時球面波的半徑很大，而地球附近的範圍大小是遠小於球面波的半徑。所以我們只能觀察到球面波的某一小部份，而這個部份的波動行為就跟平面波完全一樣。

這就像是地球是圓的，但是在你所居住的區域，你會覺得地球表面是平的一樣，然而在黑洞附近的重力波行為和地球附近是非常的不同。舉個例，一道重力波從黑洞外面往黑洞方向射入時，重力波不會全部射進黑洞，而是在黑洞附近，一部分的重力波會射進黑洞，而另一部分則被反彈離開黑洞。這個現象就像是你拿一條不均勻的繩子，一部分是粗的而另一部分是細的。當繩波從細的部分傳遞到粗的部分，有一部分的繩波會傳過去，而另一部分會反彈回來。所以黑洞附近的時空幾何，會讓一道射向黑洞的重力波，產生部分折射，部分反射。重力波在平坦時空中（也就是地球附近）傳播就不會發生這樣的現象。

到底重力波是如何扭曲地球附近的時空？為什麼我們只探討地球附近呢？很簡單，因為我們只能在地球附近觀測重力波。所以瞭解重力波在黑洞附近的時空扭曲對觀測沒有很直接的幫助。我們已經知道重力波在地球附近是平面波，現在想像重力波從電腦螢幕的正前方過來，假設你在螢幕上用黑點排出一個正圓，當重力波抵達螢幕上時，這個圓的形狀會發生變化，而改變的行為可以分解成兩種獨立的改變模式。這兩種獨立的改變模式便是對應到重力波的兩種不同的偏振模式。

簡單地說，重力波會改變物體原本的距離，那如何測量這個變化呢？目前的地面重力波探測器（aLIGO）或是將來的太空重力波探測器（eLISA）都是利用雷射的干涉效應來觀察重力波所產生的距離變化。重力波對於改變物體距離的變化有多大呢？這跟產生重力波的波源質量、互繞軌道與週期、以及波源和地球之間的距離有關。

重力波扭曲時空的強度

簡單估計一下，對於距離地球一光年的兩個互繞的中子星所產生的重力波（考慮整個系統的重力波幅射是在線性的情況下），如果我們拿一公尺的物體來觀察重力波所產生的距離變化，其改變大小約億萬兆分之一（10^{-20}）公尺。而目前 LIGO 的臂長約四公里，所以改變的長度約萬兆分之一（10^{-16}）公尺，這比一顆原子還小得多。這就是為什麼重力波從理論的預測到實驗的證實需要經歷三百年，因為這個實驗需要的精確度高的嚇人。

也許你會問，重力波會改變物體間的距離，那它會對時間有任何影響嗎？當然會，如果你校正好兩個一模一樣的鐘，當重力波經過其中一個鐘，會影響這個鐘的時間，如果和另外一個沒有受到重力波影響的鐘比較，時間會變慢。但是這個效應實驗上不容易執行，而且也不容易去瞭解重力波的偏振性，所以我們很少去探討重力波對時間的效應。

重力波頻率

當我們要探討任何一種波的性質時，不外乎就是要瞭解波的頻率、波長、波傳遞的速度大小（波速）、波的強度與偏振性。前面我們已經談到重力波的波速、強度、和兩種偏振性。最後我們來說明一下重力波的頻率。重力波的頻率和產生它的波源有直接的關係。考慮兩個互繞的中子星，並且假設互繞的軌道是圓形。那麼輻射出的重力波的頻率是中子星互繞頻率的兩倍。如果軌道不是圓形，而是橢圓，那重力波的頻率會和橢圓的離心率有關。當兩個中子星互繞的軌道週期是 0.01 秒時，其所輻射出的重力波頻率約 200 赫茲（人類可以聽到的聲音頻率範圍是 20~20000 赫茲）。若物體掉入超大質量的黑洞所輻射的重力波，其頻率大約是 0.01 赫茲。[19]

如果是來自宇宙大爆炸初期，量子擾動所產生的重力波，現在稱為不均勻宇宙背景重力波，其頻率範圍可以從 10^{-15} 赫茲到 10^{4} 赫茲。為什麼早期量子擾動所產生的重力波有各種不同的頻率呢？其實理由很簡單，量子擾動所產生重力波的頻率其實都很大，但是因為宇宙一直在膨脹，而且在很早的時期曾經經歷過暴漲時期（inflation epoch），所以暴漲前的宇宙所產生的重力波波長都會被拉得很長，換句話說，宇宙背景重力波的頻率曾經在暴漲時期經歷過非常顯著的紅移。

宇宙深處的獨特指紋

重力波就像是來自宇宙深處的獨特指紋，這個指紋能幫助我們驗證宇宙深處的璀璨煙火是來自何方，是來自何物。有了重力波的探測，人類才有能力「聽到」（這裡的聽到是指把重力波的頻率轉換成對應的聲音頻率）雙黑洞融合或是雙中子星互撞的過程，因為它是唯一能夠直接探測宇宙深處中昏暗無光的觀測裝置。不論是雙黑洞的融合或是互繞的雙中子星在尚未融合的階段都是光學望遠鏡所無法探測到的時期。雙中子星通常只有在最後的融合階段才會輻射出可以被光學探測器所探測到的伽瑪射線（gamma ray）。重力波探測器與光學望遠鏡的共同合作將可以帶領人類直接觀測雙中子星互繞到融合的

19 http://www.tapir.caltech.edu/~teviet/Waves/gwave_spectrum.html

過程，而且透過重力波的探測也能直接驗證廣義相對論是否正確。所以光學望遠鏡所無法觀測到的許多天文現象，重力波探測器將可以直接觀測到。

然而準備「聆聽」重力波的前置工作卻是非常的困難，因為這不只是單純的接收觀測數據而已，重力波的數據分析需要與數值相對論的模擬進行比對，我們才能了解波源是來自雙黑洞或是雙中子星互繞，亦或是其他重力波的波源。有了嚴謹的理論分析，才能在設計實驗裝置時，知道要專注在哪一個重力波波段的觀測。而且在分析觀測的數據時也才能更有效率。

太空重力波探測器計畫：宇宙太初重力波

接著我們要介紹人類史上最大型的太空重力波探測計畫，演化雷射干涉太空天線（Evolved Laser Interferometer Space Antenna，簡稱 eLISA 任務）。這個本來由美國國際太空總署（NASA）與歐洲太空總署（ESA）共同合作的太空計畫，由於 NASA 的退出，目前由 ESA 所主導。它包含三個衛星直接在太空中分離到彼此相距二百五十萬公里的距離，而它也是全世界最大的雷射干涉儀，預計於二〇三〇年左右發射，最初的二〇〇八年 LISA 提案的臂長長達五百萬公里，而在二〇一三年將臂長範圍縮小到一百萬公里。二〇一七年通過提案將臂長改為二百五十萬公里，而臂長越長，探測器對長週期低頻率重力波的敏感度就越高，但其對短於手臂二百五十萬公里的重力波波長的敏感度也會降低。所以這個任務的設計是針對觀測宇宙中低頻的重力波，因此 eLISA 任務也被寄望於探測到大爆炸後早期宇宙所殘留的「重力波隨機背景」（stochastic background of gravitational waves）輻射，儘管這種重力波源還沒有被證實，但驗證宇宙太初重力波（primordial gravitational waves）能夠幫助我們了解早期宇宙中的拓樸缺陷（topological defects），像是宇宙弦（cosmic strings）以及領域牆（domain walls）是否存在，而且太空中沒有地震等雜訊，所以更有利於我們觀測宇宙中低頻率的重力波。LISA 任務所探測的重力波波段範圍為 3×10^{-5} 赫茲至 10^{-1} 赫茲，在這個波段範圍內，目前地面觀測的重力波天文台，例如美國的 LIGO 等探測器很大程度會受到地球表面地震雜訊的影響，很難達到所需要的探測靈敏度，而且地面重力波探測器由於干涉儀的臂長太短無法達到能夠探測低頻重力波的精確度。

不同於地面型重力波探測器（例如 LIGO、VIRGO、KAGRA 等），主要是測量高頻率的重力波，太空重力波探測計畫所鎖定的低頻重力波甚至可回溯到宇宙剛誕生的時候，比宇宙背景輻射（CMB）的探測更為強大的是可以直搗早期宇宙未放光之前的部分，讓我們有機會了解宇宙是如何誕生的。

光與重力波的交會

互繞的雙中子星會因為輻射重力波而損失軌道能量，所以藉由觀察互繞週期的變化，可以間接證實重力波的存在。赫爾斯和泰勒（Husle and Taylor）就是因為觀測到這樣的週期變化而得到了一九九三年的諾貝爾物理學獎。就在二〇一七年十月三日諾貝爾物理獎所激起的漣漪不久之後，LIGO 與 VIRGO 團隊於二〇一七年十月十六日又再度宣告測得雙中子星 GW170817 互撞時所產生的重力波，而這同時還驗證了天文界長期以來的猜測，伽瑪射線爆（GRBs）源自於中子星的互撞，也證實了光速與重力波速度一樣，跟廣義相對論理論的結果沒有違背。在 LIGO 與 VIRGO 測得重力波的 1.7 秒後，「費米伽瑪射線太空望遠鏡」（Fermi Gamma-ray Space Telescope）觀測到了雙中子星碰撞所產生的伽瑪射線。沒有重力波探測器的驗證，縱使太空中有著巡天的伽瑪射線望遠鏡也無法知道所測到的波源是什麼。

在雙中子星尚未融合之前，這些重力波的波型就如同是獨特的指紋幫人類驗證出波源為雙中子星互撞。沒有重力波探測器，而只靠光學望遠鏡的觀測是無法驗證某些緊緻星體的碰撞過程，也不可能理解伽瑪射線爆發的來源以及解決天文學上長期對於伽瑪射線爆發成因的爭議。在雙星仍在互繞階段並產生重力波時，其尚未因劇烈碰撞而產生伽瑪射線爆，重力波探測器當然有能力對於沒有放光的時期或是光源微弱的區域進行觀測與定位。當 LIGO 與 VIRGO 得到波形的資料，便通知這些以光學為基礎的望遠鏡進行同步觀測與定位。而這樣的波型，或者說這樣獨一無二的指紋正是以廣義相對論為基礎所發展出來的。雙中子星融合事件的結果產生了千新星（Kilonova）並釋放出重金屬等元素，而這樣的機制也被認為是宇宙中產生重金屬的來源。

（二）科學小常識

(1) 外太空的太陽光是什麼顏色？

太陽所輻射出的光有人類眼睛所看得到的光（稱為可見光）和人類眼睛看不到的光（例如紅外線或紫外線）。你是否有想過為什麼天空是藍色的？為什麼日出和日落的時候，太陽是紅色的？在外太空中所看到的太陽又是什麼顏色的呢？這些問題其實都有關聯的，讓我們逐一的來解釋。

太陽光從表面射出，抵達地球所需的時間大約是八分鐘。當可見光穿過地球的大氣層時，由於大氣層中分佈著許多比可見光的波長還小的氣體分子，這些顆粒非常小的氣體會將可見光往各個方向散射。西元 1871 年，英國科學家瑞利爵士（The Lord Rayleigh）發表了兩篇論文，論文中他計算出波長越短的光波，被氣體分子散射的情況越明顯，所以波長較短的藍光被散射的情況比波長較長的黃光或紅光來的大。當太陽光從某一個方向射到大氣層時，這些不斷被散射的藍光會往各個不同方向前進，讓天空中到處都會出現藍光。所以當你抬頭看著蔚藍的天空時，不要忘記這一切都是大氣層的功勞。

現在我們可以來解釋為什麼日出和日落的時候，太陽是紅色的。在日出和日落時，太陽的位置都是在接近地平線的地方，此時太陽光射到你眼睛的過程中，所穿越的大氣層厚度是最厚的，所以大部分的藍光都被散射到其他方向。因為紅光的散射比較不明顯，所以大部分的紅光仍然會維持著原來的直線行進方向，進入到你的眼睛。這就是為什麼你看到日出和日落的太陽是紅色的。

看完上面的解釋，你應該可以猜到外太空所看到的太陽是什麼顏色的。沒錯，是白色的。因為外太空中沒有大氣層，所以太陽光中所出現各種顏色的可見光都會進入到你的眼睛，這時你所感覺到顏色就是白色的。

(2)什麼是「失重」？

在地球的上空有一座國際太空站繞著地球公轉，而它的軌道在距離地球表面大約三百五十公里的地方。太空站上面的太空人都是飄浮在空中，呈現一種失重的狀態。但是到底什麼是失重狀態呢？太空人即使在國際太空站裡仍然會受到地球重力的吸引，所以失重狀態並不是代表太空人沒有受到地球重力的影響。事實上，在地球表面附近，我們也可以讓自己處於失重的狀態。早期美國國家航空暨太空總署（NASA）利用飛機在地球表面附近做拋物線飛行來讓飛機的內部達到失重狀態，藉以從事無重力狀態底下的許多實驗，而且現在已經開放給一般民眾去體會失重狀態。所以到底什麼是失重狀態？

物體的失重狀態不是指物體沒有受到星球的重力，而是指物體失去重量，換句話說，在失重狀態的物體，它的重量為零。讓我們來舉一個例子，有一台電梯在二十層樓高，而且裡面放置了一個磅秤。約翰站在電梯的磅秤上測量他身體的重量，他發現自己的體重是六十公斤，此時，懸掛電梯的纜繩忽然斷掉，此時電梯會開始自由落下，想一想此時磅秤上所顯示的約翰體重是多少（忽略空氣阻力的影響）？答案是零，約翰和磅秤正在一起自由落下，而且約翰會發現自己在電梯裡漂浮著。此時約翰所經歷的狀態就是失重狀態。不過，當電梯撞擊到地面時，約翰最好已經準備好緩衝的機制。

從上面的例子，或許你已經理解到，物體所測到的重量不是完全由星球的重力所決定的，還跟它的運動狀態有關。讓我們回到上面約翰的例子，如果電梯不是自由落下，而是加速往上，想一想，約翰會發現自己的體重是變重還是變輕呢？

未來如果有一天人類在外太空建造一個巨大的國際太空站，讓許多動物和植物可以在裡面長時間的生活，我們必須在太空站裡創造一個類似地球表面的重力環境。想一想，要如何才可以辦得到呢？

(3) 為什麼飛機可以飛起來？

要了解飛機如何飛起來，我們必須要先知道牛頓的第三運動定律—作用力與反作用力。讓我們用一個簡單的例子來解釋，想像一下露西正穿著溜冰鞋站在冰上，而她的手裡拿著一顆籃球。當她將籃球往前丟出去時，想一想，她會發生什麼事呢？答案是她的身體會往後滑動。為什麼她的身體會往後滑動呢？我們可以從作用力與反作用力來解釋。露西把籃球丟出去時，需要給球一個力量，我們稱之為作用力，在這個同時，籃球會給露西一個力量，我們稱之為反作用力。就是這個反作用力讓露西往後滑動。牛頓第三運動定律告訴我們，作用力和反作用力會同時出現，同時消失。

現在回到主題，飛機是如何飛起來的。首先，飛機的機翼和水平面有一個傾斜的夾角（我們稱之為攻角）。當地面上的飛機以很快的速度向左衝刺時，經過機翼表面的空氣會沿著機翼的表面流動（我們稱之為「康達效應」或是「附壁效應」），所以本來是沿著水平方向向右流動的空氣，在流過機翼時，會因為康達效應而往右下方運動。根據牛頓第三運動定律，當空氣往右下方離開飛機時（想像飛機給空氣一個作用力，將空氣往右下方推出去），空氣會給飛機一個往左上方的反作用力，就是這個往左上方的推力，將飛機抬起來，飛到了空中。

讓我們來總結一下，流線形的機翼形狀讓空氣可以更順利地沿著機翼的表面流動，而機翼的攻角則是讓空氣可以有往下的運動。透過空氣往下的流動，飛機就可以產生向上的昇力，飛向遼闊的天空。下次搭飛機時，不妨去觀察一下飛機機翼的形狀與攻角。

(4)木星與金屬氫

從日常生活中，我們知道水有三種狀態：固態、液態和氣態。固態的水我們稱之為冰，而氣態的水我們稱之為水蒸氣。這三種狀態之間可以互相轉換，例如降低溫度到攝氏零度以下讓液態的水結成冰或是液態的水透過蒸發過程變成水蒸氣。這種物質狀態互相轉換的過程我們稱之為「相變」（phase transition）。

物質的狀態和它周圍的環境（像是溫度和壓力）有密切的關係，例如在一大氣壓，攝氏二十五度的室溫環境下，氮氣是一種無色無味的氣體，但是如果我們降低溫度到攝氏零下一百九十六度時，氮氣就不再是氣體，而是液體的狀態（我們稱之為液態氮）。另一個常見的例子就是二氧化碳滅火器。我們呼吸的過程所吐出的氣體是二氧化碳，但是當大量的氣態二氧化碳被填充到滅火器的鋼瓶時，鋼瓶內部的壓力會很大，所以大量地氣態二氧化碳就會被鋼瓶內部的壓力壓成液態的二氧化碳。

木星是太陽系裡最大的行星，它主要是由氫元素和氦元素所組成。它被歸類為是一種氣態行星，因為它內部的物質狀態主要是氣體和液體。科學家認為木星的外圍有一層大氣層，主要成分是氫氣和氦氣。穿過大氣層後，會出現一層液態的氫。氫之所以會呈現液體狀態是因為那個環境的壓力很大。如果我們再穿過這層液態氫繼續往木星的內部走，我們就會遇到液態的「金屬氫」。

你或許會問，什麼是金屬氫？氫在地球的正常環境下是一種不容易導電的氣體，但是木星內部的環境是非常不一樣的，那裡的溫度和壓力都很大。科學家推測在那樣一個高溫高壓的環境下，氫的狀態不再是一種不導電的氣體，而是會變成可以導電的液體狀態，我們稱這樣狀態的氫為金屬氫。

有可能在地球的實驗室裡製造出金屬氫嗎？早在一九三五年，美國物理學家維格納和漢丁頓就預測，在二十五萬個大氣壓力下，氫原子核會失去對電子的束縛能力而呈現出金屬導電的性質。之後有許多科學家投入金屬氫的研究工作，但是目前還沒有確切的實驗證據說明金屬氫已經被成功的製造出來。或許在不久的將來，我們可以將金屬氫應用在許多科技產品上。(二〇一七年初，哈佛大學的研究團隊[20]利用鑽石高壓砧法通過對氫氣施加四百九十五百萬帕的高壓，首次製得固態金屬氫，但這個結果不穩定。)

(5)什麼是數位訊號：二進位的世界

「1與0，一切數字的神奇淵源。」

哥特佛萊德·萊布尼茲

或許你有聽別人提到過數位訊號和類比訊號，但是到底這兩種訊號是什麼？它們不同的地方在哪裡？它們在哪些地方被使用？這是我們要探討的主題。

數位訊號指的是訊號的大小隨時間的變化是不連續的，像是電腦、手機或是光碟片所儲存或是處理的訊號都是一種數位訊號。類比訊號指的是訊號的大小是連續的變化，像是我們說話的聲音或是溫度的變化等。人類大腦所接收或是處理的訊號都是一種類比訊號。

一般來說，數位訊號都是以二進位的方式來儲存資料。在二進位的算術體系裡就是只有0和1，而

20 Crane, L. Metallic hydrogen finally made in lab at mind-boggling pressure. New Scientist. 26 January 2017 [2017-01-26]. Dias, R. P.; Silvera, I. F. Observation of the Wigner-Huntington transition to metallic hydrogen. Science. 2017. arXiv:1610.01634. doi:10.1126/science.aal1579

所有的數字都可以由兩個符號表示出來，就是0和1，例如22的二進位表示法就是10110_2。

二進位的歷史最早可以追溯古埃及、中國清朝和印度，後來在十七世紀時，德國的數學家萊布尼茲受到了易經的啟發提出了二進位的算術體系，但是當時沒有受到重視和推廣。如今，二進位算術體系已經成為電腦、通訊、網路以及儲存數位資料所使用的數學語言。沒想到在十七世紀不受重視的算術體系，到了二十一世紀這個數位的時代，成為了每台電腦背後的基礎運算法則。

為什麼儲存和處理數位訊號要選擇使用二進位算術呢？二進位中的兩個符號「1」和「0」在邏輯上所對應到的是「真」和「偽」，在電路中所對應到的是「開」和「關」，在資料的儲存上則是對應到「高電壓」和「低電壓」，所以電腦在做任何的邏輯運算時，二進位的算術體系是最自然的選擇。更重要的是任何形式的資料（不論是數字、文字、聲音或是影像）都可以用二進位的方式儲存在電腦記憶體或是硬碟中。

(6)什麼是非牛頓流體？

在解釋非牛頓流體之前，我們要先了解什麼是牛頓流體。根據我們日常生活的語言，我們會認為流體就是液體。然而在科學上，我們所謂的流體其實是液體和氣體的統稱。所以「流體力學」是一門描述液體和氣體的學問。

我們平常所接觸到的液體，像是水、橄欖油、蜂蜜等都是屬於牛頓流體，然而這些液體其中一個不同的地方在於它們的黏稠度，例如蜂蜜比水來的黏稠。所謂的牛頓流體就是這些液體的黏稠度不會因為液體流動的速度或是來自外在力量的擠壓而發生改變。

簡單的說，所謂的非牛頓流體就是它的黏稠度會因為你的擠壓方式而發生改變。現在讓我們來介紹兩種非牛頓流體：流沙以及玉米粉加水。流沙形成的原因，主要是因為沙漠地帶下方有地下水，或者地震導致土壤液化。流沙的特性就是當你越快速地攪動它，它的黏稠度就會降低，而當你不去攪動它時，它的黏稠度就會變高。所以當你陷入流沙中時，如果你不斷的掙扎，整個身體會很快的陷進流沙裡。相反的，如果你的身體都不動，你是不會往下陷的，因為流沙可以支撐著你。陷入流沙中時，自救的方法就是盡量讓身體平躺在流沙上，然後用已經陷入流沙的雙腳慢慢的攪動，降低流沙的黏稠度，讓雙腳可以漸漸地脫離流沙。

玉米粉加水所混合而成的非牛頓流體和流沙的性質剛好相反。當你以越快的速度去擠壓它時，它的黏稠度會變得越大，所以就會表現得越像固體。相反的，你以緩慢的速度去擠壓它，它的黏稠度會變小，表現出來就像液體一樣。

（三）當機械遇上生物

「天下萬物生於有，有生於無。」

老子《道德經》第四十章

(1)神秘的量子世界

「量子力學的確雄偉壯麗，然而內心卻告訴我，它還不是那回事。這理論說了很多，卻沒引領我們更接近『上帝』的秘密。我，無論如何，深信上帝不擲骰子。」

艾伯特・愛因斯坦

什麼是量子理論？

相信你應該在報章雜誌或是科普書籍中聽過「量子」這兩個字。文章中通常會告訴你量子理論是很奇怪的理論，有時甚至會用「神秘」或是「詭異」等形容詞來形容量子理論。許多神秘學學者喜歡用量子現象來佐證他們的偽科學理論。為什麼量子現象對於絕大多數的人來說都會感到「神奇」呢？其中一個主要的原因是量子現象不曾出現在我們的日常生活中，雖然我們的科技產品裡有使用到量子理論，但是這些奇怪的量子現象通常只出現在微小的原子世界裡。現在我們就從科學的角度來帶領讀者認識這個奇怪的量子世界。

在西元一九〇〇年，德國物理學家馬克斯．普朗克（Max Planck）在研究黑體的熱輻射問題時，他發現為了要能夠解釋實驗所獲得的黑體輻射能譜，他必須要假設黑體內部的光波能量是不連續的。更嚴謹的說，對於任何一個單一頻率的光波，其能量的變化是不連續的。普朗克提出黑體所吸收或放射出去的熱輻射（也就是各種頻率的光波）是類似一顆一顆的能量包，而且在這些能量包中存在著最小的能量包。每個單一頻率的熱輻射中的能量包都是最小能量包的整數倍，並且這個最小能量包不能再被分割成更小的能量包。這樣的論點說明了光波的能量是無法被連續的改變，而且必須是最小能量包的整數倍。普朗克稱這些最小的能量包為「量子」（Quanta）。

波粒二象性

「那些在第一次遇到量子理論時沒有感到震驚的人是不可能理解它的。」

尼爾斯．波爾

或許你還是不清楚到底科學家所說的量子是什麼意思，簡單的說，報章雜誌或是書籍所提到的量子其實是一種概念。這個概念就是物質同時具有粒子和波的性質，我們稱之為物質的波粒二象性（particle wave duality）。你或許會立刻反駁說：『我從來沒有看過一顆球會像水波或聲波一樣擴散出去。』沒錯，這是因為物質的波動性和它的質量以及速度大小有關，當質量越小的物質，它的波動性質就會越明顯。這代表物質的波動性一般只會出現在非常微小的物質，像是電子、質子、中子等，所以你可以想像量子理論主要是用來描述原子的世界。

看到這裡，或許你還是無法體會同時存在粒子和波動的特性有多麼奇怪。來舉個例子，想像有一片障礙物，上面有兩個很細的狹縫，而且狹縫寬度與狹縫之間的距離都和光的波長差不多。當光波穿過兩個狹縫時，會在狹縫後方的屏幕上出現許多亮暗的干涉條紋。你可以想像這樣的條紋就像是一種波的指紋，只有具有波動性質的物質才能在屏幕上出現這種干涉條紋。更簡單的說，就是物質必須同時經過兩個狹縫才能出現這樣的干涉條紋。對於光波，這不是什麼問題，因為波本來就可以同時出現在空間中不同的位置。但是對於一顆一顆的電子，如果我們重複雙狹縫的實驗，會出現干涉條紋嗎？讓我們來討論電子的雙狹縫實驗。

有一個雙狹縫，而且兩個狹縫的寬度與距離和電子的波長差不多。現在我們控制發射電子的實驗裝置，讓每次只有射出一顆電子，當電子穿過雙狹縫抵達屏幕時，屏幕會記錄下電子的位置。隨著屏幕記錄下越來越多顆電子，屏幕上會出現許多密密麻麻的點，標示著這些抵達屏幕的電子位置。這時問題來了，這些密密麻麻的點所呈現出的條紋是類似光波的干涉條紋嗎？實驗結果告訴我們屏幕上所出現的條紋的確是一種干涉條紋。這樣的結果的確很令人感到驚訝，因為要解釋這樣的干涉條紋，我們必須接受一顆電子是同時穿過兩個狹縫的解釋。但是為什麼一顆電子可以同時穿過兩個狹縫呢？不要忘記量子理論的概念，就是物質同時具有粒子性和波動性。電子的波動性讓它可以同時穿過兩個狹縫，在屏幕上留下令人驚訝的干涉條紋。

雖然量子理論是建立在波粒二象性這種奇特的概念上，但是它和目前的實驗結果都吻合。它更是成功的解釋了原子模型以及週期表中元素的性質。基本上，原子和分子之間的化學鍵（例如離子鍵、共價鍵、金屬鍵）都可以用電磁力以及電子和原子的波動與自旋性質來解釋。

不論是半導體材料、超導體、物質的順磁性與逆磁性，或是玻色—愛因斯坦凝態物質等，都需要用量子理論來解釋。目前許多科學家正在嘗試將量子理論應用在電腦以及人工智能的發展上，或許在不久的將來，當量子電腦問世時，我們會看到一種在硬體和軟體上都和現在的電腦有完全不一樣面貌的量子電腦。

量子理論的應用上，還有另一塊有趣的研究就是量子生物。有些科學家或是生物學家正在嘗試了解一些生物反應中（例如光合作用或是呼吸作用）是否存在著一些我們沒有預期會出現的量子效應（例如量子穿隧或是量子糾纏）。

量子理論的發展

「我記得與波爾的討論經歷了很長時間直到深夜，幾乎絕望地結束了。在討論結束時，我獨自一人在鄰近的公園裡散步，我一次又一次地向自己重複一個問題：在這些原子實驗中，大自然可能是如此荒謬嗎？」

維爾納・海森堡

自從普朗克提出能量不連續的量子概念後，量子理論的發展便正式的展開。接下來，我們將簡單的介紹一下量子理論的歷史發展。通常我們要建立一個完整的科學觀念時，研讀科學史是非常重要的一個環節。

西元一九〇二年，菲利浦・萊納德（Philipp von Lenard）從光電效應的實驗中發現光波的能量似乎和光波的頻率有關，這個發現無法從古典的電磁波理論中給出解釋。西元一九〇五年，艾伯特・愛因斯坦提出了光子的概念，認為光不只具有波的性質，也同時具有粒子的特性，之後我們稱之為光的波粒二相性。愛因斯坦所提出的光子概念成功的解釋了光電效應中，古典電磁理論所無法解釋的現象。

普朗克以及愛因斯坦建立了光波同時具有粒子的性質，這代表光同時是電磁波也是光子。受到普朗克和愛因斯坦的理論啟發，法國物理學家路易・德布洛伊於西元一九二四年在他的博士論文中提出一般物質也同時具有波的性質，並且稱它為物質波。西元一九二七年，電子的波動性質被實驗所證實，所以德布洛伊於一九二九年獲得諾貝爾物理學獎。

在物質波的概念提出後的幾年內，埃爾溫・薛丁格從理論上推導出物質波的方程式，我們稱之為薛丁格方程式。沃夫岡・包立提出了電子的自旋以及不相容原理，而維爾納・海森堡則是提出物質的測不準原理。保羅・狄拉克成功的建立了狹義相對論下的電子波動方程，並且預測了正電子的存在。在這些科學家的貢獻下，建立了目前的量子理論，讓人類得以了解微小的原子世界所呈現的許多不可思議的現象。

量子理論已經被應用到許多領域，像是光學、半導體和固態物理等。但是對於如何將重力量子化，仍然是一個人類尚未解開的謎題。換句話說，我們仍然沒有一個完整的理論可以描述量子化的時空結構。在這個謎題的背後，或許隱藏著一個更美的理論，等待著人類去發掘出來。

愛因斯坦的鬼魅超距作用

「你的理論是瘋狂的，但它不夠瘋狂以至於它不可能是真的！」

尼爾斯・波爾

現在我們要來介紹量子理論裡一個很不可思議的現象，稱為量子糾纏（quantum entanglement）。為了讓讀者快速的掌握量子糾纏的概念，我們用一個例子來說明。假設約翰有一雙手套，他將兩隻手套分別放入到兩個不同的盒子，每個盒子都只放了一隻手套。他將其中一個盒子交給你，並且將另外一個盒子交給了露西。在你還沒打開盒子之前，你和露西都有百分之五十的機率猜對這個盒子裡所放的手套是左手還是右手。當你打開後，如果盒子裡放的是左手手套，你立刻知道露西的盒子裡放的是右手手套。當然，你一定會認為在還沒打開盒子前，你的盒子裡本來就是放著左手手套，只是你不知道而已，也就是說，你不會認為打開盒子觀察手套這個動作會影響手套的狀態。

現在我們將這雙手套變成量子狀態的手套，讓我們簡稱它為量子手套。你可以想像這雙量子手套的左手和右手兩種狀態所對應的量子系統就是電子的自旋向上和向下。現在約翰將這雙量子手套分別放入到兩個盒子中，其中一個盒子交給你，另外一個盒子交給露西。同樣的，你和露西猜對這個盒子裡所放的手套的機率一樣是百分之五十。但是非常不同的是，在你還沒打開之前，盒子裡的量子手套是處在一種左手手套和右手手套同時存在的狀態。這種物質能夠同時存在兩種以上的狀態稱為「量子疊加」，而量子疊加是量子系統所存在的一種本質的特性。非常有趣的是，當你一打開盒子時，你不會觀測到量子手套的疊加狀態，而是只會看到左手或是右手的量子手套。薛丁格曾經提出一個有名的假想實驗（現在稱之為薛丁格的貓），讓盒子裡的貓可以同時存在死貓和活貓的狀態，用以說明這種量子疊加狀態是如何的不可思議。或許你會問我們日常生活中為什麼沒有遇到這種奇特的量子疊加現象？這是因為當系統的分子數目越來越多時，分子之間越來越複雜的交互作用會讓量子疊加的現象很快的消失。目前實驗室所產生的量子疊加狀態必須在極低溫而且分子數量少的環境中才會出現，所以你不會在日常生活中遇到這些奇特的量子現象。

讓我們回到量子糾纏的情況，假設露西帶著盒子被送到一個距離我們幾百萬光年遠的星系，你和露西在還沒打開盒子之前，盒子裡的手套是處於左手和右手同時存在的量子疊加狀態，更重要的是這兩隻手套是有關聯的。怎麼說呢？如果你打開盒子，發現盒子裡的量子手套是左手手套，那代表露西盒子裡的手套一定是右手手套，也就是說，你觀測自己盒子的動作會同時決定遠在幾百萬光年遠的露西盒子裡的手套狀態。這種兩隻手套互相有關聯的情況，我們稱之為量子糾纏。

在西元一九三五年，愛因斯坦、波多爾斯基以及羅森三人發表了著名的EPR悖論，他們認為量子糾纏這種特性違反了局域性原理（principal of locality），也就是說，會有超光速的訊號傳遞。愛因斯坦認為所有的物理理論不應該存在這種鬼魅般的超距作用力，並嘲諷為「鬼魅般的超距作用」，對這種量子糾纏的現象，他感到荒謬無比，並且認為量子力學的表述是不完備。讓我們回到量子手套的例子說明一下，當你觀測盒子裡的手套時，會同時影響露西盒子裡的手套。根據EPR的觀點會認為你能夠去影響幾百萬光年遠的露西盒子，代表有訊號從你這裡送到露西的位置，但是所有訊號都不能超過光速，所以你要影響露西盒子裡的手套至少要幾百萬年後才可以影響它。量子糾纏這種可以瞬間影響露西盒子的手套代表著有超光速的情況。但是根據量子理論，其實量子糾纏中所出現的這種瞬間影響的情況並沒有任何訊號的傳送，所以沒有任何超光速的行為發生，當然也沒有違背局域性原理。這兩隻糾纏的量子手套是處在一種糾纏狀態的疊加，你的觀測只是讓處在量子糾纏態疊加的手套出現在其中一種糾纏態。根據著名的貝爾不等式，科學家已經從實驗中證實了這種量子糾纏的狀態是存在的。

最後讓我們來討論一下量子糾纏的應用。量子糾纏的實際應用可用於智能機械加密與通訊衛星的加密上。西元二〇一七年六月十六日，量子科學實驗衛星（Quantum Experiments at Space Scale）[21]墨子號由中國大陸長征二號運在火箭發射升空，墨子號成功的實現兩個量子糾纏的光子被分離超過一千二百公里的距離後仍可保持量子糾纏的狀態。中國科學技術大學與奧地利科學家利用量子衛星「墨子號」，成功實現七十五分鐘兩地的會議，完成世界首次量子保密的洲際視頻通話。由於任何外界的測量都會改變量子糾纏的狀態，因此一旦密碼被竊聽，雙方都會獲知，而放棄通訊。

(2)量子意識與量子電腦

惠子對莊子說：「子非魚，安知魚之樂？」

量子意識：意識是宇宙不可劃分的一部分

讓我們先思考一下，意識是什麼？從莊子的觀點，人能感知魚的快樂，而從惠施的觀點，人不能感知魚的快樂。我們所意識到的是魚的快樂還是我們自己本身所產生出來的快樂呢？其實是魚或人感知到快樂都不重要，重要的是人類能夠認知自我意識的存在而不是一個哲學殭屍（*Neurological Zombie*）。哲學殭屍雖然看起來與一般人類無異，包含腦神經細胞的狀態等，一切能夠觀測的物理組成都無法與一

21 Elizabeth Gibney. Chinese satellite is one giant step for the quantum internet. Nature. 2016-07-27 [2016-07-30]. Castelvecchi, Davide. China's quantum satellite clears major hurdle on way to ultrasecure communications. Nature News. Nature. 2017-06-15.

般人類有所區別，卻不擁有內部經驗（意識與感受性）的人類。當然我們不相信人類中會有哲學殭屍的存在，縱使這些哲學殭屍在你身邊出現你也無法透過一些物理或生物方式去辨別他們的存在。

當我們睡覺的時候，進入了潛意識與無意識的狀態，約翰．希爾勒進一步將意識解釋為：「從無夢的睡眠醒來之後，除非再次入睡或進入無意識狀態，否則在白天持續進行的，知覺、感覺或覺察的狀態便稱為意識。」

然而意識的起源有沒有可能藏在量子力學的謎團裡呢？人的一生起源於小小的胚胎，意識如何形成？何時形成？意識是我們成長與演化之後才能夠認知這個世界的產物嗎？根據一些小孩子的記憶，某些孩子甚至能夠回溯到自己還在媽媽肚子裡的記憶，所以讓我們回到一顆小小的胚胎演化成長為後來的生命體，生命起源於這樣的微觀尺度，那麼是否這樣的秘密就存在量子力學的解釋裡呢？量子意識是目前對於意識的起源問題非常熱門的一個科學猜想，這些支持量子意識的學者認為古典理論無法解釋意識的起源，需要透過量子糾纏與量子疊加等奇特的量子效應。

匈牙利—美國物理學家尤金．維格納（Eugene Wigner）提出了量子力學與心智運作有關的論點，他提出波函數的崩塌是由於與意識的相互作用。亞利桑那大學麻醉學系與心理學系教授及意識研究中心主任教授史都．哈默洛夫（Stuart Hameroff）認為[22]，意識是腦中一個量子電腦的程式，能在人死後依舊存在宇宙裡。然而我們知道大腦是一個又濕又溫暖的環境，量子力學的現象在這樣的環境裡如何可能？意識的來源是來自於我們人體大腦所有的物理與化學反應所產生出的結果嗎？思考一下如果我們肉體不存在了，那麼人類的意識還能存在嗎？而英國物理數學家羅傑・潘若斯（Roger Penrose）[23]同樣根據量子理論提出相同新的解釋，他們同樣認為，靈魂的本質是被包容在腦細胞的「微管」（microtubules）結構內，而意識經驗正是一種「量子重力效應」（quantum gravity effects）。潘若斯—哈默洛夫理論表明大腦的生物分子過程與宇宙的基本結構之間存在聯繫。但此觀點尚無確切證據支持，僅是假說。然而很多人都懷疑潘若斯的建議是否合理，因為大腦並不是孤立的量子力學系統。

量子電腦

不同於傳統電腦，量子電腦是利用量子位元（qubits）以及量子演算法來進行資料操作與計算。我們都知道傳統電腦使用的是二進位（也就是0和1）的位元（bit），而量子電腦雖然也是使用0跟1，但不同的是量子位元的狀態並不是只有0與1兩種狀態。量子位元可以存在0和1之間的疊加狀態。傳

22 Stuart Hameroff and Roger Penrose. Consciousness in the universe: A review of the 'Orch OR' theory. Physics of Life Reviews, 2013 DOI: 10.1016/j.plrev.2013.08.002

23 潘若斯，皇帝新腦。Roger Penrose (1989). The Emperor's New Mind. New York, NY: Penguin Books. ISBN 0 14 01 4534 6

統電腦在做資料運算時，需要不斷的存取位元裡面的數字，雖然傳統電腦在每一次資料存取的速度上很快，但是當所要處理的資料量極為龐大時，電腦所耗費的整體運算時間還是很長。然而量子電腦運用了量子位元之間的量子糾纏，並且配合量子演算法來達到平行運算的效果，如此一來便能夠解決傳統電腦所無法解決的問題。

加州理工學院物理學家約翰・普瑞斯基爾（John Preskill）提出當量子電腦發展到五十個量子位元時，運算能力將會超越世界上所有電腦，「量子至上」（Quantum supremacy）的時代即將到來，量子電腦具有傳統電腦所解決不了問題的能力，比方說，傳統電腦要解開密碼需要耗費一千多億年，但一百個量子位元的量子電腦只需要花三個小時就能破解，二〇一七年已突破五十個量子位元的運算能力，因此未來基於資安我們更需要去思考如何架設新的密碼系統以防止他人用量子電腦破解。量子電腦的好處在於可用於開發新的藥物、縮短藥物研發時間、全球金融市場的預測、計算物流之最佳路徑、優化機器學習等等挑戰性的難題。量子電腦的缺點與困難在於須維持在一個極低溫與沒有噪音干擾的環境。

美國電腦公司IBM在二〇一九年宣佈了一個將量子電腦商用化的計劃（IBM Q System One）[24]，這台量子電腦具備二十個位元的運算能力，大小跟一個小貨車差不多大，不過距離量子電腦真正的實用性仍還有一段距離要走。科技是不斷在演進的，從當初電腦之父巴貝奇（Charles Babbage）的大型差分機演變到現在人人都有一台手提電腦，以及愛達・樂芙蕾絲（Ada Lovelace）的差分機演算法演變到現在眾多的程式語言，或許再過二、三十年後，家用型量子電腦的時代就會來臨。

圖靈測試：機械是否可以思考？

「一個有紙、筆、橡皮擦並且堅持嚴格的行為準則的人，實際上就是一台宇宙通用的機械。」

艾倫．圖靈

艾倫．麥席森．圖靈，英國數學家、計算機科學家、密碼分析學家，被視為人工智慧之父，圖靈從小就被發現有數學天分，他於十八歲考進英國劍橋大學國王學院，二十七歲被英國皇家海軍招聘，並在英國監督下從事對德國機密軍事密碼的破譯工作。兩年後他的小組成功破譯了德國的密碼系統（Enigma）。圖靈因為同性戀被迫化學去勢，最後疑似死於自殺。

西元一九五〇年圖靈提出一個是否能判斷機器能夠思考的著名試驗，稱為圖靈測試（Turing test），如果一台機器能夠與人類展開對話，而不能被辨別出其機械的身分，那麼這台機器便具有智能。

24 IBM Q system One https://www.research.ibm.com/ibm-q/system-one/

(3)積體電路與摩爾定律

摩爾定律

劍橋大學數學中心有一座十分現代化的建築——「貝蒂與戈登・摩爾圖書館（The Betty & Gordon Moore Library）」，是以英特爾創辦人之一戈登・摩爾（Gordon Earle Moore，肖克利的八叛逆之一）和他的妻子所命名的。摩爾圖書館裡收藏著劍橋大學圖書館在數學、物理學、天文學、計算機、材料、工程、生物、化學、地球和環境科學方面的工作。西元一九六五年四月十九日，戈登・摩爾在《電子學》雜誌中發表了著名的摩爾定律：積體電路上可容納的電晶體數目大約每十八個月就會增加一倍。

在這個人人低頭滑手機的時代，這個定律預告著從笨重的桌上電腦到靈巧的個人手機，處理器的工藝技術不斷提升，電晶體的需求也越來越大，小小的矽版上能塞進的電晶體越來越多，效能也越來越強大，據估計，目前人類能夠達到最強處理能力的電腦已經較上個世紀時提高了兆億倍，預估摩爾定律的極限大約在西元二〇二五年的時候到來。

兩次獲得諾貝爾物理獎並發明電晶體的物理學家

約翰・巴丁（John Bardeen，美國物理學家）因發明電晶體及其相關效應以及超導的 BCS 理論，分別在一九五六年、一九七二年兩次獲得諾貝爾物理學獎。電晶體（transistor），是一種固態半導體元件，可以用於放大、開關、穩壓、訊號調變和許多其他功能。在西元一九四七年，由約翰・巴丁、沃爾特・布拉頓（Walter Brattain）和威廉・肖克利（William Shockley）三人所發明。當時巴丁、布拉頓主要發明半導體三極體，而肖克利則是發明了 PN 二極體，他們三人因為半導體及電晶體效應的研究獲得一九五六年諾貝爾物理獎。巴丁是目前為止唯一一位兩次獲得諾貝爾物理學獎的人。他的第一個博士學生尼克・何倫亞克（Nick Holonyak）在一九六二年發明了 LED。可惜二〇一四年的諾貝爾物理學獎卻授予藍光 LED 的發明者，跳過了紅光、綠光 LED 的發明者。巴丁的兒子詹姆斯・巴丁也是一位物理學家，他從事廣義相對論與黑洞定律的研究。

積體電路：肖克利的「八個叛徒」

諾貝爾物理獎得主肖克利於一九五五年時在加州創立了「肖克利實驗室股份有限公司」，聘用了很多年輕優秀的人才。但很快肖克利個人的管理方式因其公司內部不合，於公司成立兩年後八名主要員工（八叛逆是指羅伯特・諾伊斯（Robert Noyce）、戈登・摩爾（Gordon Moore）、朱利亞斯・布蘭克

（Julius Blank）、尤金・克萊爾（Eugene Kleiner）、金・赫爾尼（Jean Hoerni）、傑・拉斯特（Jay Last）、謝爾頓・羅伯茨（Sheldon Roberts）和維克多・格里尼克（Victor Grinich））集體離開了肖克利的公司成立了仙童半導體公司，後來成功的開發了第一塊積體電路板。而肖克利實驗室卻每況愈下，兩次被轉賣後於一九六八年永久關閉。

現代積體電路（integrated circuit）是由德州儀器工程師傑克・基爾比（Jack Kilby）在一九五八年發明的，也因此榮獲二〇〇〇年諾貝爾物理學獎，而在同一時間，羅伯特・諾伊斯（Robert Noyce，肖克利的八叛逆之一）也發展出近代實用的積體電路，但卻早於一九九〇年就過世，所以無緣諾貝爾物理學獎。為了向基爾比表示祝賀，美國總統比爾・柯林頓寫道：『你可以為你的工作有助於改善後代生活的知識而感到自豪。』

積體電路的出現到現在也只有短短的六十年，然而它已經普及到人類的日常生活之中，不論是在手提電腦、智慧型手機或是其他數位電器產品都有積體電路。或許你會問為什麼要在小小的晶片中塞下幾十億個電晶體？這是因為當我們可以將電晶體做得越小時，這些電晶體所消耗的能量也越會小，而且操控它們的速度也會加快，當然還有一點就是工程師可以設計出許多方便我們攜帶的電子產品，像是智慧型手機或是手提電腦。另外，當一塊晶片可以塞下越多的電晶體，代表這個晶片可以被設計出的功能也越多，不過要在這麼小的一塊晶片裡製作出這麼微小且複雜的電路，其背後的製程是非常不容易的。

(4) 神經元演算法與生物機械的結合

「教育就是當一個人把在學校所學全部忘光之後剩下的東西。」

艾伯特・愛因斯坦

神經元演算法的開啟者

沃倫・麥卡洛克（Warren Sturgis McCulloch，神經科學家）和沃爾特・皮茨（Walter Pitts，邏輯學家）基於數學和一種稱為閾值邏輯的演算法創造了一種神經網路的計算模型。這種模型使得神經網路的研究分裂為兩種不同研究思路。一種主要關注大腦中的生物學過程（由小說的劇情中，這部分可以更進一步演化為殖晶的概念），另一種主要關注神經網路在人工智慧裡的應用（由小說的劇情中，這部分則屬於智能機械的開發）。

沃爾特・皮茨是一位出身於底特律的貧苦階級，爸爸對於教育毫不在乎並時常對皮茨拳腳相向，只希望他能早日賺錢，沃爾特・皮茨十二歲的時候便讀完了羅素編寫的數學原理並指出了書中的錯誤，而得到羅素的激賞並邀他到劍橋大學當他的研究生，但由於家境貧困無法成行，而皮茨十五歲那年決定逃家，靠短期打工為生，並到芝加哥大學旁聽羅素的演講。

在美國應用數學家諾伯特・維納（Norbert Wiener）的力保下，美國麻省理工學院（MIT）破格錄取沒有學歷文憑的沃爾特・皮茨，並成為維納的研究生繼續神經模型的研究，皮茨十八歲時認識了神經科學家沃倫・麥卡洛克，麥卡洛克思考著神經元是如何運作的？數學與邏輯天才皮茨幫助了神經科學家麥卡洛克建立了抽象的神經網絡數學模型，他們倆個後來建立了麥卡洛克－皮茲神經元模型（McCulloch-Pitts neuron），此模型後來並成為深度學習與人工智慧的基礎。然而當時這篇文章並沒有引起太大的回應，因為對象為神經科學學者，他們無法快速地接受艱澀的數學模型。如何用人工神經元建構一個可計算的大腦，反過來說，這不就是電腦嗎？大腦的神經元運作可以化為AND、OR、NOT等邏輯閘，但從青蛙眼睛到青蛙大腦的實驗中，腦部神經元結構遠比數學模型複雜的太多。

而由於一些因素導致維納與麥卡洛克、皮茲絕交，皮茲變的日益消沉，最後死於酗酒與抑鬱。

動物與機械結合的未來：生化人的可能？

我們在小說裡探討了一個機械與生物結合的未來世界，小說裡我們稱這是殖晶的世界而非賽博格（Cyborg），賽博格又稱為生化人或改造人，其定義十分模糊，是以無機物所構成的機器作為人或其他動物身體的一部份，但思考動作均由人或動物所控制。英文「Cyborg」是「cybernetic organism」的結合，實際上表示了任何混合了有機體與電子機器的生物。模控論（Cybernetics）這一詞來自於希臘的「治理」，美國應用數學家諾伯特・維納（Norbert Wiener）在他的「控制論」（Cybernetics）一書中藉用了這個術語來定義動物和機器中控制和交流的研究。比如說裝入心律調整器的人是否也能被稱為賽博格，而人類身上穿著衣服，衣服為無機物，那麼一般人也都可以被稱為賽博格。美國的約翰霍普金斯大學研發了一系列先進的仿生機械手臂，讓裝義肢者可以利用腦部與神經網路的遠端來控制機械手臂，超過一百多個感應器讓裝義肢者可以感受到機械手臂的溫度與觸感，這樣的情況下這些裝了義肢的人也可以稱為賽博格。

小說中的殖晶研究中心所發展的是如何利用智能機械中的類神經元晶片真正的去結合腦部的神經元對接，電流在晶片中遊走，同樣的電流也在腦中跳躍，是利用人或動物的腦部與外部裝置間去建立直接的連接通路。

類神經元型態晶片

人的大腦中約有一千億個神經元，其中一個可以在任意時間向其它數千個神經元發布指令，其方式是通過神經元之間的突觸傳遞神經遞質。超過一百萬億的神經遞質在大腦中負責調節神經元信號，使大腦以閃電般的速度進行識別、記憶或完成其它學習任務。

在「神經元演算法」這一新興領域的研究者們試圖設計出能像大腦那樣工作的計算機晶片，或稱為「大腦晶片」。這種「大腦晶片」不是採用當今數字晶片的二進制計算方法，而是以互換信號的模擬方式工作，就像大腦的神經元以不同方式激化一樣，而激化的方式取決於流經突觸的離子的類型和數量。

二〇一八年麻省理工學院的科學家們[25]設計出了一種人工突觸，並能夠準確控制流經該突觸的電流強度，類似於離子在神經元之間的流動方式。該團隊用矽鍺製造了一個帶有人工突觸的小晶片，在模擬實驗過程中，研究者們發現，該晶片及其突觸可以識別手寫樣本，準確率為百分之九十五。

英特爾於二〇一八年宣稱從量子與類神經型態的運算並模仿人腦運作架構之下，開發最新一代自主學習類神經型態研究晶片（Intel Corporation's self-learning neuromorphic research chip）[26]。相信不久的將來這些類神經元晶片結合神經元演算法將可大量運用在未來的智能機械製造上。

25 參考文章：Shinhyun Choi, Scott H. Tan, Zefan Li, Yunjo Kim, Chanyeol Choi, Pai-Yu Chen, Hanwool Yeon, Shimeng Yu, Jeehwan Kim. SiGe epitaxial memory for neuromorphic computing with reproducible high performance based on engineered dislocations. Nature Materials, 2018; DOI: 10.1038/s41563-017-0001-5 https://www.sciencedaily.com/releases/2018/01/180122150803.htm

26 https://www.intel.com/content/www/us/en/research/neuromorphic-computing.html

國家圖書館出版品預行編目（CIP）資料

佛多與波特的奇幻冒險．首部曲：飛天獅子的秘密／王志宏，吳育慧作．-- 初版．-- 臺中市：時空研究書苑，2019.11
面；　公分

ISBN 978-986-98171-0-3（平裝）

863.59　　108013627

佛多與波特的奇幻冒險

首部曲：飛天獅子的秘密

作　　者：王志宏、吳育慧
封面設計：絞腦汁專賣店
封面繪圖：林孟嬌
封面排版：劉瑞
校　　稿：羅雪琪
內頁排版：葉欣玫
排版與印刷：中原造像股份有限公司
總 編 輯：吳育慧
出 版 社：時空研究書苑 Spacetime bookshop
商　　標：時空研究學苑 Spacetime Academy ®
代 理 商：白象文化事業有限公司
401 台中市東區和平街 228 巷 44 號
電話：（04）2220-8589　　傳真：（04）2220-8505
時空研究書苑、時空研究學苑網址：
https://spacetime.academy/
https://www.facebook.com/space.time.academy/
https://www.facebook.com/spacetimebookshop/
初版第一刷
法律顧問：蕭雄淋律師 北辰律師事務所
頁數：384 頁
定價：480 NT
出版日期：2019 年 11 月

SPACETIME BOOKSHOP

獻給每位愛看故事的小孩

SPACETIME
BOOKSHOP

獻給每位愛看故事的小孩